A Most Improper Rumor
by Emma Wildes

麗しのレディが恋に落ちて

エマ・ワイルズ
大須賀典子・訳

ラズベリーブックス

メアリー・アン・スミスに本書を捧ぐ。あなたがいなくてさびしいわ。

謝辞

いつも筆者を支えてくれる、ララ・サンティアゴ、モーガン・アシュベリー、レイナ・ジェームズに心から感謝します。みんなの存在がどれほど心強いか。それから、ジョアニータ・ブランドとレシア・ストルツ、セレスタ・ホフマンにも感謝を。女性にとって、仕事の話を遠慮なくできる友人は、いくらいても困りません。

才能あふれる建築家、ビル・ダイキスのおかげで造形美と機能性が織《お》りなす建築の世界に興味をもつことができました。氏の職業をきちんと描けたことを、作者としては祈るばかりです。

麗しのレディが恋に落ちて

主な登場人物

アンジェリーナ・ドブルーク……………………未亡人。
クリストファー・ダラム……………………ロウ男爵。
ベンジャミン・ウォレス……………………ヒーストン伯爵。
アリシア・ウォレス……………………ベンジャミンの妻。
アルフレッド・シャープ……………………ベンジャミンの部下。
ジャネル（ネル）・ダルセット……………………ベンジャミンの知人。
イヴ・サマーズ……………………伯爵令嬢。アンジェリーナの親友。

プロローグ

夜明けが近づいていた。

真珠色《しんじゆいろ》の光がほのかにさし込む室内には沈黙が落ちたまま。くしゃくしゃのシーツが、ほてった肌にひんやりと心地よい。

息が整うまでに、百年もかかりそうだった。

こちらの体に覆《おお》いかぶさった男性が、頭をもたげてほほえんだ。薄闇ごしに、肉感的な唇のすみがわずかにつり上がるのが見える。薪《まき》はとうに燃えつきて炭と化していたが、全身が熱をおびているいまは、裸でもまるで寒くなかった。

「たったいま、現世に戻ってきたような気分だよ」男性が、唇と唇を軽くふれあわせる。かすれた声に、熱く燃えたあとのけだるい満足感がただよっていた。こちらがつぶれないように少し体を浮かせてくれているので、重たくはなく、ふれあった箇所からは甘やかな感触だけが伝わってくる。ぶ厚い胸板に押しつけられてひしゃげた乳房、両の腿《もも》を押しひろげる彼の腰。「きみは、戻ってきたかい？」

どうかしら？　自分でもわからなかった。こういう場面ではいつも、現実と夢の区別がつかなくなってしまう。

アンジェリーナ・ドブルークは恋人の顔に手をのばした。指先で、そっと肌をたどる。わずかにのびたひげが、どこか不敵なおもむきを感じさせた。アンジェリーナはささやいた。

「永遠に、こうしていられればいいのにね」

彼が笑うと、白い歯が覗《のぞ》いた。「その誘い、喜んでお受けするよ」

なんて軽はずみなまねをしてしまったのかしら……。

何もかもがまちがいだった。

それでいて、何もかもが正しかった。なやましくも胸おどる経験に、アンジェリーナはひそかにおびえていた。

「ねえ……」口にしかけた言葉は、キスに封じられた。唇がぴったりと重ねられ、舌がすべり込んできて、味わい、征服し……。

アンジェリーナは低く笑って身をそり返らせ、たくましい肩に両手をつっぱって抵抗をこころみたあとで、唇ごしにささやいた。「せっかちね」

「何がいけない？」彼の手が臀部《でんぶ》のまるみをとらえ、自分の腰にぐっと引きつける。

これ以上ないほどに、ぴったりと。

「疲れないの？　もう明るくなってきたわよ」アンジェリーナは押しころした声で叱った。かぶりをふると、豊かな金髪がうなじのあたりで揺れた。「きみとベッドにいるときは、疲れなんて感じないさ」

アンジェリーナはちがった。心地よい疲労と充足感の中をたゆたっていた。けれど、彼を拒《こば》めるはずがないのはわかっていた。

一度たりとも。

そのとき、彼が決定的なひと言を口にした。「愛してる」

〝だめよ〟アンジェリーナは目をとじて思った。〝わたしを愛してはだめ〟

1

思いのほか、退屈な午後にはならずにすみそうだ。

ヒーストン伯爵ベンジャミン・ウォレスは、手の中の名刺をしげしげと見つめ、予想外のなりゆきにどう対処すべきかと考えた。執事がこころもち頭を下げて答を待つ。

こんな客を、ことわれるはずがなかった。

〝いや、断固ことわるべきだ〟と言う者もいるだろう。

だがベンジャミンは、誘惑にあらがえなかった。

数分後には、ロンドンじゅうに〝暗黒の天使《ダーク・エンジェル》〟の異名をとどろかせた女性が、高価なリヨンの絹をふわりとひるがえし、目の前に腰を下ろした。何か花の香りがただよってくる。

「会っていただけないかと思いましたわ」

「何をおっしゃいます、レディ・ドブルーク」ベンジャミンも腰を下ろした。仕事机の上には、なんのおもしろみもない書簡のたぐいが、手つかずのまま山と積まれている。「だが、なぜわたしなどの屋敷にいらしたのかは、少しばかり好奇心をおぼえますが」

かなり控えめな言いかただ。

「わたしのことはすべてご存じでしょう？　知らない人はいませんものね」

感心なことに、彼女は自虐《じぎゃく》も、とげとげしさも、自己弁護すらまじえずにそう言いきった。

ただ端然《たんぜん》としとやかに、噂どおりの魅力をふりまいて目の前に座っていた。

肯定すべきか、否定すべきか？　迷ったベンジャミンはいつもの手法で、あいまいな答を返した。「あなたが誰かは、存じていますよ」

「策士《さくし》ね、ヒーストン伯爵」そこはかとなく意地の悪い笑みが浮かんだ。「必要に応じて答をはぐらかすのがとてもおじょうずだと聞きましたわ。〝すべてご存じ〟という意味はおわかりのはずよ。じゃあ、もっとはっきり言いましょうか。わたしに関する噂は、すべてご存じでしょう？」

確かに知っていたが、どちらかといえば、ベンジャミンに関する噂をどこで聞いたかのほうに興味があった。

「前にご挨拶しましたね。夫君とは友人だった」

彼女に引きあわされたときのことはよく覚えていた。濡れたような黒髪に銀灰色《ぎんかいしょく》の瞳、豊かな胸とくびれた腰、鼻すじのすっきりと通った美貌。趣味のよい、それでいて大胆に襟ぐりをとったなまめかしい形のドレス、椅子にもたれてつま先をそろえるときの、優雅でどこかものうげな身のこなし。

いまでこそ〝暗黒の天使〟などと陰口をたたかれるレディ・ドブルークだが、社交界に出たときはたいへんな人気で、両手で数えきれないほどの紳士が彼女の歓心《かんしん》を買おうとやっきになったものだ。あの悲劇が起きるまでは……。

ベンジャミンはそうかんたんに幻惑されたりしない。少なくとも、自分ではそのつもりだった。

「二番めの夫のことをおっしゃっているのね」食ってかかるでもなく、たんたんとした口調で彼女が言う。

ベンジャミンはうなずいた。「トーマスとはケンブリッジ時代からのつきあいだったので」

「どれくらいの仲でしたの？」

「あなたにとって、その答が重要なのか教えていただきたい。重要ならば、そのつもりでお答えしましょう」

「もっともらしいことを言って何も教えないのがあなたの流儀なのね、伯爵閣下」

そう責められた経験は数えきれないほどあったので、ベンジャミンは挑発に乗らず、話題を変えた。「ここへいらしたわけをお話しになる前に、シェリーでもいかがです？」

ややあって相手がうなずいた。「ええ、いただくわ。景気づけに」

おそらく、見かけほど落ちついてはいないのだろう。見るからに世なれて洗練されたたたずまいだが、さりげない動作を読みとるすべのある人間には、内心の動揺はあきらかだった。

景気づけに酒をあおって、何を話すつもりだろう？

ベンジャミンは飲み物のテーブルに歩みよってグラスを満たし、丁重な一礼とともにさし出した。「ロンドンへ戻られたと、妻から聞きましたよ」

グラスを受けとる片手がわずかにふるえていた。はっきりとではないが、心ならずも胸中を示す動き。レディ・ドブルークが小声で答える。「ああ、奥さまは社交欄をごらんになったのね。どうあっても、そっとしておいてもらえないんだから」

「悪評を立てられるのは、いやなものでしょうね」

ずばり言われて傷ついたとしても、美しい顔にその感情は出なかった。「ええ」

このまま、遠回しな表現をつらぬいてもいいところだ――ベンジャミンにとっては造作もないことだった――が、そろそろ彼女の目的が知りたくなっていた。「世間話をしに、ここへいらしたわけではないでしょう？」

「助けていただきたいの」

前にその言葉を聞いたときは、誘拐《ゆうかい》と醜聞にまつわる面倒ごとに巻きこまれた。ベンジャミンは、向かい側にまっすぐ座った女性を見すえ、反射的に拒否の言葉を口にしかけた。自分の結婚生活は、以前と比べるとはるかに順調だし、財産の管理もうまくいっているし、伯爵という役割にさほどおもしろみはないものの、別の面で充実しているし……。

結婚前に予想したような充実とは少しことなるかもしれないが、妻との歩調が合ってきたことにはおおいに満足していた。だからこそ、妙な話に首をつっこむわけにはいかない。

「助けるとは、どんなふうに？」良識に反して、勝手に口が動いていた。

レディ・ドブルークが、グラスの液体にしばし目をこらした。長い睫毛《まつげ》が、端整な頰骨に影を落とす。「追いつめられているんです。あなたにお願いすれば、ちょっとした謎《なぞ》は難なく解いていただけるという話を聞いて」まなざしが上を向いた。「大きな謎だったら、どうかしら」

「誰から、そんな話を？」

「口止めされているので」

いいだろう。自分で調べるだけのことだ。入れ知恵をした人物については、すでにおおまかな察しがついていた。「大きな謎というと、どの程度の？」

「人殺しですわ」

人殺し？　ほんとうに？

ベンジャミンは椅子にもたれ、いま聞いた単語の意味するところをじっくり吟味《ぎんみ》したあとで、ため息をついた。つい興味を示してしまうのが自分の悪いくせだ。すげなく追いかえすには美しすぎる相手だし、それに、正直なところ好奇心をそそられていた。さっさと手紙の返事を書かなくてはいけないし、ほかにも退屈な用事が山積みだ。別件にかかずらっていては、執務がとどこおるばかりだろう。なのに、気がつくと口が動いていた。「何も約束はできませんが、どうぞ続けて。とりあえず聞きましょう」

いちいち大げさな反応を示さないのは賞賛に値する。レディ・ドブルークは黙ってひとつうなずいた。ほっそりしたうなじのあたりにこぼれた豊かな黒髪が、肌の白さをきわだたせる。「ご存じかもしれないけれど、最初の夫は六年近く前に、原因のわからない病《やまい》で亡くなりました。十歳も歳の離れた相手で、父が決めた結婚でしたわ。わたしは十八歳になったばかりだったけれど、ウィリアムは男爵でお金もあって。父に命じられたら、いやとは言えないでしょう？　恋愛結婚とはほど遠かったけれど……ウィリアムは、見ばえのいい妻がほしかっただけ」はかなげな笑みが浮かぶ。「結局、わたしの最初の犠牲者になった、と噂されていますわ」

「その噂は、聞いたことがあるな」ベンジャミンは声に感情を出さないよう心がけた。

「ええ、あるでしょうとも」彼女の声は、それほど冷静でなかった。「何年かたってわたしが再婚したこともご存じね？」

「トーマス……ドブルーク卿でしょう。同じ病で命を落とした」

レディ・ドブルークが、暗い顔でグラスをかかげてみせる。「ゴシップは、世間のすみずみまで広がっているようね。夫と親しくなさっていたのなら、トーマスの人柄のよさはご存じでしょう。こんどはわたし自身が選んだ相手だったわ。健康で元気いっぱいで……もともとは、まだ田舎に引っこんで暮らすには若すぎると父にうるさく言われて決めた結婚だけれど、トーマスが急に死んだときは、とても悲しかった」

本心だろうか？　よく知らない――まったく知らないと言ってもいい――相手について即断はできないので、ベンジャミンは黙っていた。

「そのころよ、噂が大きくなりはじめたのは。初めのころはひどく巧妙だったわ。わたしは田舎で喪《も》に服していたから、妹に話を聞くまでは、自分に疑いがかかっているなんて思いもしなかった。どれほど愕然《がくぜん》としたか、想像してごらんになって」

愕然としたのは、無実だからか？　あるいは、これほどの美貌と気品に恵まれた自分なら、夫ふたりを毒殺した凶悪犯あつかいされるはずがないと思っていたからか？

時計は午後四時を回ろうとしていた。妻と年配の伯母とでお茶の約束があったが、むしろブランデーを片手に、思わぬ来客の世にもめずらしい相談に耳をかたむけたくなっていた。心を決めて立ち上がると、デカンターの栓を抜き、グラスに少量そそぐ。お茶をすっぽかしても、アリシアはきっと許してくれるだろう。訪問の件を話したら、彼女も夢中になるにちがいない。なにしろ、ベンジャミン自身よりはるかに知りたがりなのだから。

来客の話は続いた。「義弟《おとうと》はわたしを法の裁きにかけようとしたけれど、罪を裏づけるような証拠は何も見つかりませんでしたわ。トーマスの死に立ち会った医師も、めずらしい病気でないと言いきるほどではなくて。ただ、最初の夫が亡くなったときにそっくりの症状だという以外は」

法廷沙汰《ざた》になったときの騒ぎを、ベンジャミンも覚えていた。彼女の言うとおりだ。三流紙は醜聞を書きたてるのをやめず、彼女が無罪を言いわたされてふたたび田舎へ引っこんだあとも、こりずにむし返した。

「なるほど」腰は下ろさずに本棚に寄りかかり、ブランデーをくるくると回しながら、ベンジャミンは相手を観察した。「つまり、あなたの考えはこういうことだ。夫ふたりは確かに殺された……ただし、手を下したのは自分ではない、と」

「そのとおりですわ、伯爵。わたしの無実を、誰よりもわたしが知っていますもの」美しい眉がつり上げられた。「月並みかもしれないけれど、真実よ。考えれば考えるほど、ほかに犯人がいるとしか思えなくて」大きな瞳がまっすぐこちらを見すえる。

挑戦されたのはわかっていたが、それよりも正直な話が聞きたかった。「社交界というのは情け容赦《ようしゃ》のない場所だ。何年も前に起きた死亡事件を、もし解決できたとして、それで社交界での立場がもとどおりになると本気でお考えですか、レディ・ドブルーク？　それとも、ただ正義の裁きをお望みなのかな？」

「どちらでもありませんわ」静かな答が返ってきた。「わたし、再婚したいんです」

ヒーストン伯爵は、少しばかり想像とちがう人物だった。前に何度か会ったことがあるので、もちろん外見は知っている。落ちついた端整な容姿——豊かな金褐色の髪に高貴な目鼻だち、肩幅の広いすらりとした長身——は、アンジェリーナが知る貴族の大半と変わらないが、ことなるのは、双眸《そうぼう》にやどる知性の光と、隙のないしなやかな身のこなしだ。どこがそうとは定義できないものの、彼にはどこか狩人《かりうど》めいた雰囲気があった。馬や猟犬の群れをともなわない狩りの達人だ。

屋敷を訪ねるには勇気がいった。トーマスが亡くなってからの悪夢のような日々、侮蔑《ぶべつ》や言いがかりの醜《みにく》さをいやというほど思い知らされてきたから。友人と思っていた人々からも見放され、疑心暗鬼《ぎしんあんき》になった亡夫の家族からは悪《あ》しざまにののしられた。きょうとて、ヒーストン伯爵に会ってもらえるという自信はまったくなかった。

要するに、世間でくさされるほどには面《つら》の皮が厚くないということなのだろう。

「世間がもう、夫ふたりを毒殺したという疑いを忘れた頃合だから結婚したいと？　あるいは誰か、心に決めたお相手ができたとか？」伯爵が、挨拶したときから変わらぬおだやかな調子で訊《たず》ねた。

「彼の身が心配で、結婚を承諾できずにいるんです」遠回しに答えてから、シェリーをひと口ふくむ。「悪意がわたしに向けられているかもしれないでしょう？　大げさな、聞きようによっては思い上がった物言いかもしれないけれど、運悪くわたしと結婚したという以外にはまったく接点のない男性ふたりが、あいついで命を落としているんですもの」

「確かに、興味深い説だ。ふたりの人間をあやめるにいたるほどの敵意を、誰かにいだかれるような覚えはありますか？」

「誰に対してであれ、それほどの敵意をいだけるものかしら？」意図せぬままにとがった声が出てしまった。

でも、いつわらざる本心だ。

「あなたには想像がつかないだろうが、世間には、まともな頭ではまず思いつかないような凶行に飛びつく人間が大ぜいいるものでね」

寝ても覚めても、その可能性をくよくよと考えてきたというのに。「ええ、想像もつかないわ」

ヒーストン伯爵に臆するようすはなかったが、ふだんから感情を顔に出さない男性なので、断言はできない。「たとえば、失意の恋人はどうだろう？　あなたほどの美女なら、ありうることだ」

ほめられて悪い気はしなかったが、アンジェリーナはかぶりをふった。「どちらの夫にも、うしろめたいことはありませんわ。それにウィリアムと結婚したときはとても若くて……社交界に出てすぐですもの。世間にどう言われようと、恋人に恨まれるはずがないんです」

ひとりの女性というよりおのれの所有物として見ていた向きはあるものの、ウィリアムはアンジェリーナをいたく気に入り、莫大《ばくだい》な遺産を残してくれた。夫の死後、アンジェリーナは信頼できる知人の力を借り、受けとった金《かね》を別名義で投資に回した。父がじきに再婚を命じるのは目に見えていたからだ。いま思いかえしても賢明な行動だった。あのとき手を打たなかったら、トーマスが亡くなったときに、遺族からウィリアムの遺産まで巻き上げられただろう。イングランドの法律によると、夫は妻が持参した金品すべてを自由にできる。アンジェリーナを絞首台送《こうしゅだい》りにできなかったかわりに、義弟は未亡人に割りあてられるはずの金額をごっそり引き上げ、自分のものにした。

もし別名義で口座をこしらえ、こつこつ財産を築いていたことが明るみに出れば、それこそ絞首刑になりかねない。いつでも考えるたびに冷や汗が出た。いざというときにそなえて自立のすべを整えたのは、アンジェリーナなりの用心深さだったが、はた目にはいかにも計算高く映るだろう。だからずっと、他人に金の出どころを詮索《せんさく》されないようにつつましい生活を心がけてきた。

「二度の結婚のあいだ、それぞれの屋敷で働いていた使用人すべての名前を一覧にしていただきたい。訪ねてきた親族の名前も」

たのもしいひびきだった。

「力を貸してくださるの？」

「どの程度の力になれるか、わかりませんが」冷静で慎重な声。「やるだけはやってみましょう」

肩から重荷をとり去ってもらえるかもしれないと考えただけで、心が晴れわたるようだ。アンジェリーナは小声で言った。「ぜひ、お願いします」

「いまの情事のお相手について、聞かせてもらえませんか」

「いったい、なんの証拠があっ……」アンジェリーナはかっと頰を熱くして言いかけてから、目をそらした。「二度も結婚した、おとなの女ですものね。好きな相手とはベッドをともにしていると考えるのが当然ね」このあいだ二十四歳の誕生日を迎えたばかりなのに、ひどく老《ふ》けこんだような気がした。

「そこを指摘したつもりはありませんが、細かく説明していただいたほうが、調査を慎重に進められるのは事実です」

慎重に。それこそがアンジェリーナの望みだった。ヒーストン伯爵なら秘密を漏らすおそれはないと聞いて、思いきって頼ってみようと決めたのだ。

気力をかき集めて、大きくうなずいてみせる。「彼は、この件になんの関係もありません。ただ、わたしが過去にふり回されるのはもうやめようと考えただけ。裁判と醜聞とでさんざんいやな思いをしたあとは、世間から隠れることしか考えられませんでした。でも、隠れてもむだだったし、このままでは彼のためにも、自分のためにもならない。いいえ、ウィリアムやトーマスのためにも、真実をあきらかにしなくては」

「お気持ちはわかるし、おおいに同意しますが、もし精査をお望みなら、あなたにとって何が重要で、何がそうでないかをはっきりしていただかないと」

公正な言いぶんだった。公正どころではない。なにしろ彼にはなんの報酬《ほうしゅう》も約束されていないのだから。ヒーストン伯爵が金銭を必要としていないのはわかっていた。あとは、達成感くらいしか約束できない。

伯爵ならきっと、このやっかいな相談ごとに興味を引かれるはずだ、と保証は与えられていたけれど。

「彼は、わたしが背負っている影を気にしないし、自分の身は自分で守れると言っていますわ」アンジェリーナはつとめて平板な声で説明した。「わたしには、そうは思えないけれど。得体の知れない毒薬から、どうやって身を守るというのかしら？　もし犯人が本気になったら、とても勝ち目はないわ。毒味係でも雇わないかぎりは……ああいう野蛮な習慣がすたれて、ほんとうによかったわ」

「ええ、少なくともイングランドでは」ヒーストン伯爵がうなずく。「アフリカ北部の支配者は、まだ召しかかえているそうですよ。飲み食いするものすべてを疑ってかかるのは、さぞ不自由だろうな。で、ぼくの知っている相手ですか？」

上流社会の一員かどうかを、それとなく訊ねているのだ。「ええ、たぶん」

「だと思った」

「なぜ？」アンジェリーナは好奇心にかられて訊ねた。用心を重ねてきたので、住み込みの女中でさえ、女主人がこっそり逢引《あいび》きを重ねていることは知らないはずだ。あるときは朝、あるときは夕方、あるときは深夜といった調子で時間も場所も変え、公共の場でいっしょになっても目を合わせないようにして……。アンジェリーナの強い願いを、相手もしぶしぶ聞き入れた形だった。彼のほうは、ふたりのところを見られても歯牙《しが》にもかけないだろう。

もし彼に何かあったら、とても耐えられない。それ以外の苦難なら、いくら負わされても平気だった。非難も、社会からのしめ出しも、使用人にひそひそ噂されながらの隠遁《いんとん》生活も。でも、もし自分のせいで彼に害がおよんだら、アンジェリーナの心は千々《ちぢ》にくだけ散り、二度と立ちなおれないだろう。

「知りあったのは半年前。いまでは数少ない友人のひとりから、身内のパーティに招かれたんです」あの週末を思い出すと、ひとりでに微笑が浮かんだ。「女にありがちな夢想だと思われるのはわかっているけれど、ほんとうに魔法のようだったわ。居間に入っていって、お互いの目を見たとたん、ぴんときたんです」

彼を招待してくれたイヴにはいくら感謝してもしたりない。最高の出会いを与えてくれたのだから。

「さっきもお話ししたような事情で、ひと目惚《ぼ》れなんて信じていなかったけれど、彼のおかげで、ゆがんだ暗い世界観がだいぶ直りましたわ。愛には、どんなに深い心の傷をも癒《い》やす力があると知りました」

口にしたとたんに広がった沈黙。気のせいかもしれないが、何ごとにも動じないはずのヒーストン伯爵が、どこか居心地悪そうなようすを見せたのは、〝愛〟という言葉のせいかしら？

けれど、顔つきからはっきり心情を読みとることはできなかった。「いまはロンドンに滞在しているのかな。住所を教えてください。必要に応じて手紙を出せるように」

アンジェリーナはうなずき、机の上の羊皮紙とペンを手にとって、借家の番地を記した。自分に幸福の予感を味わわせてくれた男性の名前を訊《き》かれなかったのがありがたい。いまはとても、打ち明ける勇気がなかったから。もとはといえば彼のために起こした行動だけれど、ぎりぎりのところまで彼を守っておきたかった。

いとまを告げようと立ち上がったところで、ふとためらい、古色蒼然《そうぜん》としたラテン語の背表紙が並ぶ本棚にもたれて立つ長身に目をやる。ヒーストン伯爵が、いぶかしげにこちらを見かえした。

「考えなおしてほしいわけではないから、誤解なさらないで。承諾していただいて、心から感謝していますわ。でも、なぜ助けてやろうとお思いになったのかしら？」

「なぜか？」榛色《はしばみいろ》の瞳が、ふっと謎めいた光をおびた。「さっきの話のとおりなら、あなたはかなり手ごわい敵にねらわれている。その相手を、倒してやりたくなったのでね」

2

アリシア・ウォレスは音楽にあわせてくるりと回り、やがて演奏が終わると相手に愛想よく会釈《えしゃく》してから、夫を捜しに向かった。

賭博室《とばくしつ》にはいないようだった。もともとあまりカード遊びはしないから。もっとも、その気になればいくらでも勝てる人だ。明晰《めいせき》な頭脳で、有利な手がそろう確率を計算できるのだろうが、本人に言わせると退屈らしい。

いったいどこへ行ってしまったのかしら？

憤慨《ふんがい》しながら混みあった舞踏室を見わたすと、長身のベンジャミンはすぐに見つかった。首相を中心に、議会の重鎮たちと談笑している。面倒だわ……いますぐ家へ帰りたいのに。人でごったがえす室内は暑くてたまらないし、正直なところアリシアは疲れていた。

少し考えたあとで、彼らのいる場所へ向かう。じゃまはしたくないけれど、ほかに選択肢はなさそうだった。

ベンジャミンはすぐさま妻に気づいた。彼はいつでもそうだ。目と目が合い、無言のやりとりが交わされる。まちがいない。なぜアリシアがやってきたのかは瞬時にぴんときたらしい。ひとりよがりな夢想かしら？

「レディ・ヒーストン」リヴァプール伯爵が慇懃《いんぎん》に声をかけ、アリシアの手をとって一礼した。「今夜はいつにもまして美しい。夫君をお借りしたままで、ご迷惑をかけたかな？　どうか、お許しを」

「いいえ、とんでもない」アリシアはリヴァプール伯が好きだった。政策には賛同しきれないところもあるとはいえ……。「ただ、少し早いけれどわたしはお先に失礼させていただきますわ」ベンジャミンのほうに向きなおる。「もしご入り用なら、ここへ馬車を戻しておきましょうか」

夫の手が腰にあてがわれた。「いいや」落ちついた声。「きみをひとりで帰らせるわけにはいかない。諸君、きょうはこれで失礼してもいいだろうか？」

満天の星がきらめく戸外へ足を踏み出したあとで、ベンジャミンが小声で言った。「助かったよ。きみも知ってのとおり、騒々しい社交行事は苦手でね」

確かによく知っていた。とはいえ、ふだんの彼は書斎にこもりすぎのきらいがある。だから結婚して半年が過ぎたとき、アリシアはもっと彼との距離を縮めたくて思いきった手段に出た。根気よく訴えつづけた結果、ふたりで過ごす時間はぐっと長くなり、夫婦関係は理想的とまでは言えないものの、以前とは比べものにならないほどよくなった。

ふたたびの変化を思うと身がすくんだけれど、話すほかに選択肢はない。

アリシアに手を貸して馬車へ乗らせたベンジャミンが、自分も向かい側の席に、長い脚をのばして座ってから天井をたたく。馬車が走りだすのを待って、アリシアは切り出した。

「イングランド一の美女が夫を訪ねてきたのですもの、妻としては理由を訊く権利があると思うわ」

ベンジャミンの口もとが皮肉っぽくゆがむ。「今夜ずっと心ここにあらずだったのは、そのせいかな？」

ちがう。少なくとも、それだけではない。アリシアは答をはぐらかした。「わたしだって、質問のひとつやふたつ、したっていいでしょう。あなた、エロイーズ伯母さまとのお茶にあらわれなかったじゃないの」

夫はそのまま外出してしまい、戻ってきたあとは来客をまじえての晩餐《ばんさん》だったので、謎の訪問についてはいままで話せずじまいだった。

「さては、イェーツが漏らしたな」あきらめまじりに言うベンジャミンは、黒と白の夜会服で目の覚めるような凛々《りり》しさだった。「うちの屋敷には秘密というものが存在しないらしい」

いいえ、ひとつだけあるわ。でも、じきに彼も知ることになる。

「お茶に来ないのだから、執事にわけを訊くのは当然でしょう？　それに、イェーツは名刺を直接見ているもの」アリシアは一瞬目を伏せた。「個人的な事情に、ずかずか踏みこむつもりはないわ。ただ……」

「レディ・ドブルークは〝個人的な事情〟などではないよ」夫がぶっきらぼうにさえぎる。「ふたりきりになれたら、すぐにでも説明するつもりだった。きっときみも興味をいだくだろうと思ってね」

「ほんとうに？」アリシアは少し緊張を解いた。もともと本気で疑っていたわけではない。

ただ、くだんの女性がふたりの人間を殺したと噂されていること、彼女のまばゆい美貌が悪評のみなもとだということが気になっているだけだ。

「ぼくらが知りあうより前に起きた事件だ」

「何が起きたの？」アリシアは眉根を寄せ、玉石敷きの道路をがたがたと走る馬車の音にかき消されまいと声を大きくした。

ベンジャミンがこちらをまっすぐ見る。なんて美しい瞳だろう。金色と緑色のちょうど中間で、ところどころに茶色が散っている。「こんな台本を想像してほしい。美しい娘がはなばなしく社交界にお目見えして、みんなにもてはやされ、身分の高い相手と結婚が決まる。そこまではよくある話だ。やがて夫が、医師にも説明のつかない症状で急死する。これも、ありえない話ではない。彼女はしばらく喪に服したあとで社交界に復帰し、ふたたび注目をひとり占めしたのちに、また別の貴族と知りあって妻となる。別におかしくはないだろう？なにしろ美人だし若いのだから。当時、まだ二十歳になったばかりだ」

アリシアはゆっくりと口を開いた。「レディ・ドブルークね」

「ドブルーク卿は友人だった。トーマスは若い妻をもらって有頂天だったし、夫婦が不仲だという噂はひとつも入ってこなかった」

「でも、ドブルーク卿も亡くなったのよね。最初の旦那さまと同じ症状で、結婚してからの長さも同じくらいで」

「疑いがかかるのも無理はない。彼女は批判の的となった」ベンジャミンが考えこむ表情になった。「敵もうまくやったものだ。悪質きわまりないが、そこは認めざるをえない。もし夫がふたりとも毒を盛られ、彼女が無実なのだとしたら、誰かが故意に、社交界の華ともてはやされる乙女を、非道かつ効果的なやりかたでどん底につき落としたことになる。どこかで聞いたような話だと思わないか？」

ほんとうだ。身の毛もよだつような一致だった。「エレナを誘拐して醜聞にまき込んだのと同じ人物が背後にいるとお考えなのね？」ほんの少し前、アリシアの美しい従妹《いとこ》は何者かにさらわれ、ロンドン随一の放蕩《ほうとう》貴族とふたりで一週間近く監禁されることで体面をいちじるしく傷つけられたのだった。

「そう疑わざるをえないね」

アリシアはうなずきながら、夫が進んで話してくれたことを内心で喜んでいた。誘拐事件のときは容易に口を開かなかったから。だいじな従妹が失踪《しっそう》したと知ったアリシアは、自分も手伝うと強く主張したのだった。

「でも、人殺しだなんてずいぶん悪質だわ」

「思うに」ベンジャミンが嚙《か》みしめるように言った。「犯人は状況に応じて手口を使いわけるんだろうな。おおもとにあるのは、おのれの〝力〟へのこだわりで、犯行自体はさほど重要でない。エレナもレディ・ドブルークも、醜聞に苦しめられることになった。さいわい、きみの従妹の場合は犯人の思惑どおりにならず、アンドリュース子爵としあわせな結婚を果たした。レディ・ドブルークの場合はそれほど運がよくなかったということだ」

確かに、従妹はしあわせを満喫している。でも、いまはレディ・ドブルークの話だ。

「じゃあ、何年も前に始まったことなのね」

「もしエレナとレディ・ドブルークとが同じ人間にねらわれたのだとしたら、そうだね」

ふたりの境遇のあいだに、見すごせない相似点があるのは事実だった。「あなたの説は、レディ・ドブルークが無実でないと成立しないわ」

「そのとおり」睫毛をなかば伏せるしぐさには見おぼえがあった。考えこむときのくせだ。

「ご主人さま？」

もう一度こちらを向いたまなざしは、憤慨をはらんでいた。「アリシア、ふたりきりのときに堅苦しい呼びかたはやめてくれ」

なぜ、いまこの瞬間を選んだのかは、自分でもわからなかった。ほんとうは、もっとロマンティックな光景を夢に描いていたのに。薔薇の花と純白のシーツ、ふたりきりの晩餐、できれば星空のもとで……。殺人事件と邪悪なたくらみを論じている最中にとは思いもよらなかったけれど、言葉は勝手にアリシアの口からこぼれ出た。「あなたの子どもができたの」


観察眼のするどさをもって任ずる男にとって、愛らしい妻をまじまじと見つめるいまは、おのれの無力感をつきつけられる瞬間にほかならなかった。

いま聞いた言葉とその意味するところを噛みしめながら、ふと気づくと、妻が何かを期待するように、藍色の瞳をこちらに向けていた。

なのに、どう返事をしていいかすらわからない。呆然《ぼうぜん》とクッションにもたれ、馬車に揺られるうちに確信する。自分の人生はたったいま、がらりと変わったのだと。ようやく声をしぼり出す。「それは、予想もしなかったな」

なんとまぬけな言いぐさだ。

妻も同感のようで、かろやかな笑い声をひびかせてから、からかうようにこう言った。

「ほんとうに？」

いや、もちろん予想はしていた。そうなるように最善を尽くしてきたのだ。自分にとっては甘美きわまる努力であり、彼女にとってもそうであってほしいと願っていた。とはいえ、いざ告げられてみると……。

子どもだって？

「いや、つまり……」言葉に詰まり、考えをまとめようともがく。相反する感情がせめぎ合い、しばし頭の中が真っ白になった。

「なあに？」アリシアの笑みは、夫のあわてぶりを悠然と楽しむかのようだった。

うれしいのはもちろんだが、同時に大きな不安が押しよせ、それがベンジャミンの口を重くしていた。妊娠と出産には、つねに危険がつきまとう。もちろん、妻に自分の子を生んでもらうのは夢だった。ひとりでなく、何人も。

けれど、彼女がほんのわずかでも危険にさらされると思うと有頂天ではいられない。ようやくベンジャミンは言った。「いや、ただきみは妊娠を疑っているようには見えなかったたからね。気分は？」

「いままでよりも疲れやすくて、ときどき起きぬけにぐあいが悪くなるわ」アリシアがクッションに頭をもたせる。「でも、いちばんはっきりしたのは、これで二度、月のものがこなかったからよ。体つきも少しずつだけれど変わってきたわ。もうじきあなたにもわかるでしょうから、確信できたらすぐにお話ししようと思っていたの」

いま思えば、自分もうすうす気づいていた。晩に外出する日、妻はかならずと言っていいほど昼寝をしていたではないか。

体型の変化についてもそうだ。思わず彼女の胸もとに目をやる。ドレスの襟ぐりがいつもより大胆なように感じていたが、もしかすると象牙色のふくらみが、ひときわ高く藍色の絹を押し上げているせいかもしれない。

「きみはあいかわらず、折れそうに細い」そっとつぶやく。「だが、変化には気づいていた」

「折れそうに細くはないわ」男の視点からの賛辞に、相手の頬がほんのり染まる。「ドレスの腰回りもだんだんきつくなってきたし。コルセットを使ったことはないけれど、いまの体型を隠すために使うのもどうかと思って」

「もちろんだ」ベンジャミンは即座に言った。「すぐに衣類を総入れ替えさせるよう、家令に命じておこう。ほかに何かすることは？」

長い睫毛を伏せたあとで、妻が小さく言った。「赤ちゃんのこと、うれしいと言ってちょうだい」

「うれしそうに見えないかい？」

とたんにまなざしが上を向き、譴責《けんせき》の光をおびた。「ベン、いいかげん遠回しな物言いをやめて、自分の気持ちを口に出していただけないかしら。ええ、うれしそうには見えないわ。かといって、悲しそうにも見えないけれど。あなたはいつもどおりのあなただわ。つまり、何を考えているか誰にもわからないということよ」

あいまいな態度はいわばベンジャミンの特技だった。戦争中はそれで生きのびたようなものだし、逆に感情をあらわにするのは生まれつき苦手だ。だが、妻の目に光るものを見ては、むき出しの本音でぶつかるほかない。「心配なんだ」

一瞬ののちに、アリシアがやさしく言った。「あなたなら、すばらしい父親になれるわ」

妻にはわかっていない。

〝きみのことが心配なんだ。それに自分のことも。もしきみを失ってしまったら、自分がどうなるかわからない。こんなに不安なのは生まれて初めてだ……〟

「せいいっぱい努力するよ」人生の激変に対する思いを、いまはまだうまく言葉にできそうにないので、とっさに調子を合わせる。「それはともかく、確認のために医者に診《み》てもらったらどうだろう？」

アリシアがそわそわと外套《がいとう》をかき合わせた。「あなたがお望みなら、そうするわ」

彼女もまた、見せかけほど落ちついてはいないらしい。「ぜひ、そうしてほしい」かすかにふるえる指先に目をとめながら、ベンジャミンは念を押した。母子ともに健康だという確証を得られれば、少しは安心できるかもしれない。

彼女は、自分の生きがいだ。

「ご主人さま……」アリシアが何か言いかける。

「アリシア」ベンジャミンはするどくさえぎった。「ぼくはきみの主人なんかじゃない。夫だ」気がつくと向かい側の座席に移り、彼女を膝に乗せていた。「ぼくはヒーストン伯爵じゃない。上流社会にあふれかえる見栄《みえ》っぱりのきざ男でもないし、そんなふうに堅苦しく呼びかけられるような相手でもない。きみは、ぼくの子の母親になってくれる人だ。どうか、なんでも望みを言ってほしい」

笑い声を聞くと、胸が締めつけられた。「だったら言わせて。わたし、とてもしあわせよ」腕に抱いたしなやかな重みを心地よく感じながら、ベンジャミンは妻のこめかみにそっとくちづけた。「ぼくもだ」

「口にするのは、そんなにむずかしいもの？」

「いいや」

「嘘つきね」アリシアがまた笑い、キスをした。

無邪気にしっかりと巻きつく腕、太ももに押しつけられた形のよい臀部、歌うような笑い声、すべてが重なりあい、強い保護欲と同時に鮮烈な欲望が燃え上がった。相手をしっかりと抱きよせ、妻に惚れこんだ男の情熱をこめて背中にくちづける。なんとも強烈で、刺激的で、そして……。

これが愛か？　もちろんアリシアには惹かれているし、彼女には男が求めるすべてがある。美しく、上品で、聡明で。だが、それだけではなかった。

うまく言葉にできない。

ただ、心ゆさぶられる何か。

あまりにもたいせつで、何がなんでも失いたくない存在、それがアリシアだ。

当人に伝えたことはなかった。伝えたほうがいいのではないか？　せっかく妻が、ふたりの子を身ごもったことを打ち明けてくれたのに……。幸か不幸か、そのとき馬車ががたんと揺れて停《と》まった。

3

馬車が屋敷の前に停まると、アリシアは髪の乱れを直し、多少なりとも体裁を整えようとした。とはいえ、自分が夫のベッドで眠っていることは使用人みんなに知られている――じきに、上流社会全体に知れわたるだろう――のだから、キスひとつがまんしたくらいでそれが変わるわけもなかった。

ベンジャミンの手を借りて馬車を降りるときには、頬が少しほてっていたかもしれないけれど、それはふたりだけのこと。みんなに知れるわけではない。

子どもができてうれしい、と夫は言ってくれた。きっと喜んでもらえるだろうと思ってはいたものの、打ち明けた直後に彼が浮かべた表情からは、生まれくるわが子への思いは判然とせず、故意に本心を隠したのか否かはともかく、そのことがアリシアをたじろがせた。

彼の不意をついたんだわ。ベンジャミンのほうは、いつでもアリシアに不意打ちをくらわせるけれど、逆にアリシアも、夫をたびたびおどろかせていた。

結婚って、永遠に男女ふたりの知恵比べなのかしら?

想像がつかなかった。ひとつだけ確かなのは、ベンジャミンといるかぎり退屈する心配はないということだ。いま思えば、感情をあらわにしない男性だからこそ好きになったのかもしれない。初めて紹介されたときから、謎めいたたたずまいに心惹かれ、いまもそれは変わらないような気がする。

「二階へ行こうか？」あたたかな息が耳をくすぐる。肘に軽く手が添えられ、ふたりは玄関に入った。

「さっきのお話を、静かな場所でお続けになるかどうかは、あなたのお気持ちしだい」アリシアは人目を気にしてとりすました調子で言った。「でも、まだ話は終わっていませんわ、ご主人さま」

「まだ、言いたりないことが？」ベンジャミンが優美な階段へとアリシアをいざなう。

アリシアはつぶやいた。「一生かかっても、言いたりないと思うわ」

愛が存在することさえ認められない相手に、どうすれば愛を伝えられるだろう？

「そうかもしれない。だが、手はじめにこんな感じでどうだろう」寝室の扉を閉めるとすぐに、夫が顔をうつむかせて唇を重ね、両手で腰をつかんでぴったりと引きよせた。太ももと太ももが密着し、硬い分身がやわらかな場所に押しつけられる。

アリシアはすぐさま理解した。言葉にできないことを、別の方法で示そうとしているのだ。愛する相手だからこそ、それを認めるだけでなく、進んで受け入れようと思った。

だからといって、自分が言葉にできないわけではない。「愛してるわ」重ねた唇ごしにささやく。「わたしたちの子どもも、いまから愛してるわ」

「アリシア」あわただしくドレスを脱がせにかかっていた両手が、ぴたりと止まった。「きみのためなら命を捨てても惜しくない」

聞きたい言葉そのものではなかったが、アリシアは小さな笑いを漏らした。引きしまった顎《あご》に指先でふれる。「そんなことはしないで。どうか、ずっといっしょにいてちょうだい」

まだ口にできないというのなら、待つ覚悟だった。たくましい腕に抱き上げられてベッドへ運ばれるいまは、それでいい。アリシアに続いてベッドに横たわったベンジャミンが、両肘で体を支えてこちらの顔を覗きこむ。いつになくためらいがちな表情だった。「だいじょうぶかな？　つまり……」

「だいじょうぶよ」全身がほてり、うずき、なかでも脚の合わせ目が焼けつくようだった。「もう、子どもができたりしないから」

胴着にかかった指がまた止まった。「いや、そういう意味ではなく……」

「姉に訊いたの。問題ないんですって」

いつもの冷静沈着な英国貴族とはまるで別人のように、ベンジャミンは不安げだった。「赤ん坊の件を、先に姉さんに話したのか？」

「ごめんなさいね」アリシアは手をのばして夫のクラヴァットをほどいた。「姉妹ってそういうものよ。なにかと結託するの。姉には子どもがふたりいるわ。いろいろ質問してもおかしくないでしょう？　それにさっきも言ったとおり、確信がもてるまではあなたに話したくなかったのよ」

「知らぬは亭主ばかりなり、というわけか」ベンジャミンが愛情こめてぼやいたあと、立ち上がって上着をかなぐり捨てた。「きみの姉さんは夫君に話をするだろうし、夫君はきっとクラブで話題にするだろう。年配のおばさまがたにいたっては、いまごろレースのよだれかけでも編んでいるだろうに、ぼくだけが知らないとは」

アリシアは笑い、起き上がって髪のピンを抜いた。「もう少し注意深くならないとね、あなたも」

「まったくだ。これで、人より観察力があるつもりでいたんだからな」夫がベッドに腰かけてブーツを脱ぐ。あざやかな榛色の瞳は、睫毛になかば覆いかくされていた。「だが正直に言って、女心はフランス軍の暗号よりも解読がむずかしいし、予想がつかないよ」

「戦争中、そういう任務についていらしたの？」前から知りたかったことだ。

例のごとく、夫ははっきり答えてくれなかった。「戦争は終わった。きみと愛しあおうといういま、そんなことを考える必要がどこにある？　蠟燭《ろうそく》の明かりを受けると、きみの髪はビロードのように光る。知っていたかい？」

ベンジャミンにはめずらしく詩的な表現だ。「いいえ」アリシアはささやいた。「もう一度キスして」

「喜んで」

大きな手がアリシアをゆっくりとベッドに押したおし、ドレスを脱がせてゆく。唇が重ねられ、舌の先がさぐるように、じらすように動く。アリシアは熱い欲望に酔いしれ、快感と降伏をともに伝える吐息を漏らした。

「確かに、前より大きくなった」むき出しにされた右の乳房を片手が包み、重さを量るように持ち上げる。「いままでも小さかったというわけではないが、ぐっと女らしさが増した」

それに、前より感じやすくなったわ……。全身を襲うわななきは、快楽の深さを示すものにちがいない。彼の瞳を覗きこみ、そこにやどる想《おも》いを読みとると心がやわらいだ。ずっと、彼も同じ気持ちだと信じていた。ただ、正面きって認められないだけだと。

口に出して言えないだけだと。

「いまのわたし、とても女らしい気分よ」片方の手で豊かな髪をまさぐりながら腰を浮かせる。ズボンごしにも硬直がくっきりと感じとれた。もう片方の手を、密着した下半身のあいだに割りこませ、留金をはずそうと苦心する。

やがて、ベンジャミンがやさしく手をどけさせた。「ありがとう」手早くズボンを引きぬくと、脱がせかけたドレスとシュミーズをいっぺんにはぎとり、アリシアに覆いかぶさる。

「きみがほしい」

以前なら考えもおよばなかった大胆さで、アリシアはいきり立つものにふれた。強靭《きょうじん》なのになめらかで、指先に熱を伝えてくるこわばり。「わたしも、あなたがほしいわ」

ベンジャミンが反射的に目をつぶり、息をのんだ。「だめだよ」

「よくないの？」無邪気な問いだが、その指すところは無邪気にはほど遠かった。

「よすぎて困るんだ」

冷静な仮面にひびが入るこんな瞬間が、アリシアは大好きだった。けれど、次に何をするか思いつくより早く、彼の手が内ももをなで下ろし、感じやすい膝《ひざ》の裏をくすぐったあとで脚の付け根に戻ってきた。長い指が一本、内側にさし込まれる。「このほうがもっといい」

アリシアの背中がひとりでにそり返った。「ベン!」

えもいわれぬ強弱をつけて指が動く。「やめたほうがいいかい?」

「別の何かが、ここに来るの? だったらいいけれど」悠然とからかうような声を出すのはひと苦労だった。

夫にこんなにのめり込んでしまうなんて。いいえ、もっとロマンティックだわ……と内心で訂正する。こんなに夢中で恋してしまうなんて。彼の膝に両脚が広げられ、硬直が入ってくると、アリシアは体の力をぬき、つらぬかれる快楽をすみずみまで感じとろうとした。征服される悦《よろこ》びを。

どこまでも親密な、その感覚を。

「文句なしだ」ベンジャミンが耳もとでささやいて動きはじめると、抑制しているのがありありと伝わってきた。侵入するときはいつもよりていねいに、しりぞくときもゆっくりと間合いを計りながら。アリシアのほうが先に、つのる快感に耐えきれなくなり、彼の背中に両手を回して息をはずませた。「ベン」

「待って」なめらかな動きにあわせて、彼の髪がアリシアの頬をくすぐる。「もうすぐだから……こらえて」

汗がこめかみをしたたり落ちたが、ベンジャミンに気にする余裕はなかった。張りつめた下半身が解放めざしてひた走ろうとするのを懸命にこらえ、アリシアが絶頂のきざしを見せるのを確かめたうえで、ようやく自制をゆるめて本能のままに動きはじめる。

彼女の内部が男性自身をぎゅっと締めつけると、鮮烈な快感に頭がからっぽになった。妻がひと声叫んで肩に爪をくい込ませると同時に、ベンジャミンも身ぶるいして背中をこわばらせた。

すべてが終わったあと静まりかえった室内で、彼女を押しつぶさないように身を起こす。自分の大きな体の下で、彼女の体がやけに華奢《きゃしゃ》に見えた。

「苦しくはないだろうね」

「ええ」アリシアがはずむ息の下で笑った。「もちろん。わたし、ガラス細工じゃないのよ。お腹に子どもがいるだけだわ」

ベンジャミンから見れば、彼女はひどくもろく、はかなげだった。「あまり求めすぎないように努力したんだが」

「求めすぎたのはわたしのほうだわ」頬にふれる妻の目がきらめいた。

彼女がのびをして、とがった胸のいただきが胸板をこすらなかったら、何か気のきいたことを言えたかもしれない。

ひょっとすると。

いや、疑わしいところだ。

ベンジャミンはそっと腰を引き、アリシアの横に寝ころんで指先で頬をなでた。

「なんでも、きみの望みを言ってくれていい」

寛大な気分は、答を聞いたとたんに消しとんだ。「レディ・ドブルークに会いたいわ」

「なに？　それは無理だ」つい顔がけわしくなる。開け放った窓から入ってくるそよ風が、ほてる肌をなでた。

「姉のハリエットと同じで、あなたには話せないことを、わたしになら話してくれるかもしれないわよ。女同士だから言えることもあるわ。あなたが口に出せないような質問を、いくつか考えついたの」

つやめく褐色の髪が、真っ白な肩とむき出しの乳房に流れおちるようすに、ベンジャミンは思わず見とれた。「人殺しかもしれないんだぞ」

「あなたはそう思わないんでしょう？」

ベンジャミンはふっと息を吐いた。「ああ」

「じゃあ、何がいけないの？」

「今後はもう、調査を手伝ってもらうわけにはいかないよ」

とたんに失望のまなざしが返ってきた。「どうして？」

「アリシア、よく考えてごらん。妻と子どもの命を危険にさらすなど、ぼくにはできない」

「レディ・ドブルークがわたしのお茶に毒をしこむわけがないわ。もしそこまで軽率だったら、とっくのむかしにつかまっているでしょう」残念なことに、アリシアはさっさとシーツを引き上げて裸を隠してしまい、小さなあくびとともに枕に寄りかかった。「ああ、お腹がぺこぺこよ。あなた、悪いけれど厨房《ちゅうぼう》へもぐり込んで、プディングの残りをもらってきてくださらない？」

戦争中にもうさんくさい任務はいくつか経験している――それに、なんといってもここは自分の屋敷だ――ので、侵入ならお手のものだ。ベンジャミンは身を起こし、部屋着を手にとった。「ほかに、何かほしいものは？」

「もしチーズとパンがあれば……おいしく食べられそう」

〝おいしく食べられそう〟なのはアリシアのほうだ。眠たそうな、熱い営みのあとの乱れ姿。

「そのぶんでは、戻ってくるころにはぐっすり眠っていそうだ」

「寝ていたら起こしてちょうだい」長い睫毛がゆっくりと伏せられる。

部屋着の帯をきっちりと締めると、ベンジャミンは寝室を出て静かに扉を閉め、階段を下りて屋敷の裏手へ向かった。ふだん厨房にはまず寄りつかないので、暗闇の中で何度か道をまちがえたあげく、めざす場所にたどり着く。

室内には従僕がひとり残ってエールを飲んでおり、主人の姿にあわてて立ち上がった。

「旦那さま」

いつもなら部屋着で邸内をうろついたりしないベンジャミンは、あわてふためく使用人に、軽く目くばせした。「今夜の食事に出たプディングと、もしあればパンとチーズを少しもらいたい。ありかを教えてもらえないか？」

「もちろんですとも、旦那さま」

プディングは食料庫の棚にしまってあり、磨きこんだ大きな調理台に隣接した戸棚には、いろいろな種類のチーズとドライフルーツが入っていた。パンは焼き上がったばかりで、細長い網棚で冷ましている最中だった。あすの朝食に手を出していいものか、ベンジャミンはしばし躊躇《ちゅうちょ》した。

「レディ・ヒーストンのためなら、料理長は気にしませんよ」若者が保証する。「奥さまのお体のためですから」

なるほど、世間で言われるとおりだ。〝知らぬは亭主ばかりなり〟。浮気でないだけましと考えるべきか。ベンジャミンは干し葡萄《ぶどう》と木の実を混ぜこんで焼いたとおぼしきパンをひとかたまり手にとり、チーズ数切れと並べて皿に置いた。「ありがとう。おまえは……」

「ロバートです、旦那さま」

自分の屋敷のことを何も知らないも同然だな、と反省しつつ、盆を手に階段をとって返す。別に、従僕の顔を覚えていなかったわけではない。ただ、名前や何年前からここで働いているかは知らなかった。秘書や家令、執事とはひんぱんに言葉を交わすが、そのほかの使用人にはさほど注意を払わずにきた。

興味深い。レディ・ドブルークの家を自由に出入りし、厨房にも入りこめる人間とは誰だろう？

レディ・ドブルークが知っているとは思えなかった。

肩で扉を押しあけると、思ったとおりの光景が目の前にあった。やすらかな寝息をたてて眠るアリシア。シーツがずれて裸の肩が覗き、長い睫毛が頰骨にかかっていた。

ベンジャミンは盆を手にしたまま、しばし暗がりに立ちつくし、妻に目をそそいだ。

熟睡するアリシアは……なんとも危険だった。美貌のせいではない。自分の妻であり、体内に子をやどしているせいでもない。そう、こちらの心をかき乱すからだ。

父の爵位を継ぐとともに受け入れてきた秩序正しい生活と、軽からぬ責任は、アリシアの冒険心にまったく影響をおよぼさないらしい。

彼女は自分を満たしてくれるのか、それともふり回すだけなのか？

答はまだ見えなかった。

ベッドのわきの小卓に盆を置き、そっと妻を起こそうとしたが反応はまるでなかった。やれやれと笑い声を漏らし、むき出しの肩をさするうちに、ふしぎなほど心が軽くなった。

男がおおぜいの女性のなかから、たったひとりを選ぶ基準はなんだろう？　笑顔か、部屋を横切るときの身のこなしか、抑揚豊かな声か、あるいはかろやかな笑い声か？

困るのは、女性を愛するのがどういうものか、自分が知らないことだった。にもかかわらず、愛してしまったことだった。

4

雨が窓ガラスを打つ音にあわせて、ロウ男爵クリストファー・ダラムは指先をこつこつとテーブルに打ちつけ、ワイングラスを乱暴に手にとるなりいっきに飲みほした。

あとひと言でも聞いたら、暴れだしそうだった。

浅はかだし、無謀だし、誰も喜ばないだろうが、それでもなお、黙っているのは苦痛だった。もともと自制心はかなり強いつもりだが、目の前でくり広げられる会話に、その自制心もあやうくなっていた。

「危険だが、実においしそうな女だよ」カード遊びのテーブルを囲む男のひとりが、下品な笑いをまじえて評する。「もし機会があれば、味見をさせてもらうつもりだ」

クリストファーの両手がひとりでに握りこぶしを作った。

「異論はないね。だが、噂じゃ〝暗黒の天使〟には近づく隙がないそうじゃないか」クリストファーとも親しいジョージ・ハリスが、コインを数枚テーブルに投げた。「せっかくロンドンへ戻ってきたのにな。うるわしのレディ・ドブルークは、まるで人づきあいをしないらしい」

「上がらせてもらうよ、フォーサイス」手持ちの札はあまりよくなかったが、なんとか話の流れを変えたくてクリストファーは言った。

金《かね》を失っても、それだけの価値はある。

「手が届かないとまでは思わないな」四人めは物腰のやわらかな年配の男で、クリストファーのよく知らない相手だった。「ためしに、誰が落とせるか賭けをしてみようか？　未亡人は、若い娘とちがって自由がきく。恋人をほしがっていてもおかしくないぞ」

「そちらの金を巻き上げてみせるさ」最初の男がうきうきと賛同した。

〝悪いが、恋人はいるんだ。これ以上がまんしてたまるか〟

クリストファーは賭博テーブルの上に両手を重ね、きっぱりと言った。「諸君、ぼくらは紳士のはずだ。レディの品性をめぐって賭けをするのも、そんな目的で彼女に近づくのも道にはずれている。もし諸君のうち誰かが〈ホワイツ〉にこの賭けを登録したら、決闘を申し込むから、そのつもりでいたまえ。わかったな？」

その意図は伝わりすぎるほど伝わったらしく、完璧にはほど遠い手ながらクリストファーが勝利をおさめ、一同が解散したあともジョージはその場を去らず、気づかわしげな視線を投げてきた。「今夜はずいぶんときげんが悪かったな。ぱっとしない天気のせいか、それともさっきの話題のせいか、よかったら教えてくれ。どうも後者のように思えるが」

「まったく、気がふさぐよ」勝ち金をかき集めながらクリストファーはつぶやいた。

「そうか」ジョージは賢明にも深追いしなかった。「もう少しワインを飲むか？」

「けっこう。もう帰るから」

「そのほうがよさそうだな」

「どういう意味だ？」

「口論するつもりはないよ」ジョージが両のてのひらをこちらに向け、苦笑いを浮かべた。「人に噛みつくなんて、きみらしくもない。相手の女性が誰だか知らないが、すっかり心ここにあらずじゃないか」

〝相手の女性が誰だか知らないが〟

さほど心ここにあらずでもなかったのか、友人の言葉をおもしろがる余裕は残っていた。「なぜ、女性だと思った？」

「騎士道精神をもち出したのが、いかにも唐突で、かつ本気に思えたからさ」

それも、彼女とのつながりを知られていないからこそだ。クリストファーはひと呼吸おいてから静かに言った。「ゴシップは人を傷つける。ことに女性の場合は。われわれは軽視しがちだが、女性はひどい打撃を受けるものだ」

「レディ・ドブルークをそこまで擁護するとは、立派な心がけだ」

友人は何かを悟っただろうか？　そうでなければいいと心底願いながら、クリストファーは肩をすくめた。「無罪放免されたじゃないか」

さいわい、ジョージも底意地の悪い噂話にはふれたくないようすだった。「そうだな。さて、きみが帰るというのなら、ぼくは少し舞踏室に顔を出してくるよ。今夜はずっと逃げまわっていたが、ダンスの一曲や二曲は申し込んでおかないと。いいかげん身を固めるよう、父にせっつかれていてね」

クリストファーは立ち上がって会釈した。まだ父が生きていたら、自分の境遇も似たようなものだったろう。

社交界に出たばかりの若い娘とワルツを踊るつもりはなかった。別の相手と会う予定だったから。

このままではまにあわない。

彼に秘密を強いてはいても、約束に遅れることはほとんどなかったのに。

なにかと苦労続きの晩だった。まずは、義妹が訪ねてきた。めったに来ない相手が、なぜ今夜にかぎって……。お互いに敵意をはらむ相手に会うのは、けっして楽しいものではない。アンジェリーナがお茶をすすめると、マーガレットはうなずいた。向きあって座り、いつわりの笑みをはりつけてお茶を飲みながら、アンジェリーナはずっと考えていた。兄のトーマスと結婚した当初から、こちらには好意をいだいていなかったようなのに、なぜいまさら親しげなふりをしなくてはいけないのかしら？　マーガレットが立ち去ると、また別の客がやってきた。非常識なほど遅い時間帯に。

けれど、こればかりはことわるわけにいかない相手だった。レディ・ヒーストンだ。

伯爵夫人は細身に豊かな褐色の髪、めずらしい藍色の瞳、そしてぬけるほど白い肌の持ち主だった。彼女が社交界に出たころ隠遁生活を送っていたアンジェリーナにも、これほどの美女ならさぞ話題を呼んだだろうと想像できた。ヒーストン伯爵の知性には最初から信頼をおいていたが、女性に対する審美眼も相当なものらしい。

「どうぞ、おかけになって」アンジェリーナはできるかぎり丁重に話しかけながら、夫から何を聞かされたのだろうといぶかしんだ。

屋敷を訪ねていった直後に夫人があらわれたのだ。何かつながりがあるに決まっている。

「ありがとうございます」アリシア・ウォレスは、みずからの瞳より少しだけ淡い青の紋織物《ダマスク》を張った椅子を選んで腰かけた。身につけたドレスは、あきらかに夜会用の正装だ。小さな木の葉を刺繡《ししゅう》した純白のチュールで、ふんわりとした袖には梔子色《くちなしいろ》のリボンをあしらってある。秋の気候にぴったりの意匠だし、彼女の繊細な美貌をみごとに引き立てていた。

アンジェリーナはおそるおそる訊ねた。「伯爵夫人においでいただくような用事というと、何かしら？」

「夫が、汚名を晴らすお手伝いを引きうけたのでしょう？」

「ああ、そのこと」アンジェリーナはさも悠然と椅子の背にもたれ、両手を肘掛けにあずけた。「わたしが無罪を勝ちとったことは世間に知られているはずだけれど、証拠があればいっそう心強いと思って」

「夫から聞いたんです」

いったい、どのあたりまで聞いたのかしら？「頼みを引きうけていただいて、伯爵には心から感謝していますわ。死ぬまで世間の鼻つまみ者ではいたくありませんもの。それほど高望みではないでしょう？」

これならじゅうぶん自然に聞こえるだろうし、事実でもある。

「ええ、もちろん」レディ・ヒーストンが熱心に言う。「わたしが同じ立場だったら、やっぱり自分の人生にちょっかいを出してくる相手の正体を知りたいと思うでしょう。ほかに何か、お話しになれることは？」

「何をお知りになりたいのかしら？」

目の前に腰かけた女性が考えこみながら、優美な手袋を上腕まで引き上げた。「そうね、いまかかえていらっしゃる悩みについて、できるかぎりくわしく教えていただきたいの。手はじめに、そもそもなぜあんな悪意を向けられることになったのか」

「それならもう、旦那さまにお話しし……」

「夫が調査にとりかかるのにぎりぎり必要な情報だけを、でしょう」レディ・ヒーストンが静かに言った。「あなたを責めるつもりはないわ。個人的な事柄を、よく知らない男性に打ち明けるのは不安でしょうから。でも、女同士ならもう少し気が楽かと思って」

「旦那さまが、あなたをここに？」

「いいえ、まさか」アリシアが軽く笑ってかぶりをふった。「実を言うと、夫にはしゃしゃり出てこないようにと釘《くぎ》をさされたの。あの人の気持ちは尊重するけれど、わたしにだって人並みの頭と熱意くらいはありますもの。男性はとかく小さな偏見に目を曇《くも》らされたり、女性に対する先入観でものを言ったりするでしょう？」

ふしぎなことに、アンジェリーナはこの招かれざる客に好意をおぼえつつあった。二度の結婚を経《へ》ても自分には身につけられなかった度胸のよさだ。「旦那さまを怒らせるのが心配ではないのかしら？」

「まあ、少しはね」相手はすがすがしいほどの率直さで答えた。「もしここへ来たことが知れたら、こってりしぼられるにちがいないわ。でも夫は公平な人よ。もし意味のある行動だと思えば、それを認めてくれるはず」

どうやら伯爵は、心からわたしの無実を信じたわけではなさそうね……アンジェリーナは胸のうちでほろ苦く笑った。だからこそ、妻が近づくことを禁じたのだろう。

「さて」レディ・ヒーストンが続ける。「何をすれば役に立つかしら？　ベンに助けを求めたということは、なんとしても解決なさりたいんでしょう？　どんなに小さな情報でもいいから、おっしゃって」

「わたしに害をなそうとする人間なんて、思いつきませんわ」アンジェリーナはこめかみをさすった。「何度も考えたけれど。ほんとうよ」

事実だった。何百もの眠れぬ夜を重ねながら、必死で手がかりを考えてきたのだ。

「男性はどう？　あなたに想いを寄せる人よ」レディ・ヒーストンがうながす。「なのに、あなたに拒まれたとか」

おおっぴらに話しあえるのは爽快《そうかい》だった。「そんな相手がいれば、すぐに名前が浮かんでくるはずよ」アンジェリーナはかぶりをふった。「二度の結婚は、どちらも父に言われてしたものだったわ。旦那さまにも同じことを訊かれたけれど、秘密の恋人を作ったりもしなかった」

もっとも、いまは別……。クリストファーはいまだに、誰にも言えない秘密だった。

「あなたの目にはとまらなくても、ひとりで熱くなっていた崇拝者はいないかしら。だって、わたしたち女性のもとにはお花や十四行詩《ソネット》がほうぼうから届くけれど、なかにはことわられるのをこわがる内気な男性もいるでしょう。彼らを責める気にはなれないわ。もっとも、だからって競争相手を殺すのはやりすぎだけれど」アリシア・ウォレスが唇を引きむすんで考えに沈んだ。「そういう秘められた情熱が大騒ぎを引きおこした例は、歴史を紐《ひも》とけば数えきれないわ」

するどい、しかもおそらく的確な指摘だった。

「確かに、ほかにも崇拝者はいましたわ」自分が社交界にお披露目を果たしたときに受けた熱烈な歓迎を思い出すと、いまでもかすかに胸がときめいた。喪が明けて、もう一度上流階級の輪に戻ったときですらそうだった。「婚約するまでは、ひっきりなしに紳士が訪ねてきたけれど、歯の浮くようなくどき文句はさておき、真剣な気持ちで近づいてきたのはトーマスひとりだったわ。だから、あの人と結婚したんです。これなら前とはちがうはずだと思って。ウィリアムがほしがったのは美人の奥さんで、トーマスがほしがったのはわたし自身だったから」

いま思えば、トーマスを愛せるかもという期待が心のどこかにあったのだろう。実際に彼には好意をおぼえ、貞淑《ていしゅく》な妻であり続けた。ただ、本気で恋をしたいまは、トーマスに対して好意と仲間意識以上の感情はなかったとわかる。もし本気で愛していたら、夫の死を一生引きずりつづけただろう。

　だからこそ、ヒーストン伯爵を訪ねていったのだ。もし殺人犯がふたたび牙をむいたら、こんどこそ立ちなおれそうにない。深く愛する男性を、情熱のかぎりをかたむけた男性を奪われた喪失感から。

「女性はどうかしら。想いを寄せる女性よ」レディ・ヒーストンが小首をかしげた。「結婚のお相手はふたりとも、裕福な貴族だったでしょう」

「いたかもしれないわ」アンジェリーナは声を低めた。「夫たちは結婚前、いいえ、結婚したあとも愛人を囲っていたかもしれない。ただ、もし恨みをいだいたのなら、夫ではなくわたしをねらうんじゃないかしら。まして、ふたりともだなんて。両方と関係のあった愛人というのは、いくらなんでも想像力がたくましすぎるわ」

　来客が眉根を寄せて考えこんだ。「そうね。でも、毒薬というのはどちらかといえば女が好む方法でしょう。男性はもっと力に頼った大胆な方法を選ぶわ。ナイフとか、銃とか。歴史に残る猛女の例を考えてみて。敵を封じるのに、たいていは毒を使っているはずよ。ボルジア家の女性もそうだし、カトリーヌ・ド・メディシスもそうだわ」

　もっともな説だったが、アンジェリーナはその道の権威にはほど遠かった。「厨房の人間を疑ってみたこともあるわ。でも、どちらの屋敷にもおかしな点はなかったの。ウィリアムは年が上だから、召使いも長年仕えている人が多かった。トーマスと結婚したときは、家政婦に采配をまかせて厨房の人員をふやしたわ。ウィリアムは田舎の領地で、トーマスはロンドンで亡くなったわ」

そう、接点は何もない。

「なんてするどい観察眼かしら」レディ・ヒーストンが感じ入った声を出す。

歴史上のぶっそうな女たちについてはあまりくわしくないとはいえ、人並みの頭脳はあるし、それをはたらかせるにはやぶさかでないし、これは自分自身の人生だ。アンジェリーナは小さな声で答えた。「わたしだって、それなりに考えてきたんですもの」

「ご苦労なさったのね」

「つらい日々を送りながら、〝なぜ？〟〝誰が？〟ばかりくよくよと考えてきたわ。包みかくさず申しあげるけれど、手がかりらしきものはまるで見つからないの」

「でも、手がかりはきっとあるわ。すべてを結びつける細い糸が。わたしたちで、それを見つけましょうよ」

ふたりの視線がぶつかる。「そうね」アンジェリーナはゆっくりと言った。「力を貸してくださって、ほんとうにありがたいわ」

「わたし、挑戦するのが好きなの」

むかしの自分はいつも笑顔だった。無防備に、心から、惜しみなく笑みを与えてきた。いまではめったにほほえむことがなくなったのに、いつしか口もとがほころんでいるのに気づいて、アンジェリーナはおどろいた。「ええ、そのようね」

「それに、あなたのことは信じられるわ」アリシア・ウォレスが言いきる。「それを確かめるために、夫にあれこれ言われるのを覚悟でここへおじゃましたのよ。じかに言葉を交わせば、ほんとうのことを言っているかどうか、わかると思ったから」

「で、結論は？」

「あなたに嘘はない、そう思うわ」

女友だちがいるというのは、ひさしぶりの感覚だった。少なくとも、新しい友だちができるのは……。友だちを自称していた娘たちの大部分は、とっくにアンジェリーナのもとを去り、悪夢のような年月につきあってくれたのはほんの二、三人だった。自分が友情というものをこれほど恋しく思っていたとは。浅い友人づきあいもあれば、深い友人づきあいもある。前者にはあきあきしていたが、後者には飢《う》えていた。

やがて、来客が立ち上がり、美しいドレスで品よく一礼した。「いまのところは、これ以上つつき回しても手がかりが見つからなさそうね。でも、わたしの夫がきっと解決してくれるから、心配なさらないで。きょう聞かせていただいたたいせつな情報は、まちがいなく彼に伝えておくわ」

「どんな情報かしら？」アンジェリーナも立ち上がりながら、目をしばたたかせた。

「まず、厨房の人員の件よ。お部屋付きの女中や家政婦も、まったく重なっていないんでしょう？」

「ええ」

「でも、ふたりの死のあいだには何かのつながりがある」

〝見つけて。どうか、つながりを見つけてちょうだい〟

レディ・ヒーストンが言う。「急で申しわけないけれど、これで失礼するわ。ちょっとした約束があって、遅れるわけにはいかないの。お会いできてうれしかったわ」

「こちらこそ」

高価な香水をふわりと香らせて伯爵夫人が立ち去ったあと、アンジェリーナはその場に立ちつくして物思いに沈んだ。むかしは、あちこちからわずらわしいほど誘いが来たのに。誰もがほめちぎり、もてはやし、会いたがった。

なのに、いまのわたしときたら。

何もない。悲嘆と屈辱、嫌悪だけをはびこらせた荒れ地のような女になりはててしまった。夫ふたりの死と不名誉きわまりない裁判、そして凶悪きわまりない謎の犯人。肉親でさえ力になってはくれず、ときどき義務感からおざなりな手紙をよこすくらいだ。ようやく手にした幸福も、あまりにかぼそいので、まだ両親には運命の相手に出会った――そして恋に落ちたことを告げていない。告げるつもりもなかった。

ぜったいに。

もし必要なら、恋人の素性は死ぬまで伏せておく覚悟だった。

どうか、それで見のがしてもらえますように……。

5

いま口論になだれ込むのは得策とは思えなかった。でも、口論にふさわしい頃合なんてあるかしら?

あるわけがない。だから、けさもベンジャミンと顔を合わせるのを避けたのだ。なのに、昼食をとりに食堂へ入ったアリシアは、ふだんならいないはずの夫に出むかえられた。作法どおりに立ち上がり、形ばかりの笑みをたたえている。

いや、笑みでさえない。するどい眼光がその証拠だ。はた目にはにこやかな歓迎に思えるかもしれないが、夫の気性はよくわかっていた。

いやだ、もう知られてしまったのかしら。

アリシアは平静をよそおって椅子にかけ、給仕からナプキンを受けとった。「まあ、ご主人さま。こんな時間にお会いできるなんてうれしいこと。いつもお忙しくて、昼食はごいっしょできないのに」

「忙しくても、食事はたいせつだ。妻との対話もたいせつだ。たまたま、そのふたつが合致したまでのことさ」

ほんとうに知られてしまったんだわ。いったいどうやって、レディ・ドブルークを訪ねたことをつきとめたのかしら?

方法はどうあれ、つきとめたのはまちがいない。「妻との対話？」さし出されたワインはことわった。近ごろはあまりお酒を飲めなくなった。かわりに水をついでもらい、できるかぎり無邪気な、いぶかしげな表情をこしらえる。

夫には通用しなかったようだ。

「その顔からすると、なんの話をしにきたかはわかっているようだ。今回の調査に手を出してはいけないと言ったはずだよ、マダム」

こんな相手に、しらを切れると思ったなんて。〝マダム〟。そう呼ぶときの夫は、相当腹を立てている。「あら、どういうこと？」

「アリシア、いいかげんにしてくれ」給仕が退室するとすぐに、ベンジャミンが声をするどくした。「ぼくの許しが出ないかぎり、誰であろうと訪ねてはいけない」

あまりにも尊大な物言いに、アリシアは身をこわばらせた。しばらく間をあけ、大きく深呼吸してから問いかえす。「誰であろうと？　ずいぶんきびしいのね。訂正なさるおつもりはない？」

なさそうだった。顔を見ればわかる。もし自分が攻撃にさらされているのでなければ、夫の表情をおもしろがれたかもしれない。

それに夫の非難はしごくもっともだ。とはいえ、もう少しうまい言いかたをしてくれてもいいのに、と思わずにいられなかった。

「この件にはかかわるなと言っただろう」形ばかりのおだやかで冷静な声。

「ベンジャミン、あなたはわたしの夫であって、番人ではないはずよ」口に入れたパンはあたたかくて風味豊かだった。ふしぎなことに、吐き気に悩まされないときはおどろくほど食欲旺盛《おうせい》になる。「男の特権だの威力だのをふりかざすのはやめてちょうだい。妻は夫の所有物じゃないし、あなたほど頭のいいひとなら、むやみと怒るよりも、わたしが調べてきたことを知りたがるのが当然だと思うけれど」

「きみが調べてきたことはだいたい想像がつくさ。夫ふたりが不慮の死をとげたとき、それぞれの屋敷で働いていた召使いに同じ人間はいないこと、レディ・ドブルークには犯人の見当がつかないこと、調査の依頼を思いたたせた恋人の名前を、まだ明かそうとしないこと、そんなところだろう」

その場にいたみたいに正確だわ、とアリシアは舌を巻いた。「最後のひとつは訊かなかったわ」弁解がましく言う。「でも、訊いてみればよかったわね」

「かわいい奥さん、ぼくがなぜ、きみがレディ・ドブルークに会いにいったことを知っていると思う？　屋敷を見はらせて、本人だけでなく使用人からも話を聞いているからだよ」

「まあ」あんなに用心したのに、まさか……ちょっと待って、〝かわいい奥さん〟ですって？「わたし、お手伝いをしたかったのよ」

「わかっている。ぼくに逆らったのも、よかれと思ってのことだと」

〝逆らった〟という言葉にあまり腹が立たなかったのは、彼の目がからかうように光っていたからだ。アリシアは水のコップを置いた。「もう子どもじゃないもの」

「きみがおとなの女性だということを、ぼくほどよく知る人間はいないよ。そのことに無上の喜びを感じてもいる。ただ、だからといって今回の件への対応を変えるつもりはない」

「どうか、理由を説明してちょうだい」それくらいは、要求してもいいはずだ。

細長い窓からさし込む日ざしが、古びた敷物に格子模様の影を落とす。室内の調度品までもが、重苦しい沈黙に気兼ねして息をひそめているようだ。ずいぶん時間がたったころ、夫が完全に無表情な声で言った。「ぼくは以前から、危険な人々とかかわりをもってきた」

うすうす勘づいてはいたものの、本人からはっきり聞くのは初めてだった。

ベンジャミン自身が口を開いてくれたのは大きな一歩だ。アリシアの心は少しやわらいだ。

用心深く確かめる。「まさか、レディ・ドブルークが……」

「そうは思っていないさ。だが、世間では彼女がふたりの男性を殺害したと信じられている。どうか、ぼくの言いつけを尊重してもらえないだろうか？　きみのことが心配でたまらないんだ。それに、子どものことも」

痛いところをつかれてしまった。

食ってかかろうにも、夫はどこまでも礼儀正しい。アリシアが手にとったパンに塗るようバターの器をさし出す、その表情はつかみどころがなかった。

「折り合いをつけるわけにはいかないかしら？」アリシアはバターナイフを置いてから訊ねてみた。

「どんなふうに？」ちょうどスープが供されたので、ベンジャミンが椅子にもたれてこちらを見る。榛色の瞳がいぶかしげに曇った。

ふたりきりになると、アリシアはスプーンを皿に沈め、湯気をたてるスープをひと口味わったあとで答えた。「あなたが安全だと考える範囲で、お手伝いさせていただきたいの。かならず、おうかがいを立ててから行動しますから」

「理にかなった申し出だ」夫の声はそっけなかった。「裏に何か思惑があるのではないかと疑ってしまうが、まあ、その程度の条件なら呑んでもいいさ」

ほんとうに、寝室の外でも、できるかぎり彼の人生にかかわりたい。日中のベンジャミンは多忙をきわめる。伯爵の執務には立ち入らせてくれそうにない――もっとも、これはたいして立ち入りたくない分野だった――し、女性がクラブや議会に足を踏み入れることはできない。残るは趣味の分野、つまり競馬となるが、堂々たる純血種馬《サラブレッド》には目を奪われるものの、アリシアが具体的にかかわれるわけではない。

「条件だなんて、そんな大げさなものじゃないわ」

スープを口に運ぶベンジャミンは、挑発を受けながそうと決めたらしい。「さて、きょうのきみの予定は？」

これも悩みのひとつだった。アリシアは巷《ちまた》のレディのようにゴシップに興じたり、化粧やドレスの仕立てに膨大《ぼうだい》な時間をついやしたりしない。社交界の浮かれさわぎではなく、知的な探求に時間をさきたいと考えていた。「そうね、このあいだ出版されて以来みんなが夢中になっている小説を買って読んでみようかしら。お庭に出るのもよさそうだけれど」

「いかにもレディらしい一日だ。その本なら、もう買ってあるよ。鏡台の上に置いてあるはずだ。きみのような体調の女性は、読書をして静かに過ごすのが望ましい」

くやしいわ、まるで心を読まれたみたい。わたしの本の好みまでわかっているなんて……。

アリシアは思わず夫につっかかった。「子どもが生まれるまでずっと、そうやって世話を焼くおつもり？」

「そうかもしれないな」夫が悪びれずにうっすらとほほえむ。「なにしろきみはぼくの妻だし、お腹にいるのはぼくの子どもだ。〝世話を焼く〟のは当然の務めだろう？」

「父親になる気持ちをうまく口にできずにいた男性と、ほんとうに同一人物なの？」

「うまく口にできない気持ちなら、ほかにもあるよ、アリシア」

そのとおり。

こちらが毒気をぬかれてしまうほど、率直なひと言だった。

「いつものあなたなら、頭ごなしにものをおっしゃったりしないでしょう」アリシアは声をやわらげた。「ちょっと意外だわ」

「頭ごなし？」金褐色の髪を午後の日ざしにかがやかせる夫の端整な顔は、いつもどおり無表情だった。「きみを守ろうとしているんだ。まるでちがうよ」

「そうなの？」アリシアにはわからなかった。けれど、彼のように感情をひた隠しにする男性が、こんなふうにはっきりとものを言うのはめずらしい。「わたしだって、あなたを心配させたいわけじゃないわ。あなたをしあわせにしたいだけ」

ベンジャミンがこちらを見つめると、室内の時間が止まったように感じられた。やがて夫が口にした言葉は、アリシアをいつになくおどろかせた。「きみのおかげで、ぼくはじゅうぶんしあわせだよ」

天気のいい午後なので観戦席はびっしり埋まり、騎手の服が日ざしに照り映えている。人ごみをぬけて、自分専用の桟敷《さじき》へ向かいながら、ベンジャミンはどこかうわのそらだった。きょうは持ち馬を二頭レースに出している。うち一頭は初出走の三歳馬で、調教師もまだまだ経験不足だと認めていたが、もう一頭は優勝をねらえる可能性じゅうぶんだった。去年かららネプチューンは右肩上がりの成長を見せている。多忙の合間をぬって、競馬にはなんとか顔を出したかった。もう少したてば、寒くなって競馬のシーズンは終わり、来年の春までは見られなくなってしまう。

ベンジャミンは馬が大好きだった。一位の座を争って突進する高揚感が大好きだった。十代のころは、もっと小柄だったら素人《しろうと》騎手として出場できたのにとさえ考えていた。とはいえ、伯爵家の跡継ぎにそんな危険は許されない。かわりにベンジャミンは馬主という役割に楽しみを見いだし、父の他界によってイングランド屈指の名馬たちをまかされてからは、ひときわ熱を入れるようになった。

「ヒーストン」

腕に手を置かれて、はっとわれに返ると、目の前にアンドリュース子爵ランドルフ・レインが立っていた。近ごろアリシアの従妹と結婚したばかりの相手だ。ベンジャミンに負けずおとらず競馬好きなので、ここで会うのはなんのふしぎもなかった。ランドルフもまた、すぐれた馬をたくさん所有している。

「まさかと思うが、次のレースにきみの馬が出ていないだろうね」挨拶がわりにベンジャミンは言った。「ぼくを競り負かして手に入れた、あの黒毛の若駒が」

アンドリュース子爵がにやりとする。「気の毒だが、そのとおりだ。よかったら、いっしょに見物しようじゃないか。ブランデーの瓶を届けさせてある」

抵抗しがたい誘いだったし、どのみちきょうは子爵と話すつもりだった。「喜んで」ついてきた係員を、とりあえず用はないからと下がらせたあとで、ベンジャミンは自分のグラスに酒をつぎながら言った。「きみが興味を示しそうな話が、ひとつあってね」

ゆったりと腰かけたアンドリュース子爵が目を見ひらいてみせる。「競技場では、出走馬が足慣らしを始めていた。はみと手綱《たづな》をいやがって暴れる馬もいれば、大観衆が目に入らないかのごとく平気な顔の馬もいる。「どんな話だろう？　よほどおもしろい話でないと困るな。なにしろ、お互いの馬がこれから出走するんだから」

「興味をそそられるにちがいないさ。きみを誘拐したとおぼしき人物がかかわる話だ」

とたんに子爵がふり向いた。思ったとおりだ。「あのくそ野郎が、また悪事をはたらいたのか？」

「というか、以前にもはたらいていていたらしい」ベンジャミンはブランデーグラスをもてあそびながらゆっくり答えた。馬たちは出走ゲートに並びつつある。いつも手間どるところだ。

「エレナとぼくが自由の身になった以上、犯人探しをしても無益だと言ったのは、きみじゃないか」

「ちがうさ」ベンジャミンは愛想よく訂正した。「すべてがまるくおさまった以上、犯人探しはぼくにとって無益だと言ったんだ。だが、近ごろ気が変わってね」

レディ・エレナと子爵を襲った醜聞に深くかかわりをもつ人物は割り出したものの、その名をアンドリュース子爵には明かしていない。自分なりの考えがあってのことだ。ただ、実際に誘拐をおこなったのが誰かはつきとめられなかったのも事実だった。

頭がばつぐんに切れて、狡猾《こうかつ》で、道義心に欠ける輩《やから》……わかるのはそれくらいだ。若いレディを奈落の底につき落とせる神経をもち、過激かつ緻密《ちみつ》なやりかたで目的を達する人間。

レディ・ドブルークの説明には、あの事件を想起させる点が多々あり、ベンジャミンは正直なところ……心奪われていた。困ったことにアリシアも同じらしい。だが、その問題はきょうの午後片づいたはずだ。

「理由を教えてくれるつもりはないんだろう?」アンドリュース子爵が自分のグラスを手にとり、酒を大きくひと口ふくんだ。「いつもその調子だからな。さしさわりのない小さな餌《えさ》をちらつかせて、相手が食いつくのをじっと待つ。なかなかの才能だよ、ヒーストン。ぼくにはそんなものがなくてよかった。せめて、手がかりだけでも教えてもらえないか?」

競馬が始まったが、アンドリュース子爵は合図のピストルさえ耳に入らないようすだった。

脚をのばして座り、代名詞でもある黒髪――〝大鴉《おおがらす》〟のあだ名を知らぬ者はいない――をこころもち乱した姿は、さながら男性美の集大成であり、それでいて気どったところは微塵《みじん》もなかった。瞳にやどる力強い光のせいかもしれない。

ベンジャミンはためしに訊いてみた。「きみの知り合いに、古代中国語を理解できるような学者肌の人間はいるかな？」

「ぼくの知り合いに……なんだって？　なぜ、そんなことを？」

「確かめておきたいんだ。心あたりがあるなら、教えてくれ」

競走馬の群れが最初のカーブを駆けぬけるなか、じっと考えこんだアンドリュース子爵がやがてかぶりをふった。「ケンブリッジ時代にはいろいろな国の言語を詰めこまれたが、その分野にくわしい人間はひとりも思いあたらないな。なぜだい？」

「きみとエレナをさらった人間が、手紙に古代の謎めいた符号を記していたんだ。さすがに直接の知り合いだとは思わないが、訊くだけ訊いてみようと思ってね」

テーブルの反対側に座った相手はしばし黙りこみ、目の前でくり広げられる競り合いにぼんやりと視線を向けた。「あのときの怒りと復讐《ふくしゅう》への願いは、幸福な結婚のおかげでおさまったようなものだが、好き勝手に人生をあやつられた憤《いきどお》りは、いまも忘れていないよ。あのあとの数カ月、一度ならず考えたよ。ぼくとエレナのあいだに起きたことは犯人のもくろみどおりだったのか、あるいは番狂わせで激怒を誘ったのだろうか、とね。少なくともエレナは人生をがらりと変えられてしまった。手のほどこしようもないほど体面を傷つけられたのだから」

「だが、きみがすべての責任を引きうけたおかげで救われた」

相手の顔に苦笑が浮かぶ。「本気で恋してしまったというだけさ」

同じ男なのに、これほど率直に想いを口にできるとは。ベンジャミンはなんとはなしに肩をすくめてみせた。「とはいっても、きみがそういう行動をとる保証はなかった」

「ああ」椅子に深く沈みながら、子爵の顔が翳《かげ》った。「もしいっしょに監禁されたのがエレナ以外だったら、たとえ相手の名誉を守るためでも結婚を申し込みはしなかっただろう。自分を聖人と言うつもりはないが、あの件に関しては何も責められるいわれがない」

「実にたくみな戦略だ、そう思わないかい？　初めのうちぼくは、犯人が手段こそ誤ってはいても善意のぬしで、若い男女の縁結びを買って出たのかと思っていた。見解をあらためたのは、きみが去ることが想定されていたと気づいたからさ」

観戦席からどよめきが聞こえたので、ベンジャミンは目を上げた。一頭の馬がすさまじい勢いで後続の一群をぬけ出し、大きな歩幅でみるみる先頭馬との間隔を詰めていくのが見てとれた。

あのあふれんばかりの活力で、レースを制することができるだろうか？

「なぜ、見解をあらためたんだ？」アンドリュース子爵も競馬を目で追いつつ、考えにふけっているようだった。

鼻先を並べて馬たちが駆けぬける。一段高いところにしつらえられた専用桟敷席《さじきせき》は、審判席よりも見晴らしがよいほどだ。ベンジャミンは答えた。「どうやら、きみの馬に負けてしまったようだ。だが、コルトも初めての出走にしてはよくやったと思わないかい？　例の犯人についても同じことだ。一回めは成功したがあらが多かった。きみとエレナを標的にしたときは、もっと慎重になっていた。経験を積んだいまは、相当手ごわい相手ということだ」

せっかくの勝利にも、アンドリュース子爵は喜びの表情ひとつ見せず、暗い声でこう言った。「ああ、よくわかるよ」

6

雨のなか、ふたりは笑いながら屋内へ駆けこんだ。アンジェリーナは帽子を脱いで水滴をはらい落とし、はずむ息の合間に言った。「なんとか、びしょ濡れにならずにすんだわね」

イヴがあずまやの外に降りしきる雨に目をこらす。「ぎりぎりだったわ」湿ったスカートをなでつける。いつも言うことを聞かない赤毛がシニョンから飛び出し、湿気でもじゃもじゃと広がっていた。ぽっちゃりとした体つきにそばかすだらけの肌、青く澄んだ瞳のイヴには、どこか素朴な美しさがそなわっていた。父親が伯爵ということで、言いよってくる男性もそこそこいたが、まだ結婚はしていない。

どんなひどいときも、裁判のあいだでさえも親友でいつづけてくれたのが、このレディ・イヴだった。

あのおぞましい、屈辱的な裁判。

「風がなくてよかったわ」アンジェリーナはあたりを見まわした。「屋根の下まで雨が入ってこないもの。よくある夏の夕立ね。椅子は乾いているみたい」

「でも、埃《ほこり》っぽいわ」イヴが答える。「庭のこんな奥まで来たのは、わたしも初めてなの。何十年もほうっておかれたみたいだわ」

「週末をここで過ごそうと誘ってくれて、ほんとうにうれしかったのよ」アンジェリーナはクッションをどけて腰かけた。夕立にしては、なかなかやむ気配がない。「ロンドンに出てほんの二、三日で、もう田舎が恋しくなって。静かな暮しに慣れてしまったんでしょうね」もっとも、都会も悪いことばかりではないけれど……。テームズ川に面した小さな宿屋での一夜が頭に浮かんだ。クリストファーがどうしてもと言うので、アンジェリーナもしまいには折れたのだった。これまでずっと、本心を見せないよう周到にめぐらせてきた壁も、恋に燃える彼の前にはなんの役にも立たないらしい。

抵抗すべきなのだろうが、できなかった。

「ロンドンで、彼に会ったの？」

小声の問いに、アンジェリーナは目を上げた。手入れされていないあずまやに不平をとなえつつ、自分も空いた椅子に腰かけたイヴが、こちらをじっと見つめている。アンジェリーナは答に迷った。相手がイヴでも、まだ率直にはなりきれない。「誰に？」ひと呼吸おいて問いかえす。

「田舎から、あなたを引っぱり出した張本人よ」

胸のうちを見すかされるのは少ししゃくだった。否定したいところだったが、相手はほかでもないイヴだ。「ええ、会ったわ」

なんとすてきな逢瀬《おうせ》だったことか。

「彼のことを考えるときは、いまみたいな表情を浮かべるわね。最近はしょっちゅうよ」イヴがため息をつく。「ウィリアムや、トーマスのときでさえそんなことはなかったけれど、その夢見るような表情でぴんときたわ。わたしだって経験があるもの」

それは初耳だった。「ほんとうに？」

「エンジェルったら、わたしが恋なんてするはずがないと思っていたの？」天使《エンジェル》というあだ名で呼ぶのはイヴだけだった。「この歳までひとり身なのは、なぜだと思う？　いいから、彼のことを聞かせてちょうだい」

いいえ、あなたの秘密を聞かせて。アンジェリーナにもまして口が固いのがイヴだった。おかげで助かることも多かったけれど。

「前から気になっていたのよ」篠《しの》つく雨に、まるで孤島にとり残されたような気分を味わいながらアンジェリーナはつぶやいた。「誰にも興味を示さないから」

「いいえ、示してはいたのよ」親友が肩をすくめてみせる。「ただ、社交界に出た年のあなたはいっきに注目を浴びて、崇拝者をさばくので手いっぱいだったでしょう。そのあとすぐ結婚して、ウィリアムが亡くなって……社交界に戻ると、こんどはトーマスが、あなたの再婚相手になりたいとお父さまに頼みこんで。要は、わたしに目を向けるひまがなかったのよ」

「ごめんなさいね。でも、やっぱり知りたいわ」本音だった。親友なのに、相手の名前さえ聞いたことがなかったからだ。

「知りたいのはわたしのほうよ」イヴの目がするどくなった。「何かあったのね。まちがいないわ。きょうのあなたは……なんというか……独特な気配をまとっているの。うまく説明できないけれど」

それはきっと、幸福の気配だ。生まれて初めての、たいせつな、秘められた幸福。

けれど、自分で思ったほどうまく隠しおおせてはいないらしい。

いっこうにやむきざしを見せない雨のなか、アンジェリーナはとうとう降参した。完全にではないけれど、少しだけ。「結婚したいと言われたの」

「当然のなりゆきね。あなたはイングランド一の美女だもの」

アンジェリーナは笑った。「買いかぶってくれるのはうれしいけれど、わたしの外見だけを好いているのではないみたい」

「もちろん、そうでしょう。結婚を申し込むくらいだもの。それで？　それで？」

それで？　自分でもわからなかった。次はどうなるのだろう？　ヒーストン伯爵の手で殺人犯があきらかにされて、晴れて自由の身になれるのか？　それとも願いむなしく、人生とはかつて夢見たようなおとぎ話ではなく、策謀と血で汚れた暗黒の日々だと思い知らされるのか？

アンジェリーナは言葉をにごした。「いままで会った誰とも、似ていない人なの」

「そう」

てっきり反対されるものと思ったが、イヴの目にあるのは強い好奇心だけだった。いまのアンジェリーナにはまだ、親友にさえ恋人の名前を明かせなかった。けれど、まったく話さずにいるのも無理な話だ。小さな声で打ち明ける。「ほかの人とちがうのよ」

「さっきも同じことを言ったわよ」イヴが眉をつり上げる。

「そうだったわね」

「どうちがうの？」

「どこもかしこもよ」アンジェリーナは雨のむこうに目をこらした。「外見もすてきだけれど、それだけじゃないの。すばらしい人なのよ。一芸に秀でていて。有名人と言ってもいいでしょうね」

そこがふたりの共通点だった。もっとも彼が有名なのはみずからの才能によるものであり、アンジェリーナのように黒い噂によるものではないけれど。まったく相容《あいい》れないようでいて、ふしぎなほど似ている。そう、ふたりの相性はぴったりだった。

「じゃあ、わたしも知っている相手？」

「たぶんね。もし紹介されていなくても、彼のことは知っているはずよ」出会いのきっかけを与えてくれたイヴにさえ、名前を言う気にはなれなかった。「わたしとの関係で、評判に傷をつけたくないの。認めるのはつらいけれど、事実だもの」

「わたしは、あなたとのつきあいで何も損をしていないわよ」

「嘘つきね」アンジェリーナはやさしく言った。「わたしとのつきあいについて、ご両親と口論したことがあるでしょう。ご両親は、人殺しを疑われるような女に近づくのは危険だと、しごく冷静に考えていらっしゃる。責める気にはなれないわ。あなたを守りたい一心でしょうから」

「ばかばかしい。あなたが危険なわけがないわ」イヴが憤慨をにじませる。

「ええ、もちろん」アンジェリーナはせいいっぱいおだやかな笑みをこしらえた。「命をおびやかされたりはしないわ。ただ、社会的にはどうかしら。わたしはけっして、世間体のいい友人ではない。きっとお父さまは、人目につきにくいこのアイヴィトゥリー屋敷ならという条件で、わたしを招待することを許してくださったんでしょうね。さいわい、ロンドンではあまり人前に出ないし、行事にも招かれることが少ないからほとんど出ないの。自分でも意外なくらい、静かな生活が気に入っているのよ」

イヴが熱っぽく両手をさし出し、アンジェリーナの手を握りしめた。「あなたを避けたりするものですか。何があろうと、いちばんたいせつな親友だもの。でも、これからどうするつもり？」

自身もウィリアムとトーマスの毒殺を疑っていることは、ヒーストン伯爵を除く誰にも明かしていない。親友の手をやさしくはずし、アンジェリーナはあずまやのはずれに歩みよった。雨はようやく弱まり、豪奢なドーム型の屋根にぱたぱたと音をたてていた。「わからないわ。わたしとの関係がおおやけになることで、彼の人生が一変するのがこわいの。彼を愛しているし、もし自由の身なら喜んで妻になりたいと思うわ。でも、わたしは過去に縛りつけられている。醜聞と疑惑にがんじがらめの身よ。それが変わるまで、申し込みを受けるわけにはいかないの」

「暗い話ばかりしたくはないけれど、過去を変えるなんてできるかしら？」

ふり向くと、親友の顔に複雑な表情が浮かんでいた。「いいえ」アンジェリーナは静かに答えた。「起きてしまったことは変えられないわ。でも、世間の見かたをくつがえすことならできるはずよ。ああ、やっと雨がやんだわね。散歩を続けましょうか？」

手をとりあって、草地を歩くふたり。彼女のほっそりした指がこちらの指にからみつき、長くたらした黒髪が風に揺れる。なめらかな肌が太陽を浴びて黄金色にかがやき、長い睫毛が頬骨に影を落とす。歩みにあわせて、胴着に包まれた胸のふくらみがなやましくはずみ、足もとに咲きほこる花々にも劣らぬ馥郁《ふくいく》とした香りがただよってくる。

ほどなく自分は、彼女を地面に横たえる。胸の高鳴りを抑えるために大きく深呼吸してから唇を重ね、てのひらできめ細やかな肌を愛《め》で、女らしい曲線のひとつひとつをなぞりながら服を脱がせてゆく。熟《う》れた乳房を口にふくみ、内腿に指先をもぐり込ませ……やがてゆっくりと開かれた脚のあいだに、熱い潤《うる》みを感じとり、彼女の手が肩にすがりつき、自分の名前がささやかれ……。

気づけば自分はひとりきり、荒い息のおさまらぬまま、当惑して、草の上にあおむけになっている。衣服を地面に脱ぎすてたまま、裸の下半身をいきり立たせ、なぜかひとりで。もはや小鳥はさえずっておらず、あたりは不気味なほど静まりかえり、うららかに晴れわたっていた空がにわかにかき曇り、風は身を切るほど冷たく……。

そして、彼女はどこにも見あたらない。

目をさまして寝返りを打つと、そこは見なれた自分の寝室だった。濃紺《のうこん》の天蓋《てんがい》、薄闇にぼんやりと浮かび上がるイタリア製大理石の暖炉、奥手にしつらえた衣装棚。クリストファーは乱れたシーツにくるまったまま、恐慌にはずむ息が落ちつくのを待った。

身を起こし、両手を髪につっこんで大きく深呼吸する。「ただの悪夢だ、あわてるな」声に出して言いきかせると、安堵《あんど》といら立ちが同時にこみ上げた。もっとも、すべてが悪い夢というわけではない。前半はとても楽しかったし、その証拠に下半身はまだ固さを保っている。

ベッドを下り、用を足してから冷たい水で顔を洗い、部屋着を拾って袖を通す。窓辺から見わたすロンドンの街は、日中の喧噪《けんそう》が嘘のように深い眠りに沈んでいた。メイフェアの大通りにも人っ子ひとり見あたらない。炉棚の置き時計を見ると、夜明けまでまだ一時間あった。

さっきの夢が何を暗示するかはわかっている。哲学者を気どるつもりはないが、ずばぬけた分析力などなくても一目瞭然だ。だしぬけの喪失が引きおこす狼狽《ろうばい》、二度と会えない別離のつらさ、孤独のみじめさ。

アンジェリーナが不吉な影につきまとわれているというのなら、自分も同じだ。アンジェリーナの影ははた目にもあきらかで、自分のは目につかないというだけのちがいだった。

似た者同士のふたり。確かに、自分は初対面のときからアンジェリーナの美貌に惚れこみ、理性も礼儀作法もかなぐり捨てて、美しい肉体を手に入れたいと願った。だが、それだけではない。歌うような笑い声や、こちらを見つめかえす銀色の瞳のきらめきや、何よりも、いっしょにいるときの安らぎに惹かれていた。お互い無言で何かに没頭していても、心が通じているという感覚。

そう、クリストファーは安らぎを心から欲していた。

ようやく運命の相手を見つけたのに、結ばれることが許されないだなんて、そんな不条理があるだろうか？　もちろん、表面的な意味では結ばれた。何度も何度も、熱い欲望にかられるまま、あるときはゆっくりといつくしみをこめて、あるときははげしくむさぼるように……だが、いまよりもっと、ほんとうの意味で彼女がほしかった。所有するわけではない。あらゆる点で、自分のものになってほしかった。彼女を世界と分かちあうのではなく、世界を彼女と分かちあいたかった。

〝詩人だな〟われながらロマンティックすぎる考えに苦笑を漏らし、窓辺に肩をもたせかけて、家々の屋根の向こうに顔を覗かせた太陽を眺める。

きょうは忙しくなる。国王の補佐役と、新しい建築物の設計について、納得のいかない部分を詰めなくてはならない。いまさら眠れないだろうし、着替えて階下の書斎へ行ったほうがよさそうだった。

それから二時間後、クリストファーがようやく一杯めのコーヒーを飲みほすころ、憤懣《ふんまん》やるかたないようすの執事がヒーストン伯爵の来訪を告げた。無理もない。貴族社会で、これほど早い時刻に訪ねてくる人間はめったにいない。だが、日の出前に目ざめたクリストファーはさして気にとめなかった。むしろ、顔見知り程度でしかない相手が訪ねてきたことのほうがおどろきだった。

伯爵が入ってくるのを見て、図面と見積り表を片づけて椅子をすすめる。「やあ、ヒーストン。好きな場所にかけてくれ」

「ありがとう」ベンジャミン・ウォレスはいちばん上等な椅子をあやまたず選んで腰を下ろし、ブーツの足首を無造作に組んだ。「非常識な時間に押しかけてすまない。たぶん起きているだろうと思ってね」

つきあいの浅さから考えると思いがけない洞察だったが、理由を問いただすより早く、来客のほうから質問を投げてきた。「きみはなぜ、レディ・ドブルークが夫ふたりを毒殺した悪女ではないと確信できる？」

早起きの習慣だけでなく、誰にも口外した覚えのない恋模様までお見通しとは、いったいどういうことだ？

度肝をぬかれたクリストファーは、涼しい顔で腰かける来客をまじまじと見つめ、どう答えるべきかと逡巡《しゅんじゅん》した。伯爵はいぶかしむようすもなく、長身をゆったりと椅子にあずけて待っている。

悩んだすえに、クリストファーは無難な答を選んだ。「法廷で、有名な治安判事が精査してもなお、罪を証明できなかったと聞くが。なぜ、ぼくにそんな質問を？」

「きみが彼女の恋人で、結婚を望んでいるからさ。その点からかんがみて、なみなみならぬ知性の持ち主と思われる人物が、なぜ彼女に脅威を感じないか、知りたいと思った。意見を同じくしない人間も多いだろう。ぼく自身まだ判断をつけかねているが、ひとまずきみと同じ意見にかたむきつつある。確証を得るために、情熱にもとづくのではない冷静な根拠を聞かせてほしいんだ」

情熱。そう、自分とアンジェリーナは情熱で結ばれている。初めてあの居間で、顎をつんと上げながらも稀有《けう》な瞳をこころもち伏せた彼女を見たときは、どこの誰かを知らなかった。二十七年の人生で見たこともないほどの美女がそこにいた。控えめな形のドレスでは隠しきれない優美な体つき。ざっと結い上げただけの、飾りなど必要としない豊かな髪。室内がふいに静まりかえったのは、彼女の存在感に打たれたのだとばかり思っていた——事実、自分は言葉を失ったから——が、やがて隣席の誰かがこうささやいた。「おや、今夜は〝暗黒の天使〟のおでましか。スープの皿が下げられるまでは、隣に座りたくないものだ」

〝暗黒の天使〟。そのあだ名には聞きおぼえがあったが、くわしくは知らなかった。ゴシップには興味がない。空高くそびえ立つ建物を思いえがいたり、庭園の図面を引いたりするほうが、暇な金持ちがたれ流す空言に耳をかたむけるよりもずっと楽しかった。

誰かをひと目見たとたんに運命ががらりと変わるなどという絵空事も信じていなかった。あのときまでは。

あのとき、自分は恋に落ちた。彼女と口をきく前に。シャンパンのグラスをさし出されたのに気づいて視線を上げた彼女が、唇のすみをほんの少し、苦笑とも思える形にゆがめる前に。誰も紹介してくれないので自分から名のりをあげる、その前に。礼儀作法どおりとはいかないやりかただったが、もともとしきたりにはあまりこだわらないたちだし、周囲の誰も近づいてこなかった。

けっこう、これで彼女をひとり占めできる、そう思った。

そして、これから一生そうしたいと思っていた。

クリストファーはヒーストン伯爵を見すえた。「個人的な事柄に、ずいぶんくわしいようだ。なぜ興味を惹かれたのかは想像もつかないが」時計に目をやる。「しかも、こんなに早い時間に」

「レディ・ドブルークが訪ねてきたのでね」

アンジェリーナがロンドンに？　てっきり、田舎に戻ってしまったものと思っていた。おのずと声がするどくなる。「いつ？」

「何日か前だ。心配しなくていい。きみの素性は聞かされなかったよ。ぼくが自分で調べた。察するに、おそらく……」

「彼女に何を聞かされようと知ったことじゃない」クリストファーはぴしゃりと言った。

「屋根にのぼって、ぼくの名前を叫んでもかまわないさ。何もかも秘密にしたがるのはアンジェリーナのほうだ」

「ああ、そのようだね」ヒーストン伯爵の榛色の瞳からは、なんの感情も読みとれなかった。

「理由も聞かせてもらった。きみを守りたいからだと。最初は、きみがすべてをしくんだのかとさえ思ったよ。ふたりの夫を殺し、彼女を社会から孤立させ……とね。だが、考えれば考えるほど矛盾が出てくる。悪事がおこなわれたのは事実だが、きみは関与していない」

あたりまえだろうに。思いもよらない指摘に、クリストファーはつい声を荒らげた。「いいか、ぼくらが会ったのは、ほんの……」

「知っている。ただ、生まれつき疑りぶかいたちなので、一応きみという可能性を検討したまでのことだ」

しばし相手をにらみつけたのちに、アンジェリーナがよかれと思ってしたことなら腹を立ててはいけない、とクリストファーは思いなおした。「悪かった」

「考えてみたまえ。秘められた恋というのはめずらしくない。しかも主役は、世間の注目が高くて、かつ野心家の父親が目を光らせている若いレディだ。彼女がひとりめの相手と婚約した六年前、きみはまだ若くて実績もない、単なる男爵家の次男坊だった。彼女の父親は、きみなど気にもとめなかっただろう」

まったくそのとおりなので、何も言いかえせなかった。

ここ一週間のおだやかな天気を話題にするかのように、くだけた調子でヒーストンが続ける。「こうして彼女は別の男と結婚し、ほどなく相手が死んだので自由の身になった。なんという好都合だろう。だがまたしても、彼女は父の熱心なすすめで別の男と結婚した。奇妙なことに、こんどの夫も突然の死をとげた」

「ぼくなら、いくら自分のものにしたくとも、アンジェリーナに生き地獄を味わわせたりはしない」クリストファーは、社交界をいっきに魅了した、天真爛漫《てんしんらんまん》な乙女だったころのアンジェリーナを知らない。いまの彼女は用心深く、容易に心を開かず、影をおびていて……ああ、誰のしわざかわかりさえしたら、そいつのどす黒い心臓に銃弾を撃ちこんでやるのに。

「ぼくも、いまではそう信ずるにいたった」相手がさらりと言う。

「ありがたいね」冗談めかしつつも、やはり疑われていい気分はしなかった。

「だから、ここに来たのさ」ヒーストンは、腹が立つほど冷静だった。「きみを一覧から除外したうえであらためて訊くが、誰なら可能性があると思う？」

「アンジェリーナに敵などいるわけがないだろう？」クリストファーは椅子の背にもたれ、息を吸いこんだ。「社交界にありがちな、ドレスやパーティに夢中のうわついた女性ではない。あんな境遇に追いこまれても、他人を悪く言ったりしない。そもそも、アンジェリーナを苦しめて、誰がどんな得をする？　最初の結婚は、条件こそよかったかもしれないが、相手は財産と爵位以外にはなんのとりえもない男だった。二度めは彼女自身が相手を選んだが、結婚自体は、父親のしつこい催促に従ったまでのことだ」

「本人もそう言っていた」

「報復をして、なんの得がある？　二度めに未亡人になって社交界からしりぞいたあとは、誰も言いよってこなかったと聞いたが」

「ぼくも、そこに好奇心をそそられてね」

なぜ、伯爵が好奇心をそそられるのだろう？　クリストファーはいぶかしんだが、ここまでの物言いから察するに、無責任な野次馬根性のたぐいではなさそうだった。下種《げす》な好奇心で他人の事情をあれこれ探ったりする人物には見えない。「アンジェリーナと親しいとは知らなかったな」

「別に親しくはないよ。二番めの夫と友人でね。そのつながりがなくても、個人的な事情から力を貸した可能性はあるが、トーマスのことはほんとうに好きだったから、もし彼の死が殺人によるものなら、犯人を捕らえる機会を友人として見すごすわけにはいかない。彼女について聞かせてくれないか」伯爵の顔に、気さくでいて真剣な、独特の笑みが浮かんだ。

「何から何まで、細大漏らさずに。彼女に害をなそうとする人間を、あらゆる角度から割り出したいんだ」

そう言われてしまったら拒否できるはずがない。クリストファーはしばらく考えてから答えた。「やさしくて、献身的で、ごまかしのない人だ」

ヒーストン伯爵は平然としていた。「しかも美人で、聡明で、端然としている。言いかたが悪かったかな。聞かせてもらいたいのは、ぼくの知らない彼女だ。深い仲のきみなら、もっとつっこんだ情報を知っているだろうと思ってね」

深い仲と言われて悪い気はしなかった。だが、的確ではないかもしれない。クリストファーは深呼吸して自分を落ちつかせてから答えた。「ぼくの、さらには彼女の私生活をそこまでさらけ出さなくてはいけない理由を、どうか教えてくれないか」

「その、、その種の説明を聞きたいわけではないから、ご心配なく」ヒーストンが言葉を切って、しばし壁のあたりをぼんやり眺めた。「必要なのは、きみにとって些細《ささい》と思えるような事柄だ。まだ気づいていないかもしれない……こちらも暗闇を手さぐりしている状態だが、たとえば彼女の日常に、どこか奇妙な、ふつうとちがう点はないだろうか？　最初は、恋にやぶれた男が逆恨みから夫ふたりを殺したのだろうと考えていたが、レディ・ドブルークは誰も心あたりがないと断言した。あの言葉は信じていいと思う。となれば、ほかに何かあるはずだ」

そう、自分も彼女の言葉を信じた。あれほどの凶行にいたるような恨みをかう覚えはない、と恋人は主張してゆずらなかった。

「残念だが、思いあたらないな。ぼくだけが知るような事実があるとは思えない。アンジェリーナは、あか抜けた物腰からは思いもよらないほど率直な人だ。それに知ってのとおり、社交界に出るたび、シーズンの終わりを待たずして結婚を決めている。それほど短い期間で凶悪な敵を作れるとは、ぼくには思えない」

「まったく同感だ」ヒーストン伯爵がつぶやいた。「いまいましい」

7

まるで絵のように美しいふたりだわ、とアリシアは考えた。すっきりとした長身の男性と、肉感的な体つきに鳶色《とびいろ》の髪の美女……。

問題は、エメラルド色のドレスをまとった美女と話しこんでいるのが、自分の夫だということだ。人ごみを避けて会場の片隅にたたずむふたり。妻に気づいたベンが軽くうなずき、話し相手にはろくろく挨拶もせずにこちらへ歩いてきたが、アリシアの気持ちはおさまらなかった。胃のむかつきが、ひときわひどくなった。

なんでも秘密にしたがる性分に反して、夫が自分を裏切るはずがないのはわかっている。ただ、周囲の男性の多くが、貴族の義務として妻を娶《めと》り、遊ぶために愛人を作るという事実を見すごすことはできなかった。長手袋を引っぱり上げて肘を覆いながら、アリシアの口はかすかに引きむすばれていた。

ベンと話していた女性が、ヴェルヴェットをひるがえし、菫《すみれ》の香りをふりまいて横を通りすぎざまに、小さく頭を下げた。どこかで見たことのある顔だと思ったが、紹介された覚えはなかった。

不吉な想像で頭をいっぱいにしているところに夫がやってきて、軽く肘をとらえた。いつもどおり、落ちつきはらった表情だ。「ほんとうに、きょうの演目を観たいのかい？」

「ええ、もちろん」アリシアは夫に腕を引かれて混雑をぬけながら、小声で答えた。

「シェークスピアか」あきらめ半分の口調だ。「スコットランドの王と、血に飢えた一族と、ぎょうぎょうしい活劇といったところかな」

「人はそういう生き物だということ、お認めにならないの？」

「芝居の中では、確かにそうだ」

「実生活のほうが、もっと劇的だわ。あの女性はどなた？」

専用の桟敷席はむし暑くて人気《ひとけ》がなかった。ベンジャミンが気をきかせてシャンパンを注文してくれたらしく、小卓の上に銀の容器が乗っていた。「誰のことを言っているのかな？」

アリシアが座るのを礼儀正しく待ちながら夫が訊ねる。

「さっき、わたしの前に話していらしたでしょう。赤毛でりっぱな体つきの女性よ」

否定するかと思ったが、夫は軽く答えた。「ああ、ミセス・ダルセットか」

どこかで聞いた覚えのある名前だった。高齢の公爵に関する話題だったような……。「わたしの知らないかたよね、確か」

「近ごろロンドンへ戻ってきたんだ」

「どういうお知り合いなの？」

「むかし、役に立ってくれたのさ」ベンが銀器の中から氷漬けの酒瓶をとり出す。

どうとでもとれる表現に。アリシアは目をぱちくりさせ、次の出かたを慎重に考えた。

「役に立つというのは、つまり……あなたとそういう……」

「何を言っているんだ、奥さん。そういう〝役に立つ〟ではないよ」こちらの表情をあやまたず読みとったベンが、ぽんと音をたててシャンパンの栓を抜きながら訂正した。「あたりまえじゃないか」

〝わたしが何を考えたと思うの？〟問いつめたくてたまらないのをぐっとこらえ、アリシアは静かに言った。「だって、とても美人だったし、わたしのことを放ったらかして長いこと話しこんでいらしたじゃないの」

「放ったらかす？」夫が腰を下ろし、盆に並んだグラスに手をのばす。「とんでもない。言っておくが、きみのことはずっと視界に入れていたよ。きみのほうこそ、姉さんやその友人がたと話に花が咲いているようだったが」

いつものように咎をはぐらかされても、夫を信じてしまうのがアリシアの弱みかもしれない。「で、あの女性はどなた？」

「いま言っただろう。ミセス・ダルセットさ」ベンがシャンパンをさし出す。「で、きょう見せられる三文芝居はなんだったかな？　咎が『ハムレット』なら、いまのうちに大酒をあおっておかないと」

「ちがうわ。『テンペスト』よ」

「ああ……海底に沈んだ王がどうの、青い目の女怪がどうのという話か。やはり、酒の力を借りたほうがよさそうだ。ところで、その色……とてもすてきだ」

ベンはその気になれば茶目っ気を出せる男性だ。ただ、その気になることはめったにない。

「青い目の女怪だとおっしゃりたいの？」青いドレスを着ていたアリシアは、わざと冷たく言った。

「さっきのは芝居の話だろう」ベンがめずらしく声をあげて笑った。無意識のうちに飛び出してしまったのか、ちがうのか……。「いまのはドレスの色の話で、女怪とはなんの関係もない。冷たい水を飲むかい？」

ああ、やっぱり。これまた、だんだんわかってきた夫の特徴だ。あまり深く追求されたくないときほど愛嬌《あいきょう》をふりまく。たいていは礼儀正しい――いや、いつも礼儀正しい――けれど、こんなふうに話をそらしたりしない。はっきり目につきはしないけれど、そばにいるアリシアは、しだいに気性をのみ込みつつあった。

「ええ、お水のほうがいいわ」いまのところ、つわりにはさほど苦しんでいないものの、さっきの展開は予想外だったし、上流社会のお歴々が集まった王立劇場で、食べたものをそっくり戻すなどという失態をおかしたくはなかった。無調法にもほどがある。妊娠を恥じるつもりはまったくないけれど、他人にあれこれ取沙汰されるのはごめんだ。

それはともかく、ミセス・ダルセットには興味をそそられていた。

舞台をはさんでちょうど向かい側の桟敷に陣どった彼女の姿は、真っ赤な髪のおかげですぐわかった。派手な真珠の首飾りが、照明を受けてにぶい光を放っている。クリーム色の豊かな胸が、あざやかなエメラルド色のヴェルヴェットをつきやぶりそうな勢いだが、ドレスの趣味がいいのは認めざるをえなかった。アリシアなら選ばないとはいえ、けっしておかしくはない。

で、あの人はいったい誰なの？

「どうぞ」ロビーから戻ってきた夫が、水のグラスを手わたしてから腰を下ろした。「もし疲れたら、すぐ家に連れて帰るから」

アリシアは思わず笑った。「あなたこそ、途中でしょっちゅう居眠りをするじゃないの。お芝居をちゃんと観ているのはわたしのほうよ」

「居眠りじゃないさ。まずい役者や、もっとまずい酒から身を守るために、目をとじるだけだ」ベンがシャンパンをひと口飲むなりグラスを置き、群衆に視線を走らせる。「みんなそろっているようだ」

「みんなというと……ミセス・ダルセットもでしょう？　ずいぶんめずらしい名前ね。本名なの？　ミスター・ダルセットは実在するのかしら？」

「きみの知りたがりは相当なものだと、前にも言ったかな？」

「あなたの秘密主義も負けずおとらずだって、前にも言ったかしら？」

「口論するつもりかい？」

アリシアはグラスごしに相手を見た。「わからないわ。あなたは？」

「さっきも言ったとおり、彼女は古い知り合いだよ」

「そして、あなたは彼女を役立てていた……どんなふうに？」

「情報収集さ」

それなら納得できる、と考えながらアリシアは水を口にふくんだ。彼女の双眸のするどさを思えばふしぎはないし、夫は愚鈍《ぐどん》な人間に近づかない。「わかったわ」

「いや、わかっていないさ」ベンが、舞台を覆う深紅の幕に目をやった。「そもそも、きみに理解してほしいかどうかも、自分で決めかねているのに。きみと……子どもを、ほかのことから切りはなすことはできないだろうか？」

「ほかのことって、何？」アリシアはわずかに声をとがらせた。「ヒーストン伯爵としてのおおやけの務め以外という意味だったら、おことわりよ。あなたにふたつの顔があるわけじゃないわ。すべてふくめて、ひとりの人間でしょう？」

「そこに異をとなえたら、どうなる？」

アリシアはたじろいだ。夫は確かに複雑な人だし、外界と自分とのあいだに距離をおいているが、それがどの程度の距離かは見きわめがつかない。「そんな……」

「一幕が始まるようだ」ベンはいつもの落ちついた口調だった。長い指でシャンパングラスを軽く支え、アリシアの隣にゆったりと腰かけている。「続きはあとで話そう」

信用できない。また話をそらすつもりだ。

「寝室へ上がる前に、お話できるわね？」アリシアはさも無邪気そうに問いかけた。この手の駆け引きには不慣れだが、少しは上達しているはずだ。

「アリシア」夫の声がわずかにけわしくなる。「ぼくをおどすつもりかい？」

「いとしい旦那さま、お芝居の最中におしゃべりだなんてお行儀が悪くてよ」アリシアはものうげに扇をふってみせた。「あなたのおっしゃったとおり、幕が上がるわ」

この苦境をやすやすと抜けだせないのは承知していた。ただし、運がころがりそうな気配はある。いいほうにか、悪いほうにかはわからないが。

夜遅いというのに、玄関に入るとイェーツが部屋着姿でそわそわと待っていた。しわ深い顔を、いつになく不安げに曇らせている。いつもは感情を出したりしないのに。「旦那さま、たいへんなことが起きました」

「どうした?」ベンジャミンは手袋をはずしてかたわらの小卓に置いた。アリシアがすぐそばにいるので、懸念こそすれ動揺はなかった。「説明してくれ」

「屋敷にしのび込んだ者がいたようで」

ベンジャミンは年かさの執事をきっと見やった。「書斎か?」

「ええ。なぜおわかりになりました?」

「ごくかんたんな推論さ」レディ・ドブルークが相談をもち込んできたことが、誰にも気づかれないはずはない。イェーツは信頼のおける男だが、ほかの使用人も美貌の客には目をとめただろうし、噂になってもふしぎはない。

それに、うるわしのレディ・ドブルークが血なまぐさい復讐の標的になっているのなら、力を貸す立場の自分は、彼女に目を光らせておくべきだろう。それでこそ、敵の動きもつかめるというものだ。

ベンジャミンは静かに訊ねた。「侵入者を見た者は？」

「おりません。わたくし、いつも休む前に邸内を見まわって戸締りを確かめるのですが、今夜にかぎって書斎の扉が半開きになっておりまして。玄関に立たせておいた召使いは、妙なことは何もなかったと断言いたしました」

「窓も、出入口も鍵がかかっていた？」

イェーツが陰気にうなずいた。「一見したかぎりでは何も。ただ……荒らされた室内をごらんになったら、さぞご不快でしょう。ふだんから、旦那さまのお許しなく書斎に立ち入るなとのお言いつけですので、あえて片づけはしておりません」

自分の家に入りこまれて気分が悪いのは誰でも同じだろうが、盗賊が切れ者で、誰にも気づかれずに侵入できる腕前の持ち主となれば不愉快さもひとしおだ。「今後も手をふれないよう、みなに伝えておいてくれ。ここまでのはたらきに感謝するよ、イェーツ。ぼくも自分で戸口や窓を調べてみる」

二世代にわたって伯爵家に仕えてきた男の目が、ここにいたってするどい光をおびた。

「そうなさると思っていました。召使いたちには、指示があるまで部屋で待つようにと命じてあります」

召使いたちは、主人のことを単なる変わり者だと思っているのか、あるいは戦争中に果たした役目のことを知っているのか、それがかねてからの疑問だった。どうやらイェーツは後者のようだ。

あの戦争は終わった。だが、みずからの聖地たる書斎の入口に立ったベンジャミンは、あらたな戦いの火蓋《ひぶた》が切られるのを感じていた。ヨーロッパ全土を巻きこんだナポレオンの野望ほど大がかりではないが、これはこれで……。

机の引き出しがこじ開けられ、中身があたりに散らばっている。インクが書類にこぼれ、東洋の敷物にしみをつくり、暖炉の上にかかった絵画までも引きはがされ、キャンヴァスが切り裂かれていた。背後でアリシアが、室内の惨状にはっと息をのむのが聞こえた。

「ずいぶん乱暴な客が来たようだね」ベンジャミンは亡母の細密肖像画《ミニチュア》を拾い上げた。表面に走る亀裂《きれつ》に胸がずきりと痛む。感情が顔ににじんでいたのだろう、妻がそっと腕にふれてきた。

「ひどいわ」可憐《かれん》な顔が青ざめている。「誰がこんなことを」

「気にしなくていい。品物はいくらでも代えがきく」声こそ落ちついていたが、ベンジャミンの胸中には氷のような怒りがこみ上げ、苦しいほどだった。なんとか修復できればと願いつつ、肖像画をそっとかたわらにどける。「この一件で、レディ・ドブルークが毒殺の犯人だという可能性はさらに低くなったな。もっとも、彼女が訪ねてきたせいで書斎が荒らされたと見てまちがいはないだろうが」

「ええ、こんなことをする人には思えないわね」

ベンジャミンは倒れた本棚を見やった。「それに、共犯者でもいないかぎり、ほっそりした女性にこんな芸当ができるとは考えにくい」

「少なくとも、わたしには無理だわ」アリシアが考え考え言い、切り裂かれた絵画を眺めながら外套の前をかき合わせた。「そもそも、どんな意味があるというの？　レディ・ドブルークはこの屋敷を訪ねてきて、あなたを多少なりとも引きこんだわけでしょう？　だとしたら、まったく別の人間のしわざと考えたほうが自然だわ。確か、あなたは危険な人たちとも知り合いだとおっしゃったわね」

「これは物盗《ものと》りのしわざではない」ベンジャミンは考えをそのまま口にした。「どちらかといえば見せしめだ。もしレディ・ドブルークが人を雇ったというのなら別だが、そこらのごろつきに、使用人の誰にも気づかれずしのび込み、音をたてずにこれだけの狼藉《ろうぜき》をはたらけるとは思えない。さあ、調査に乗り気だったきみの意見を聞かせてくれ。この部屋を見てどう思う？」

妻が口もとを引きしめたのは、慎重に答を考えている証拠だ。「ひどく乱雑に見えるけれど、ほんとうはちがうような気がするわ。物探しの痕跡《こんせき》を隠すためにわざと荒らしたようでもあるし、同時にわざと乱暴な印象を与えたがっているようでもあるわね。もし何か見つけたいものがあるのなら、そうっとしのび込んで、手紙の束や引き出しの中を、じっくり時間をかけて漁《あさ》ればいいだけのこと。わざわざこんなまねをしたのは、あなたを挑発するため、そして、あなたが無力だと知らしめるためでしょうね」

まったく、なんとすばらしい女性と結婚したのだろう。なめらかな肌をほんのりと照らすランプは、イェーツが灯《とも》したものと思われた。侵入者がそんな気をきかせるわけがない。アリシアのなよやかな体はもちろん魅惑的だが、何よりも惹きつけられるのは、澄んだ瞳からあふれる知性だった。「同感だよ」ベンジャミンはやさしくうなずいた。「だからこそ、きみをロンドンから遠ざけたいんだ」

8

おとぎ話のようにはなやかな場面が、いまは悪夢にしか思えなかった。

居間に入る前に、アンジェリーナは背すじをぴんとのばし、平然とした表情を顔に張りつけた。

クリストファーのたっての望みでなければ、今夜の招待に応じることはなかっただろう。いくら社交界垂涎《すいぜん》の行事でも。自分が身をもって学んだのは、社交界からのうわついた注目などなんの意味もないということだ。外見の美しさや幸運も、ちょっとしたきっかけで消えうせてしまう。もしかしたら世間では、まだ高嶺《たかね》の花あつかいされているのかもしれないが、それを確かめる機会はない。アンジェリーナが身につけたのは、涼しい顔で部屋に入ってゆき、凝視《ぎょうし》やひそひそ話を受けながす気力だけだった。

人前に出てこないと噂がひどくなるばかりだ、と言いはるクリストファーに、今夜はとうとう根負けしてしまった。もしかすると、彼が正しいのかもしれない。物珍しさが薄れれば、ゴシップ好きの連中もじきに離れてゆくだろう。

けれど、クリストファーを案じるあまり、せっかく同じ場にいても近づけない。結局、今夜もアンジェリーナはひとり、冷たい詮索《せんさく》の目にさらされる道を選んだ。

かまわないわ……あまり愉快な経験ではないけれど、少しは心が強くなるだろう。田舎で暮らす日々、とりわけ公判のあとで一度ならず考えたのは、ウィリアムなりトーマスなりがもし生きていたら、自分はどこにでもいるおもしろみのない人妻になったのだろうか、ということだった。周囲にならって愚にもつかない行事や屋敷の切りもりに明けくれ、子どもの世話を乳母や家庭教師に押しつけて。

〝いやな思いもするけれど〟自分の名前が告げられたとたん、ほかの客がぴたりとおしゃべりを止めるのを感じながら、アンジェリーナは考えた。〝人生で何がたいせつかをつきつめる、いい機会だわ〟人気よりも自尊心。金品よりも心の豊かさ。そして、自己満足よりも愛。考えようによっては、自分は幸運なのかもしれない。もっとも、全員にじろじろ見られるいまは、とうていそんな気分になれないけれど。

「レディ・ドブルーク」接待役のミセス・グレッグストンが一歩進み出て愛想よくほほえんだが、小さな黒い目は笑っていなかった。歓迎ではなく、意地悪い好奇心に満ちた表情だ。

「ひさしぶりにお会いできて、うれしいわ。なんてすてきなドレスでしょう」

緋色《ひいろ》の絹は、裁判以来初めて人前に出るにあたって吟味に吟味を重ねた素材だった。いたずらに反感をかわないため、襟ぐりはおとなしすぎず、かといって大胆すぎもしない線を保ってある。何十種類もの布地に目を通し、派手すぎるものを除いたうえで、深紅にほんのりと銀糸を織りこんだこの絹が、自分の黒髪にいちばんよく映《は》えると判断した。めりはりをつけるために長手袋は純白、うなじのあたりでつややかな巻毛が揺れるように髪を結い上げ、まばゆいダイアモンドをちりばめた銀のピンで留めてある。

どうせ人前に出るのなら、あざやかに登場したかったのだ。

そして、目の前には彼がいる。アンジェリーナはさりげなく視線をさまよわせた。いわゆる正統派の美男子ではないけれど、むしろそこが魅力的な容貌だ。真っ先に目に飛びこんでくる、くっきりした造作と豊かな金髪。イタリア人の祖母ゆずりだというローマ系の高い鼻と、角ばった顎とが、えもいわれぬ調和を生み出している。表情を変えず、こちらに視線を向けもしないが、確かにこちらを見ている。アンジェリーナの肌がほのかにほてった。

彼を眺められるなら、下世話な好奇心にさらされても惜しくはないかもしれない。

ふたりでダンスはできないけれど。

笑みを投げたり、軽口をたたいたり、シャンパンのグラスを手わたしてもらったりもできないけれど。

ビュッフェのテーブルへ向かうとき、偶然をよそおって横をかすめることさえできないけれど。

そう、許されないことばかりだ。気にする必要などないと彼は反論したが、アンジェリーナがうんと言わなかった。

なのに懇願《こんがん》にさからいきれず、ここに来てしまった。

アンジェリーナは女主人のほうに向きなおり、艶然《えんぜん》とほほえんでみせた。「ありがとうございます」

招いてもらったありがたさに平身低頭するわたしを期待しているのなら、おあいにくさま。

招待状が届いたときから、慈悲やこちらへの好意ではなく、ほかの客を楽しませる余興として呼ばれたのはわかっていた。

〝暗黒の天使がよみがえった。ロンドン社交界を闇に巻きこむつもりだぞ〟

「お連れはいらっしゃらないのかしら？」しらじらしい質問だ。

「ご存じのとおり、未亡人ですから」アンジェリーナはさらりと答えた。「そのぶん、自由もありますけれど。そうお思いになりませんこと？」

「ええ、それはもう、もちろん」ミセス・グレッグストンがあわただしく手をふる。真っ向からの切りかえしに虚をつかれたらしい。「まあ、どうぞ楽しくお過ごしになって。食事の前に、ちょっとした演奏会もございますから」

「まあ、すてき」

女主人が大急ぎで遠ざかる姿はひどく滑稽《こっけい》だったが、そのあわてぶりを楽しむ余裕は、いまのアンジェリーナになかった。いくら何をささやかれようが平気だというふりをしても、過去がまるごと消えるわけではない。

でも、これ以上誰かの気まぐれで未来を台無しにされるつもりはなかった。

なにかと気詰まりな思いをする催しのなかでも、すべり出しはいちばん気詰まりだ。さいわいいまはあまり招待を受けないし、こちらが出席の返事を出すことはもっと少ない。アンジェリーナはひとり立ちつくし、できるかぎり平然と室内を見わたした。知った顔がひとつでもあればいいけれど……。

「レディ・ドブルーク」

屈託のない声に内心おどろきつつふり返ると、ヒーストン伯爵の奥方だった。瞳と同じ藍色のヴェルヴェットをまとった優美な姿、かわいらしい笑み。口もとがかすかにいたずらっぽくゆがんでいる。

先日のだしぬけの訪問を思い出しながら、アンジェリーナはていねいに挨拶した。「ごきげんよう、伯爵夫人」

「ここでお会いできるとは思わなかったわ。うれしいこと」その口調に嘘は感じられなかった。口もとにえくぼまで浮かべている。続いて夫人が声を低めた。「こういう催しって、すぐ退屈してしまうの。あなたは？　シャンパンを飲みながらいっしょに散歩でもいかが？」

しっかり腕をからめられると、隙のない超然とした態度をつらぬくはずが、つい頬がゆるんでしまった。「ええ、ぜひ」

どう見てもレディ・ヒーストンのほうが優勢だった。抵抗しようがない。伯爵夫人が押しも押されもしない人気者で社交界の花形だということは、飲み物のテーブルへ向かう道すがらわかった。

親切で、しかも心づかいの行きとどいた申し出だ。

従僕からシャンパンのグラスを受けとると、アンジェリーナは小声で言った。「ご親切にしていただいて」

「何をおっしゃるの」アリシアが上品にグラスを口に運ぶ。「ここはずいぶん混みあっているわね。テラスのほうへ行きましょうか？　少しは風も入るでしょうし」

賛成だったが、そのあたりにはクリストファーが立ち、むやみと愛想笑いをふりまく——とアンジェリーナには見える——若いレディたちに囲まれていた。男性には、かつてもてはやされ、あこがれられ、妬《ねた》まれさえした娘が一転、仲間はずれにされるつらさを理解できないのかもしれない。

アンジェリーナはうなずいた。もしことわれば、レディ・ヒーストンに不審がられるだろう。「そうしましょうか」

ちょうどクリストファーが小さく一礼して集団を離れたのは偶然だろうか。賞賛と喜びにきらりと目をかがやかせ、こちらへまっすぐ歩みよりながら、なやましい唇にうっすらと笑みを浮かべる。

アンジェリーナの肉体をすみからすみまで味わい、もだえさせ、めくるめく官能のさなかに熱くはげしいキスを与える、あの唇に……。

いったい、何をするつもりかしら？

いま思えば、彼女になんという無理を押しつけてしまったのだろう。

ふたりが知りあった田舎のパーティは、アンジェリーナの親友が開いたものだったので、出席した面々も、悪名高いレディ・ドブルークにやや冷たいとはいえ礼儀正しかった。今回がそうでないことは——ここはロンドンだし、招待客はかたくなで排他的だ——わかっていたが、アンジェリーナが名前を呼ばれ、ミセス・グレッグストン――あの女め、鼠《ねずみ》を追いつめた猫のように舌なめずりしそうだった――主催のパーティがおこなわれる大広間へ入ってきたときのきびしい表情には、正直なところ度肝をぬかれた。

アンジェリーナという女性を、心も体も深く知り、愛しているつもりだったが、彼女が強いられてきた忍耐については、まったく理解していなかったらしい。

もっとも、周囲の人間も気づかないにちがいない。粋《いき》な深紅のドレスで上品によそおい、女主人に落ちついて受けこたえするようすを見るうち、すぐさま応援に駆けつけようという衝動はおさまったが、クリストファーは彼女を知っている。ふっくらと色っぽい唇はかすかにふるえ、頬もいつもより血の気《け》が引いて見えた。ぬけるように白い肌が、つややかな黒髪とドレスの赤をくっきりと映えさせていた。

何もかも自分のせいだ。もっと人前に出て、やましいところなどひとつもないことを世間に知らしめたほうがいい、などと言いはったせいだ。

筋が通った主張だと思っていたが、いまになって疑念が生じていた。二回結婚したとはいえ、アンジェリーナはまだ若く、味方もひと握りしかいない。

女性客は、ひそひそ話を交わしていた。

男性客はそろって、彼女の美貌に目を奪われているようだった。

これ以上、あかの他人のふりはできそうにない。なんという責め苦だろう。

「これは、レディ・ヒーストン」伯爵夫人にうやうやしく頭を下げながらも、クリストファーの目はアンジェリーナに向いていた。いますぐ彼女を連れてこの場を去りたかった。

「ひさしぶりですね。今夜はご主人もここに？　ご所有のアラブ馬について、聞かせてほしいことがあるんですが」なぜ近づいていったのか、周囲に不審がられない程度にはもっともらしい口実だが、遠まきに見ている客は……そう、この部屋にいる客はみな、自分が目の前の美女に興味をいだいていることを察しただろう。

　事実なのだから、しかたない。

「夫なら、少し遅れて来る予定ですわ」レディ・ヒーストンが、握られた手をそっと引っこめ、もう片方の手で扇をひらひらさせながら横を向いた。「おふたりは、面識はおありかしら？　レディ・ドブルーク、こちらはロウ男爵。有名な建築家でいらっしゃるから、お名前はご存じでしょうね」

　アンジェリーナが優雅に手をさしのべたが、落ちつきはらった物腰とはうらはらに、握りしめた指先はふるえていた。「ええ、もちろん存じておりますわ、男爵。先日できたばかりの、古代エジプト博物館を設計なさったかたでしょう？」

　クリストファーは頭をたれ、手袋に包まれた指先に唇をあてた。身を起こし、未練をこらえて手を離してから相手の目を覗きこむ。いつもその中でおぼれそうになる、魂をわしづかみにされる銀色の深みを。「ええ、身にあまる大役をおおせつかりました」

「とてもきれいな建物ですわね」

「あなたもですよ、レディ・ドブルーク」

彼女にそそぐ熱いまなざしは、周囲にも一目瞭然だろうか？　おそらく。だが、クリストファーは気にとめなかった。いずれ世間にもふたりの関係があきらかになるだろうし、どうせなら、秘密の逢瀬を重ねてきた恋人だと知られるよりも、いまが初対面だと思わせたほうがいい。アンジェリーナを妻にしたいと本気で考えているが、彼女のためにも、いらぬ醜聞はたてられたくなかった。

「おじょうずですのね」

「とんでもない。本心です」

レディ・ヒーストンに向きなおると、藍色の瞳にいぶかしげな表情が浮かんでいた。どうやら、アンジェリーナと自分の関係は夫から聞かされていないらしい。さっきは純粋に、アンジェリーナに助けの手をさしのべたということか。クリストファーの中で、伯爵夫人への好意がいっきに増した。「ご主人がいらしたら、何かのついでにでも、ぼくからお話があるとお伝えいただけませんか」

「ええ、わかりましたわ」レディ・ヒーストンがにっこりした。

「では、失礼」

「ごきげんよう」

そのあとの晩餐は、さながら拷問《ごうもん》で、ポートワインを飲みほすとすぐ、クリストファーは席を立った。早歩きで、大理石の廊下にかつかつと足音をひびかせて正面玄関へ向かい、乗ってきた馬車が車回しに停止するのもそこそこに歩みより、自分で扉を開けて乗りこむや、ばたんと扉を閉めて、御者に行き先を告げる。

アンジェリーナはとうに帰ったあとだった。晩餐のテーブルで右隣に座った高齢の准《じゅん》男爵は、彼女の過去こそ気にしないものの、ドレスの胸もとばかり見つめていたし、左隣に座ったうるさがたの老婦人は彼女の姿すら見えないようにふるまっていたから、さぞ居心地が悪かっただろう。あいにく親切なレディ・ヒーストンはテーブルの端に案内され、クリストファー自身は、かわいいだけで頭がからっぽの、もはや名前も思い出せない娘と、その母親にはさまれてしまった。母親が恥ずかしげもなく娘の長所を売りこんでくるので、クリストファーは目の前のワインに唯一の逃げ場を見いだし、食事の初めから終わりまで、すさまじい速さでグラスを空けつづけた。

デザートを辞退したのは、もっと美味なごちそうが待っているのを知っていたからだ。

向かう先は高級住宅地メイフェアではなく、羽ぶりのいい中産階級や没落貴族、カロデンムーア（王位僭称者チャールズ・エドワード・スチュアートが反乱を起こしたスコットランド北部の荒野）で国王軍に敗れた一派、スペイン戦線での功績で貴族に準ずる暮しを許された退役軍人などが集まる地域だった。ひときわ静かな通りに位置するアンジェリーナの家は、煉瓦《れんが》造りのこざっぱりした建物で、裏手に小さな庭がついている。クリストファーは門をくぐって馬小屋の横に回り、甘い濃厚な香りをふりまく薔薇《ばら》の茂みを通りすぎて、ポケットからとり出した鍵をそっと裏口の扉にさし込んだ。アンジェリーナの意向で、住み込みの使用人はネリーという女中ひとり。あとは家政婦と料理人が通いでやってくる。女主人のもとに夜な夜な恋人がかよってくることを、ネリーが知っているかどうかはさだかでなかったが、疑念ひとついだかないほうがふしぎというものだ。ネリーは長年アンジェリーナの世話をしてきた――最初の結婚以来だという――女中だが、クリストファーは用心を重ね、夜明け前に屋敷を立ち去るようにしていた。長時間いっしょにいられるのは、夫婦をよそおってロンドン郊外へ旅をするときだけだ。

何もかも秘密にすることに、いいかげん鬱憤《うっぷん》がたまっていた。

明かりが消えて暗い廊下をしのび足で進み、召使いが使う裏手の階段へ向かう。人目を避けるわけではないが、むだな音はたてなくなかった。アンジェリーナの寝室は二階にあり、扉の下から細く光が漏れていた。もっとも、真っ暗闇でもクリストファーはいっこうにかまわなかったが。今夜はいつも以上に、たくさん話したかった。

戸口の前で耳をすませ、何も声が聞こえないのでひとりだと判断し、扉を開ける。

アンジェリーナはベッドにはおらず、窓辺に立って、ものうげな表情で外を眺めていた。青みがかって見えるほどつやつやと黒い髪を腰までたらし、純白のあっさりしたナイトドレスをまとった姿は、とても若々しかった。

それに、息が止まるほど美しかった。

考えに没頭していたのか、人の気配に気づかなかったらしく、扉がかちゃりと閉まる音を聞いて初めてふり向く。おどろきに唇が半開きになっていた。「まあ、クリストファー」

クリストファーは目くばせを送り、クラヴァットをほどいた。「ほかの誰かを待っていたんじゃないだろうね」

銀灰色の瞳が、クラヴァットをすばやく引きぬいてシャツのボタンをはずす指の動きを追う。「まさか」やわらかな声が返ってきた。「あなただけよ」

「きょうの夜会にいあわせた男どもが聞いたら、がっかりするだろうな」こみ上げる占有欲をこらえきれず、クリストファーは相手の目を覗きこんだ。「連中がきみをしげしげ見ていたのは、あのおぞましい噂のせいじゃない。自分を嫉妬《しっと》深い男と思ったことはないが、考えてみれば、女性を愛するのもこれが初めてなんだ。慣れるまでにしばらくかかりそうだよ」

「あなたのほうはどうなの？」アンジェリーナが腕組みをした。ことさらに挑発的なしぐさではないだろうが、クリストファーの目はいやがうえにも盛り上がった胸もとに吸いよせられた。手の中ではずむ、なめらかで張りつめた感触を思い出したとたん、たまらなくなってシャツをズボンから引きぬく。下半身がずきずきと脈打っていた。

「ぼくがどうしたって？　何を言っているのかわからないな」

「あなたの目を引こうとやっきになっていた、きれいなお嬢さんがたよ」少しためらってから、アンジェリーナがささやく。「あなたにとっても得るものが多いでしょう。わたしなんかとつきあうよりずっと」

クリストファーは腰かけてブーツを脱ぎにかかった。「レディに異をとなえたら無作法かな？　何を得るって？　たとえば情熱？　それならきみで文句なしだ。いっしょにいる楽しさ？　人目を盗んで散歩に出て、あれこれ話しこむ楽しさを、ぼく以外の男と分かちあっていないだろうね？　充実感？　歌うような笑い声や、手の感触を思い出すだけで笑顔になれる相手なんてそうはいないよ。さあ、もう話はおしまいだ。ぼくが夢中だというところをわからせてあげよう」

立ち上がってズボンを脱ぎすてると、アンジェリーナが勢いよくそそり立った分身に目をやり、かすれた声で笑った。「よくわかったわ」

やっと、あのきびしい表情を追いやることができた。

もう少ししたら、自分が夜会に引っぱり出したせいでつらい思いをさせたことを詫《わ》びよう。だが、いまは彼女と愛しあいたいあまり、全身にうっすら汗をかき、脈が速くなっていた。

「ここに来るんだ」欲望にしゃがれた声で、クリストファーは命じた。

9

〝ここに来るんだ〟

傲慢《ごうまん》な口調に腹を立てるべきなのかもしれないが、彼にはあらがえないし、あからさまな誘いにも、従わずにいられなかった。言われたとおりクリストファーのところに歩みよる。堂々とした裸身が、まだ指一本ふれていないのに興奮しきっていた。

アンジェリーナの体も同じくらい燃え上がっていた。胸が張りつめ、敏感になった乳首がナイトドレスの薄布にこすれてこわばる。下腹部がにわかに熱くなり、彼が手をさしのべて抱きよせたときは、おとなしく……それどころか、喜んで身をまかせた。

両腕が彼の首にからみつく。

「きみがほしい」クリストファーが顔をかがめてキスをした。唇をぴったりと重ね、舌を割りこませ、やさしい、けれど大胆な駆け引きをくり返す。アンジェリーナも熱心にキスを返し、たくましい肩に両手を這《は》わせて、筋肉と骨格の力強い感触を楽しんだ。

「これは、ないほうがいいな」彼がナイトドレスの襟ひもを引っぱってほどくと、ゆるんだ薄物が腰のあたりまでずり落ちた。むき出しのふくらみをてのひらに包まれ、指先で軽くなぞられると、心地よさにアンジェリーナのまぶたがひとりでにとじた。

こうして彼の手にゆったりと身をゆだね、男女の営みを楽しめるようになるまでには、かなり時間がかかった。まして、明かりがついたままの部屋で裸身をさらすとなると……。ウィリアムは夫婦の営みに無頓着《むとんちゃく》で、相手の気持ちなど考えず、自分の欲望だけをさっさと満たして去るのがつねだった。トーマスのほうはやさしくしようと努めてくれたものの、生まれつき性急なうえ、あっという間に終わってしまうので、アンジェリーナは夜ごともやもやした感覚をもてあましていた。とはいえ、他人がどうしているかを知らないので、ことさらに損をしているという感覚はなかった。クリストファーに出会うまでは。

彼のおかげで、アンジェリーナの世界はがらりと変わった。

完全に。

後戻りできないほどに。

愛撫《あいぶ》を続けるクリストファーの唇が、頬をかすめた。「きみは、完璧だ」

アンジェリーナは大胆に、密着した体の隙間に手をもぐり込ませ、こわばった男性自身を握りしめた。熱く、サテンのようになめらかな硬直。「あなたもよ」

快楽の低いうめきが漏れる。「いじめないでくれ」

アンジェリーナはいたずらっぽく笑った。「いつだって、さわってほしいと頼むくせに、わたしのほうからさわると……」

言葉がとぎれたのは、彼がすばやく下半身から手をはずさせ、アンジェリーナをかかえ上げたからだ。やわらかなベッドの上に投げ出すや、野獣のようになめらかな動きで覆いかぶさる。真っ青な瞳がこちらを覗きこんだ。肌がブロンズ色に焼けているのは、しじゅう屋外で建設現場の監督をしているせいだ。うず巻く金髪と、それより一段濃い色の眉。うっすらと笑みを浮かべた唇で喉もとをついばみながら、クリストファーが片手をそろそろと下半身にのばし、長い指を一本、秘所にすべらせると、淫靡《いんび》な侵入に、たまらず筋肉が収縮した。

「ぐしょ濡れだ」肌に唇をつけたまま、彼がささやく。「ぼくを待っていてくれたんだね」

「いつでもよ」アンジェリーナは恥ずかしさも忘れて身をそらせ、感じやすい箇所にあてがった親指がゆっくりと円を描くのにあわせて脚を大きく広げた。全身に愉悦《ゆえつ》が広がっていく。官能を解き放つと、目の前にあらたな景色が広がる。初めてベッドをともにしたときから、クリストファーは愛撫やキス、そして男女の営みそのものを、もっとおおらかに楽しむべきだとすすめてきた。両手で全身を愛でながら、レディのたしなみなんて気にしなくていい、と耳もとで熱っぽくささやいてくれた。ベッドの中では、レディなど存在しない。きみは女でぼくは男、お互いを求めあう、それだけでいいと。

そう、いまのアンジェリーナは切実に彼を求めていた。男性自身と同じように指が抜きさしされるのにあわせて腰がくねり、彼の上腕をきつく握りしめる。「クリストファー、お願いだから」

ひとつだけ灯したランプが、彫りの深い顔だちを浮き上がらせる。「お願いだから、なんだって？」からかうような問いが返ってきた。

アンジェリーナはいきり立ったものに指をからめ、上下にさすった。「あなたを、中にほしいの」

「奇遇だね。ぼくも、そうしたいと思っていた」

秘所から指を離したクリストファーが、じらすようにわざと時間をかけて硬直を入口にあてがい、軽く押しつけたので、アンジェリーナは期待に身もだえした。いきなりつき入れるのではなく、じわじわと入ってくる感触。早く奥深くまで満たしてほしくて、彼の肩に添えた両手に力がこもる。

やがて、ふたりの体がぴったりと重なってひとつのかたまりと化したとき、こちらの心を読んだかのようにクリストファーがささやいた。「きみの中に、ぼくがいる」

肌を接していないときも、彼は心の中に、魂の奥底にいる。「愛しているわ」アンジェリーナはささやき返した。「愛しすぎてこわいくらい」

「愛しすぎるなんてことはないさ」わずかに腰を引いてふたたびつき入れる動きが、神経のすみずみまでをふるわせた。「絶対にない。心をまるごとあずけていいよ。けっして後悔させないから」

でも、きっと後悔するわ……そう内心で思いながら、アンジェリーナはしだいにはげしさを増す運動にあわせて身を揺らした。あえぎ声が甘い吐息に変わり、さらにうめき声が口から漏れる。押しよせる快感がとうとう限界を越えたとき、アンジェリーナは崖っぷちでたたらを踏み、真っ逆さまに官能のるつぼへと落ちていった。ぼやけた意識の片隅で、彼も同時に頂点に達して長身をこわばらせ、こちらの名を呼びながら熱いものをほとばしらせるのがわかった。

しばらくのあいだふたりは何も言わず、息を整えながらじっとしていた。お互いに、相手が何か話すのを待っていたのかもしれない。

先に口を開いたのはクリストファーだった。肘をついて上半身を起こし、真顔でこちらを見る。「あやまっておきたいんだ」指先がアンジェリーナの頰にふれ、汗で張りついた髪をかき上げた。「今夜のことは、ぼくのまちがいだった。きみが入ってきた瞬間に、どれほどつらい思いをさせてしまったかがわかったんだ。いまではそのわけも理解できる。やましいところがひとつもないのだから、堂々と世間に向きあえばいいと思ったんだが、まさか、あれほどの仕打ちが待っていようとはね」

もちろんお世辞にも楽しい夕べとは言いがたかったが、予期したほどひどい思いはせずにすんだような気がする。アンジェリーナは恋人を見上げた。体はまだつながったまま、やわらかなマットレスに沈みこむ彼の重みがここちよい。「どうかしら。初めはああいう場に身を置きたくないと思ったし、悪意のまなざしやこそこそ話には閉口したけれど、あなたの言うことにも一理あるのかもしれないわ。長いあいだ引きこもっていたのは、世間のきびしい目にさらされて生きるより楽だからよ。それが妥当《だとう》だと思ったの。悪意をぶつけられてうれしいわけがないものね。でも、レディ・ヒーストンはとても親切だったし、イヴも支えてくれるだろうし、ほかにも何人か——多くはないけれど——、もし社交界に戻ったら味方してくれそうな友だちがいるわ。何が言いたいかというとね、騒ぎが、完全にではないけれどおおかた鎮まったいま、社交界に戻るのも悪くない、そう思うようになったのよ」

はっとするほど青い瞳が、ひたとこちらを見すえた。「ぼくのために無理をしないでくれ」

「あなたのためでもあるけれど、自分のためでもあるわ。貴族社会での地位をとり戻せるかは、別にどうでもいいけれど、わたしたちの未来はきちんと築きたいし、生まれてくる子どもたちに心ない噂を聞かせたくないから」

子どもたち。夫のどちらからも子宝はさずからなかったけれど、結婚生活そのものがあまり長くなかったのだから、あきらめるのは早計というものだ。

クリストファーを深く知るにつれ、アンジェリーナは彼を本気で愛し、人生を分かちあいたいと願い、彼なら夢見たものすべてを与えてくれると確信していた。

想いの強さに、恐怖すら感じるほどだった。


クリストファーは後ろ髪を引かれる思いで、しなやかな肢体《したい》から離れた。ようやく動悸《どうき》がおさまりつつあるところだ。しどけなく手足を投げ出して、淡いブルーの上掛け――先ほどは、めくる手間も惜しんで倒れこんでしまった――に横たわるアンジェリーナは、さながら女性美の結晶だった。絶頂をきわめて上気した顔、白い肩に広がる漆黒の髪、しっとりと潤った半開きの唇。豊かな乳房が、はずむ息にあわせて上下し、先端の薔薇色が目を惹きつける。もう少し休んで体勢が整ったら、こんどはあのふくらみを痛いほど吸いたてて先端をとがらせてやろう。できれば脚の付け根にも口を押しあてて欲望のしるしを味わい、唇と舌で彼女をあらたな頂上に押し上げたい。だがいまは、ふたりで話をする必要があった。

片肘で上半身を支えたまま、彼女の肩にためらいがちにふれる。ためらいなど、自分には無縁だと思っていたのに。「きみが身ごもったときのことを、前から考えていたんだ。結婚を無理強いするつもりはないよ、アンジェリーナ。それはわかっていると思う。ただ、男の側から妊娠を防ぐ手だてを、ぼくはひとつも実践していない。神でも運命でもいいが、大いなる意志にぼくらの未来を託そうと思っているんだ」

いままでふたりで、こういう問題を話しあったことはない。あまりにあやうい火種をはらんでいて、言及するのがこわかったのだ。アンジェリーナのほうも、一度も口に出さなかった。銀色の瞳がいぶかしげにこちらを見た。眉間《みけん》にかすかなしわが寄っている。「どんな手だて？」

少なくとも、グレッグストン家での不愉快な歓迎からは意識をそらせたようだ。クリストファーの中では、アンジェリーナが戸口にあらわれ、室内が静まりかえった瞬間の怒りがまだくすぶっていた。あそこにいた男たちはひとり残らず彼女の美しさに言葉を失い、女たちはひとり残らず嫉妬にかられたはずだ。

彼女の下唇を指でなぞり、ほほえむ。「おやおや、悪女の名をとどろかせるわりには世間知らずなんだな」

「そのようね」

「ある種の器具……たとえば羊の腸を使うと、子種が届くのをくい止められるんだよ」

におやかな裸身がこちらに向きなおる。「どうやって？」

彼女の好奇心がいとしかった。「分身にかぶせるのさ」

「まあ」また眉根が寄せられる。

「あるいは、ギリシャ海綿という手もある。女性の内部に詰めておいた海綿に、男が放ったものをしみ込ませるんだ」

「おもしろい方法がいろいろあるのね」ほっそりした指がクリストファーの腕をくすぐる。

「ほかに知らないことが、どれだけあるのかしら」

クリストファーはその手をとり、くちづけた。「たとえば、ぼくにどれほど愛されているかだ。結婚してくれないか」

申し込んだのはこれが初めてではなかった。けれど、いまだに明答は得られていない。

「無理よ……いまはまだ」アンジェリーナが顔をそむけ、視線をそらす。「危険すぎるもの」

彼女の恐怖を笑いとばし、自分の身くらい自分で守れると請けあいたいのはやまやまだったが、こういうやりとりは以前にもあり、そのつどクリストファーのほうが折れてきた。あまり我《が》を張ると、彼女があっさり関係を断ちきり、もとの隠遁生活に戻ってしまいそうでこわかったのだ。

「ヒーストン伯爵が成果を出したら？」

澄んだ瞳が見ひらかれた。「なぜ、それを……」

クリストファーは肩をすくめた。「向こうが会いにきたからさ。きみが助けを求めたくらい、世間では切れ者と噂される男だ。恋人をつきとめるくらい朝飯前だろう。それができないのなら信頼には足らない、そう思わないか?」

繊細《せんさい》な顔が無念そうにゆがむ。「あなたの安全を守りたかったのに。誰にも言わなかったのに」

「ぼくもさ」クリストファーは真摯《しんし》に言った。「どうやって調べたかはわからないが、ともかく先方は知っていた。ぼくらの小さな秘密は、伯爵の知るところとなった。となれば、ほかにも知る人間がいると考えられないか? これまでの用心は、はたして必要だったのか……そもそも効果があったんだろうか?」

アンジェリーナがみるみる青ざめた。「言わないで。そんな危険はおかせないわ。あなたの身に危険が……ああ、どうしよう。身勝手なだけのわたしを、あなたはしあわせにしてくれたのに」

頬をつたう涙を、クリストファーは人さし指でぬぐってやった。「しあわせになりたいと願うのは身勝手じゃないさ。きみにはその資格がある。この先もきみをしあわせにしたい、それがぼくの望みだ。一生ずっとさ。結婚しよう。ほかのことは後回しでいいじゃないか」

「だめ」アンジェリーナが首をふると、長い髪がわななく肩に揺れた。「あなたにはわからないのよ」

いや、わかりすぎるほどわかっている。年齢だけでなく人生経験も上なのだから。傷を癒やすには、前に進むほかない。「アンジェリーナ……」

返事のかわりに、アンジェリーナがキスをしてきた。強く身を押しつけられたクリストファーはあおむけにころがり、起き上がった彼女が覆いかぶさってくるにまかせた。胸板をくすぐる爪、絹糸の滝さながらにたれかかる髪、鼻腔《びくう》をくすぐる甘い香り。

「話しあわなくては、いけない？」

いけないに決まっている。だが、彼女にはまだ準備ができていないらしい。

過去の清算について、自分なりの考えがあるのなら喜んで従うつもりだったが、いまのままでは問題の先のばしにすぎないと、本人にもよくわかっているはずだ。

いずれ、きちんとかたをつけなくては。いっぽう、たっぷり愛撫された分身はふたたび力をとり戻していた。

顔を上げたアンジェリーナが腰にまたがり、すっぽりと分身を受け入れると、クリストファーは目をとじ、彼女がなやましく身を揺らすのにあわせて腰骨をつき上げた。ほどなく絶頂のきざしがあらわれたので、体のつなぎ目に手をさし入れて敏感なところを刺激すると、彼女ははげしく息をはずませた。あられもない声を響かせ、太腿でこちらの腰をはさみつけてじっと動かなくなったところで、クリストファーはもう一度だけ腰をつき上げ、倒れこんできた彼女をきつく抱きしめながら、みずからも身をわななかせて鮮烈な解放のときを迎えた。

寝返りを打ち、うしろから腕を回すようにして抱きかかえると、じきにアンジェリーナはまどろみ始めた。クリストファーの胸板には彼女の背中が、腕にはやわらかな乳房が押しつけられている。暗闇でまたたくランプの火は、そろそろ消えそうだ。もし毎晩こうしていっしょにいられたら、人生はどんなに楽しくなるだろう。体の満足感とはうらはらにざわつく心をもてあましながら、クリストファーはふと考えた。

愛する女性、ふたりで横たわるベッド、朝食のテーブルごしに交わす笑み、子どもたちの笑い声……。

クリストファーは仕事を愛していた。三十歳を目前に控え、造形美をきわめたいという衝動と情熱、向上心は最高潮に達している。建築物は往々にして、数世紀先までこの地上に残り、自分が生きた証《あかし》となってくれる。

愛もまた不朽《ふきゅう》の存在だ……小さな寝息に耳をすませながらそう思う。親から子へ、さらにその子へと引き継がれてゆく。クリストファーを惹きつけてやまない建築物と同じように、風雪をものともせずかがやきつづける。

だからこそ、貴重な時間をむだにしてはいけない。

彼女がいくら躊躇《ちゅうちょ》しようと、なるべく早く結婚しなければ。

10

どう見ても、形勢は不利だった。

腹立たしい。

口を開く前に、妻に言いまかされた記憶の数々が脳裏をよぎった。自分が甘やかしすぎたのか、それとも単にアリシアが知略で自分を上まわるのか……。

つとめて冷静な声で、ベンジャミンは答えた。「ほんの二週間じゃないか」

薄く透ける桃色の生地を胸の中央で寄せたドレスをまとい、ふんわりした袖から細い腕を覗かせたアリシアは、晴れわたった秋の空に負けないほど、はつらつとして可憐だった。ドレスと同じ色のリボンでつややかな髪をたばねているせいかもしれない。「ご自分のおっしゃることが穴だらけだって、おわかりでしょう？」

二頭四輪馬車を引く馬の足をゆるめさせてから、ベンジャミンは横目で妻を見た。「どこが、と訊きたいところだが、訊かなくてもどうせ教えてくれるんだろうな」

アリシアが小粋な帽子の下からこちらを見つめる。「わたしが、あなたのおっしゃる〝敵〟に見つからずにすむと、本気で考えていらっしゃるの？　田舎の伯爵領はけっして秘密の隠れがではないわ。ロンドンにとどまるあなたには、わたしを守れないでしょう？」

「その可能性は考えたさ。だから、きみに人をつけようと思う」

「護衛を？　うれしいけれど、遠慮申しあげるわ。お風呂のしたくをして、わたしが湯浴みするのを見はらせるの？」

形のいい顎をつんとそらす妻の好戦的な表情にはかちんときたし、彼女の入浴をほかの男が凝視するという想像も気にくわなかった。「選択肢がないんだよ、マダム」

「ここで、あなたのお手伝いをするわ」

「いや、前にもはっきり言っ……」

「レディ・ドブルークのことが心配でたまらないの」アリシアが顔を曇らせ、膝の上で両手を重ねる。「従妹が誘拐のあと社交界で受けたあつかいはよく覚えているけれど、あれよりずっとひどいんだもの。エレナの場合はアンドリュース子爵がすぐ結婚を申し込んだおかげで、おとぎ話のように美しい結末を迎えられたし、醜聞もさほど悪化せずにすんだでしょう？　でも、アンジェリーナはそう運がよくなかったのね」

否定できなかった。別の話題をもち出すことで、田舎へ逃れる話をたくみにはぐらかされたのもわかっていたが……。ただ、妻の言うことはもっともで、ベンジャミン自身も頭を悩ませていた。ほんとうはロンドンでそばにいてほしかったが、いまは安全が最優先だ。ヒーストン領には自分の目が直接届かない。護衛をまかせられそうな人材の心あたりはいくつかあるが、とかく動きたがるアリシアには、しっかりとした監視が必要だ。

生まれてくる子どもは、さぞやんちゃに育つことだろう……あきらめ半分で考えながら、手綱を細かくあやつって馬の向きを変えさせる。

いちばん困るのは、田舎に遠ざけてしまうと、妻が毎夜ひとりで眠るということだ。もちろん自分も。あまりに利己的な考えだろうか？　いや、アリシアも離れたがっていないのだからいいだろう……と、自分を納得させる。

調査にとり組むわずか数週間でも彼女と別々に暮らすと考えただけで、ひどく暗い気分になるのが、われながらふしぎだった。

愛というのは、実に奇妙な感情だ。歓喜と不安がないまぜになっている。その心細さが、ベンジャミンをとまどわせていた。

「ベン？」

はっと物思いから覚め、ベンジャミンは妻のほうを向いた。「えっ？」

藍色の瞳が非難がましくこちらを見ている。「聞いていなかったのね」

「すまない、そのようだ」

「お友だちに話を聞いてみたら、何か手がかりをつかめないかしら、と申しあげたのよ」

「誰の友だちだって？」

「レディ・ドブルークのよ」

馬車に揺られ、そよ風になぶられたつややかな巻毛が頰のあたりで揺れるさまに、ベンジャミンはまたもや目を奪われ、答えるのにしばらく時間を要した。「ああ……なるほど。それは効果があるかもしれないな」

「じゃあ、聞いてみていいかしら？」

自分の頭はよほどにぶっているらしい。こういうかんたんな会話も理解できないとは。

「友だちに？　話をした印象だと、いまのレディ・ドブルークにはほとんど友人がいないようだが。家族からも、縁を切られたも同然らしい」

「なんてひどい、薄情な話」美しい口がぎゅっと引きむすばれた。「わたしの家族なら考えられないことよ。姉のハリエットとは大の仲よしだし、両親もわたしのためならなんでもしてくれるでしょう。アンジェリーナの胸中を思うと、ほんとうにつらいわ。ひとりぼっちにされてしまって」

「夫をふたりとも殺されたのは、そのためかもしれないな」よそ見をしてふらふらと出てきた歩行者をたくみに回避しながら、ベンジャミンは言った。公園内はだいぶ混みあってきており、そろそろ屋敷へ帰ったほうがよさそうだった。事務弁護士と打合せをして、あらたに着手した輸送事業に関する書状を何通か書いて……。

そう、伯爵の顔に戻らなければ。事件の調査に比べるとあまりおもしろみはないが、えり好みはしていられない。

「アンジェリーナを罰するために？　きっとそうでしょうね。でも、なぜ？」手袋をはめた手で、かたわらの吊革《つりかわ》につかまって身を支えたアリシアが、じっと考えこむ顔になった。

「なにしろ美人だからね。それだけで、妄執《もうしゅう》や羨望《せんぼう》を引きおこすにはじゅうぶんだ」

とたんに、するどい視線が飛んできた。「あなたも目を奪われたということね」

「一応、男だからね」答える声はおのずと用心深くなった。「結婚したからといって、審美眼がなくなったわけではない」

「まあ」

嫉妬の気配をおもしろがっていいのか喜んでいいのか迷いつつ、ベンジャミンは続けた。

「あらゆる面できみを好もしく思っていることを、まさか疑ってはいないだろうね？」

アリシアが軽く手をふってあしらう。「いま、その話は関係ないでしょう」

いいだろう。あまり深追いすると逆効果になりそうだ。ベンジャミンはなにくわぬ顔で本題に戻った。「つまり、犯人は女性かもしれないということさ。動機をつきとめれば、ふたつの殺人に共通してかかわった人物が浮かび上がるかもしれない。レディ・ドブルークの品位をおとしめたいと強く望む人間が見つかれば、凶行そのものの道筋も見えてくるはずだよ」

「恋人に恨みをかうような覚えはない、と本人が断言していたわ」

「かなわぬ片想いというのは、よくある話だろう？」

「ええ、もちろん」妻がうなずく。「わたしだって経験があるもの。風変わりな詩や、ちょっとしたほめ言葉を贈ってくる人がいたわ」

「ずうずうしいにもほどがある」こんどはベンジャミンが顔をしかめる番だった。「どこの誰だ？」

「わからないわ。あなたもおっしゃったとおり、素性を隠していたから。あなたと婚約したとたん、音沙汰がなくなったわ」

得体《えたい》の知れない不快感が襲ってきたが、分析はあとにしたほうがよさそうだった。「レディ・ドブルークの場合も、自分に執着する相手がわからないせいで脅威を特定できないのかもしれない」

「ええ、もしかすると」公園を離れる馬車の上から、アリシアがぼんやりと、見るともなしに通りを見た。「だからこそ、本人よりもお友だちのほうが事情が見えているかもしれないと思ったの。確か、社交界に出たときはその年いちばんの人気者だったんでしょう？　次から次へと人を紹介されて、毎日のように花を贈られて、男性が訪ねてきたら……とても冷静に分析なんてしていられないわ。世間知らずの若いレディなら、圧倒されてしまって当然よ」

美貌の妻には覚えがあるのだろう。アリシアもまた、シーズンの白眉《はくび》と評され、山ほどの男たちに追いかけまわされ、結婚を望まれた女性だから。いま思えば、あれほどの競争にどうやって勝ちのこれたのか、ベンジャミン自身にもわからなかった。

以前は考えもしなかったことだ。自分は伯爵だし、財産もあるし、外見もそこそこ女性にうけるようだが、あのころは、同じように地位と富に恵まれた男がほかにも大ぜい彼女に言いよっていた。

〝なぜぼくを選んだのか？〟と訊《き》きたいのを、すんでのところで……ほんとうにすんでのところで思いとどまる。

もしかすると、答を聞くのがこわいのかもしれない。彼女が財産や爵位に惹かれたと思うからではなく、その逆だ。答を聞いたら最後、自分がなぜアリシアを選んだのかも考えざるをえなくなる。本来、感情のからくりよりも知的な謎解きのほうが得意だというのに……。

やはり、妻を田舎にやったほうがよさそうだ。そばにいると、どうにも集中が乱れて困る。だが、どうやらそのもくろみはかないそうになかった。


「ミセス・ダルセットという名前に、聞きおぼえはある？」

ハリエットが眉根を寄せ、お茶のカップを見つめた。「フォンドラック公爵の遠縁の従妹が、そういう名前だったはずよ。近ごろドーセットから出てきた女性よね？　何年か前に未亡人になったんですって。ほかにはあまり知らないわ……公爵の屋敷に滞在していることくらい」

「そうだったのね」アリシアはつぶやいた。いかにも偽名めいたひびきに思えたが、あいにくその分野にはくわしくない。ダルセット。可憐でつつましやかで、劇場で見かけた赤毛の美女にはまるで似つかわしくない名前だ。でも、たいていの人は自分の名前を選べない。

その名前で、何かを隠したいならともかく。

姉がいぶかしげな顔になった。「何かあったの？」

「ゆうべ、ベンジャミンがその女性と話していたの。でも、どういう知り合いかははっきり説明してもらえなくて」

「ベンジャミンがはっきり説明することなんて、まずないでしょうに」

そのとおり。「ドレスが体に合わなくなってきたから、少し不機嫌なのかもしれないわ、わたし」アリシアは認めた。「ふしぎね。子どもができたとわかったときは、あんなに有頂天だったのに、現実味が出てくるのと同時に、なんだかこわくなって。おまけに夫は過保護で、わたしを田舎に追いやろうとするの。とりあえず気を変えてくれそうで、よかったわ」

「じきに田舎のほうがよくなるわよ」ハリエットがうけあった。「都会はやかましいし、いやな臭《にお》いがするし、お腹が大きくなると、出歩く気そのものが失《う》せてしまうわ。どうせ社交シーズンもそろそろ終わりだし。なぜ行かないの？」

「ベンがいっしょでなければ、いやなの」

姉がやさしくほほえんだ。「旦那さまに夢中なのはけっこうだけれど、いまはお腹の子をいちばんに考えなくてはだめよ。ヒーストン伯爵がロンドンにとどまるというのなら、その決断を尊重してあげなさい。大きなお腹で馬車に揺られるのは、ひどく気分が悪いものだけれどね」

確かに……もしかすると、自分もほんとうは妊娠期間をヒーストン館で過ごしたいのかもしれない。もっかの事情を別にすれば、伯爵領は大好きだった。田舎で暮らしたほうが体にもいいに決まっている。ただ、大広間に入ってきたときのアンジェリーナ・ドブルークの顔が、ずっと心に引っかかっていた。凛《りん》として、平静で、無表情で……けれど、そう徹しきれずにいる顔。もし事情をまったく知らなくとも、あれを見たら応援に駆けつけずにはいられなかっただろう。

それに、彼女の美しい目に浮かんだ感謝の色。あのときアリシアは、エレナのことを思い出しただけでなく、人の世の千変万化《せんぺんばんか》にふと打たれたのだ。そして、日に日にこの事件にのめりこんでいた。

「夫と離れて暮らすのが不安というわけではないけれど」アリシアはすなおに言った。「でも、お姉さまの言うとおりかもしれないわ。それより訊きたいことがあるの。アンジェリーナ・ドブルークとは同い年でしょう？　社交界に出たときのようすを覚えている？」

ふたりはハリエットの家の居間にいた。昼下がりのあたたかな日ざしのなか、姉がじっと考えこむ。カップを受け皿に置く音がかちりとひびいた。「きょうはずいぶん質問が多いわね。ふだんはゴシップなんて興味がないくせに。なぜ、そんなことを訊くの？」

「なぜって、知りたいからよ」

「ごまかさないで。そんなことを訊いてなんの役に立つのか、と言っているのよ」

「役に立つかどうかはわからないけれど、興味があるの。ゆうべ、レディ・ドブルークと話したのよ」

「そうらしいわね」

まったく、噂の広まる速さときたら。

「どんなふうに噂されているの？」純粋な好奇心から、アリシアは訊ねた。

「あなたたちふたりがいったいどこで知りあったのか、世間ではふしぎがっているわよ。とても仲よしに見えたから、ですって」

まだ仲よしというほどではない。けれどアリシアはつね日ごろ、勇気を何よりも尊《たっと》んできた。アンジェリーナ・ドブルークがゆうべの催しに出席するのに、どれほどの勇気を要したことか。世間には好きなように勘ぐらせておけばいい。「お願い、教えてちょうだい。レディ・ドブルークと同じ年に社交界に出たんでしょう？　お姉さまの場合、オリヴァーにひと目惚れされてすぐ婚約したから、はなやかな恋模様がなかったのは知っているけれど、アンジェリーナの場合はどうだったの？　何か覚えていて？」

姉がひらひらと手をふってみせる。「はなやかな恋模様がなかった、ですって？　どうせ、わたしの人生なんて型にはまっていて退屈で、語る価値もありませんとも」

「だったら、レディ・ドブルークになりたいと思う？」

「いいえ、まっぴらごめんだわ」

「というと？　どんなふうだったの？」

ハリエットがクリームケーキを手にとったが、口には入れず皿に置いて、汚れた指を拭《ふ》いた。「何よりよく覚えているのは、あのもてはやされかたよ」苦笑めいたものが口もとに浮かぶ。「同じ年にお披露目した娘たちが、たったひとりの花形と、その他大ぜいとに分けられるのは複雑な気分だったわね。誰もが彼女に夢中だったから」

「でも、いまは夢中ではない、そういうことね。お上品な集まりで彼女が受けたあつかいを、じかに見たのよ、わたし」アリシアは語気を強め、お茶をひと口飲んだ。

「夫をふたりも殺したんだもの」

「夫殺しの疑いをかけられた、でしょう？」

「そうだったわね。でも、なぜあなたがそんなことを知りたがるのかしら」

「好奇心が強すぎるのよ。それに、アンジェリーナが好きなの。ほかには？」

ハリエットが肩をすくめた。「何かあったかしら……男性はみんな彼女を追いまわしたし、それを言うなら女性もだったわね。おこぼれにあずかろうとしたのよ。わたしにはどこか、とりつきにくい人に思えたわね。すべてにうんざりしているような、注目をうとんじるふしさえあったわ。もちろん人あたりはよかったし、あれだけの美人だと、世間ではふつう受けがよくない黒髪も白い肌に映えて目を惹いたわ。とにかく、どこにいてもめだつ人だったわよ」

ハリエットにこれほどの観察力があったとは意外だった。アリシアはもうひと押ししてみた。「うぬぼれには無縁の人に見えたけれど」

「ええ、そこは認めるわ。人気の頂点にあるときも上品だったわよ、わたしの見るかぎりでは」

「誰と仲がよかったか、覚えていて？」

「わたしもある程度は親しかったわ。でも、なんといってもイヴ・サマーズね。レディ・イヴとは、裁判沙汰になったあとも友情が続いているはずよ。親友と言ってまちがいないわ」

イヴ・サマーズ。調べてみる価値がありそうだ。それくらいならベンジャミンからも禁じられていない。もっとも賛同されてもいないが、ここまできたら、叱られるのを覚悟でやってみようと思った。

花模様のカーテンや、美しい彫刻をほどこした家具を配した瀟洒《しょうしゃ》な居間にはなんとも似つかわしくない、殺人や裏切りの話題。アリシアは最後にもうひとつだけ訊いてみた。「お姉さまは、彼女がやったと思う？」

「夫ふたりを殺したか、ということ？」ハリエットが動揺をにじませた。

「訊いてみただけよ」

「わ……わからないわ」

アリシアは首をかしげ、姉を凝視した。「妙な答ね。レディ・ドブルークが人を殺せるかどうか、わからないというの？」

「もう五年以上前の話だもの。一度めの喪が明けてドブルーク卿と結婚する前に、ほんの少し顔を合わせたきりなのよ。つきあいが途切れてひさしい相手について、はっきりしたことは言えないわ。最初に噂が流れはじめたときは、確かにぎょっとしたけれど」

昨夜アンジェリーナがたったひとりで広間に入ってきたときの絶望にも似た威厳は、容易に忘れられそうにない。アリシアは考え考え言った。「人となりについて、わたしが受けた印象を別にしても、レディ・ドブルークが人殺しに手を染めるとは思えないの。あれだけ頭のいい人が、まったく同じ方法でふたりも殺すかしら。わたしを疑ってくださいと言っているようなものでしょう？　真犯人の目的も、きっとそれだと思うわ」

「治安判事も、無罪だと確信したからこそ放免したんでしょうし」

「きっと運がよかったのね」アリシアはうわのそらでお茶を飲んだ。「イングランドの法廷にはめずらしく、まっとうな裁きを受けられたんだわ。ただ、無罪放免ではないと思うけれど。吊るし首にできるだけの証拠が見つからなかったのよ」

「確かに、大ちがいね」姉がふかぶかとうなずく。

「ええ、まったくだわ」

「どちらにせよ、すべては終わった話でしょう？」

とんでもない。レディ・ドブルークを紹介したときのクリストファー・ダラムのまなざしを、アリシアははっきり覚えていた。初対面ではなかったのだろう。

才気あふれる建築家と、死の影ただよう美女。まるで俗っぽい恋愛小説のような組みあわせだ。

どうか、物語が明るい結末を迎えますように……。

11

「薄緑にしましょう」

仕立屋がおとなしく頭を下げ、助手のひとりに命じてモスリンの束を片づけさせる。アンジェリーナはイヴに向かって目を見ひらいてみせた。「ほんとうに?」

「もちろんよ。あなたの黒髪を引きたてる色だわ」

自分では選びそうにない色だ。はだしでシュミーズ一枚という姿でじっと立ち、巻き尺で腰回りやお尻の寸法を計られながら、アンジェリーナはふと考えた。これほどの時間と手間をかけてドレスを作る必要があるのかしら? クリストファーはもはや、世間にまじわるべきだと言いはるのをやめていたが、逆にアンジェリーナのほうが、上流社会にふたたび足を踏み入れたことで、いくばくかの自信をとり戻していた。内容をよく吟味すれば、少しくらいは招待に応えてもいいかもしれない。

そうでもしなければ、ロンドンにいても退屈なだけだ。かといってサセックスへ戻ってしまったら、クリストファーとは離ればなれになって、そして……。

そして、彼恋しさに死にかけるだろう。これまで人生に見いだしてきたささやかな充実感は、すべて消えてしまった。追放され、忘れ去られ……自分をとりまく世界も、生活も様変わりしたいま、目の前のしあわせは、まるでいまにも消えそうな蠟燭の炎のようにかぼそく頼りなげに見えた。けれど、希望をすべて失ったわけではない。

「あなたを心から誇りに思っているのよ」

やさしい声をかけられて、アンジェリーナはわれに返った。年若いお針子が胸の寸法をとるあいだ、両腕をもち上げる。部屋の奥で椅子にかけたイヴが、どこかふくみのある表情でこちらを見ていた。「誇りに？」

親友がふとためらい、お針子の仕事ぶりを眺めるふりをしたあとで答えた。「いままでのあなたは、まるで浜辺の巻き貝みたいに、自分のまわりに固い殻を作っていたでしょう。人目を避けて、新聞もとらず、読書やら散歩やら、ひとりで過ごすことばかり考えて」

そうかもしれない。トーマスの死後、アンジェリーナは村はずれの小さな庭つき住宅を買いもとめた。ロンドンに広まる噂を知らない村人たちはみな親切だったし、たとえどす黒い評判を知っていたにせよ、顔には出さずにいてくれた。静かな生活にもすっかり慣れたところだが、人生はだしぬけに変貌するものだし、もしクリストファーと結婚するなら、少しは新しい環境にも慣れておいたほうがいいだろう。

もし、結婚できるなら。

できない、とは考えたくなかった。

「そうしたいわけがあるのよ」アンジェリーナは微笑した。「少しでも世間になじんでおこうと思って」

「彼のため《ヽ》ね」

「ええ」

きょうのイヴは、くるくると手に負えない髪をきつめのシニョンに結い上げ、青白い肌とそばかすをめだたせない絶妙な色合いのブルーを小粋に着こなしている。肉づきのよい堂々たる体格で、少し背が高すぎるとはいえ、人なつこい笑顔ときらきら光る瞳が魅力的な女性だ。

「あなたも恋を知っていると言ったわね」お針子が部屋を離れた隙にアンジェリーナは言った。「だったらわかるでしょう。彼のためなら生きかたを変えられるわ。少なくとも、やってみるつもりよ」

「本気のようね。何年も前から、ドレスを新調しなさいといくらせっついても聞かなかった人とは思えないわ」

「彼に出会う前は、どうでもよかったんだもの」アンジェリーナは着てきたドレスに手をのばした。近くの椅子に、きちんと広げてある。「流刑地《るけいち》での暮しには、なんの不満もなかったわ」

「ほんとうに？」イヴが立ち上がり、アンジェリーナが苦戦していたデイドレスの背中ボタンを手ぎわよく留めてくれた。「なんの不満もないと自分に言いきかせていただけでしょう。心の奥では、あの小さな家で朽《く》ちはてていくことに焦りと反発をおぼえていたはずよ。あなたはもっと広い世界で活躍できるはずだわ、アンジェリーナ。その美貌だけでも人に喜びを与えてくれるもの。壁に飾った名画のように……いいえ、生きて動いているんだから、もっとすてきよね。恋人のおかげであなたが自由になったとは思えないわ、エンジェル。あなた自身がおとなになって、目を覚ましただけよ」

とんでもない。何もかもクリストファーのおかげだった。アンジェリーナのすべてを手に入れる権利が彼にはある。愛も、信頼も、貞節も、敬意も……ほかのなんであれ、喜んでさし出すつもりだった。

「見た目なんて、なんの価値もないわ」思いのほか苦々しい口調になってしまったのを反省したアンジェリーナは、意識《けん》して明るくつけ加えた。「しょせん、人間なんて肉と骨の組みあわせですもの。血液も腱も筋肉も、死んで埋葬されれば土に還《かえ》るだけよ」

背後に立ったイヴと、鏡ごしに目が合った。アンジェリーナよりも数インチ背が高いので、皮肉っぽく口もとをゆがめる微笑がはっきり見てとれる。「人はおかしなことを気にするのよ、エンジェル。あなたの肌がぬけるように白いかどうか、髪が豊かに波打つ漆黒かどうか、瞳の色が水面《みなも》を照らす月明かりを髣髴《ほうふつ》とさせるかどうか、そんなことを気にするの。あなたが下々《しもじも》の者たちにおよぼす力を、見くびってはいけないわ」

「下々の者たち？」アンジェリーナは笑っていなした。「知り合いのみんなにそっぽを向かれたのよ。もしそうでなかったとしても、誰が誰よりも下だなんて考えたくないわ」

「あなたは理想家だものね」イヴの両手が軽く肩に置かれる。「いまだって、あれだけのことがあったのに恋に落ちたなんて。正直、おどろいたわ」

恋に落ちた……いなめない事実だ。

「ええ、そうね」ドレスの襟もとを整えながら、アンジェリーナは大きく息を吸いこんだ。「もし今後なんの進展もなくても、恋したことを悔いはしないわ。わたしの汚名が晴らされようと、暗い影を背負ったままだろうと、彼は無実を信じてくれる」鏡に映った自分をじっと見つめる。「ええ、きっとそうだわ。でなければ、命知らずの愚か者だもの」

「命を捨ててもかまわないと思ったのかも」しばしの沈黙をはさんでイヴがほほえみ、肩に置いた手を引っこめた。「結局のところ、男は下半身で考えるのよ。あなたを押したおせれば満足なんでしょう。女は、もっと思慮深いわ」

あまりに露骨な物言いにアンジェリーナはたじろぎ、親友の心をこれほどまでに傷つけた相手の名前を訊きたい衝動にまたも駆られたが、かろうじて思いとどまった。イヴが伏せたがっていることを、詮索してなんになるだろう？　いつかは彼の素性を——悪党なのか聖人なのかを——教えてもらえるかもしれないが、いまのイヴは、情報を分けあたえるよりも、こちらの情報を少しでももぎ取りたがっているように見えた。

「二度も結婚したから」アンジェリーナは苦笑まじりに返した。「その意見はよくわかるけれど、なかには思慮深い男性もいるでしょう」

「上品なレディが、夫を〝さかりのついた獣《けもの》〟呼ばわりするのを、いったい何度聞いたことか」イヴがどこかとげとげしい、甲高い笑い声をあげた。「聞くたびに、ひどく滑稽な絵が頭に浮かぶわ」

クリストファーはちがう。下半身だけでなく両手と口を駆使して、やさしく情熱的に、アンジェリーナを官能の高みへ押し上げてくれる。けれど、彼の魅力はほかにもたくさんあった。頭がよくてやさしくて、まばゆい才能にあふれている。アンジェリーナは眉をつり上げてみせた。「未婚の若いレディがそんなことを思いうかべるのは、いかがなものかしら」

「何を言ってるの。お互い知っているはずよ。無垢《むく》であろうとなかろうと、好きな人ができたらいろいろ想像するでしょう？　キスしたらどんな感じか、体をふれあったらどんな感じか……」テーブルに置いたままの服装見本帳を手にとったイヴが、見るでもなくぱらぱらとページをめくった。「だって、それが人の営みだもの。確かにわたしは未婚だけど、それは、好きでもない相手で妥協したくなかったからよ」本をテーブルに戻すイヴの顔が引きつっていた。いまでも思い出すとつらいのだろうか。「婚約が発表されたときは、泣いたわ。世界でいちばんたいせつな人を奪われたという事実を、なかなかのみ込めなかった」

「婚約？」

「愛した人と、別の相手とのよ」

「なぜ、わたしに相談してくれなかったの？」アンジェリーナは親友に歩みより、肩に腕を回した。「せめて、泣くのに肩を貸してあげるくらいはできたのに」

イヴがぎゅっと抱きかえした。「やさしいのね、エンジェル。でも、あのころのあなたはウィリアムとの結婚で大忙しだったから、わたしをなぐさめる時間はなかったでしょう」

「じゃあ、もう六年も前じゃないの」アンジェリーナは身を引いて眉根を寄せた。「それ以来、誰にも心惹かれないの？　そんなこ……」

「ええ、誰にも」イヴがぶっきらぼうにさえぎったあと、とりつくろうような笑みを浮かべた。「ごめんなさいね。理解できないかもしれないけれど、いくら時間がたっても、かなわなかった恋を忘れるのはむずかしいの」

クリストファーを失ったら、自分もそうなるかもしれない。六年どころか、おそらく一生。アンジェリーナは思いやりをこめて言った。「いいえ、じゅうぶん理解できるわ」

かたむいた日ざしが、建設中の骨組みを黄金色にかがやかせる。きょうは屋根の先端ができあがり、扶壁《バトレス》はすべて所定の位置におさまり、四方の壁が形を成しつつあった。造形美と機能性とが、いま目の前でしあわせな結婚を果たそうとしている……そう考えると胸が熱くなった。ここには情緒と便利さ……もう少し凝った言いかたをするなら、情緒と実益とがともにそなわっている。

王族公爵の新居として依頼された建物。クリストファーは設計から現場の立会まで、作業の全工程に心血をそそいでいた。個人の住宅は基本的に請け負わなくなってひさしいが、例外もあるにはある。今回は、金銭的な見返りだけでなく創造面でも満足を得られる仕事だった。大貴族から、金銭に糸目はつけないから好きなものを造ってくれと全権をゆだねられたら、引きうけないわけにはいかない。

「満足そうですね」作業長のケンドールが話しかけてきた。クリストファーの隣に軽く脚を開いて立ち、腰に手をあてがう。顔がほころんでいた。「その表情には見おぼえがある。一千マイルか、もっと遠くを見すえる顔だ。もし世に言われるように生まれ変わりがあるとしたら、エジプトのピラミッドを最初に設計した技術者は、自分の頭に思いえがいた景色が砂漠一面に広がるのを見て、そういう表情を浮かべたでしょうね」

「ああ、満足さ。初めてのこころみもうまく実を結んでいる。新古典主義をとり入れたのは正解だったと公爵閣下にほめていただければうれしいが……顧客の好みを正確にくみ取れるかどうかが、この仕事の肝だからね」

事実クリストファーは、公爵にイングランドの古城からスペインの宮殿、イタリアの邸宅《ヴィラ》、はては植民地の館にいたるまで、何十枚もの絵を見せ、それぞれの感想を細大漏らさず書きとめて、そこから建物の基本案を練り上げた。ほかにも考えることはたくさんある。庭園、あずまや、床……しかし、全体の雰囲気を決めるのはやはり母屋だし、どんな雰囲気を好むかは、依頼人の性格によってまったくことなる。

「旦那のように、お金に困っていないかたが、そんなことを？」ケンドールは、ウェールズ人らしく屈強な肩と現実的な考えの主で、クリストファーが知るかぎり最高の現場監督だ。目の上にかぶさる褐色の髪をかき上げるひょうしに、顔に泥の筋がついた。「教えてくださいよ、旦那。日がな一日お屋敷の庭にのんびり座ってブランデーを飲んでいてもさしつかえないご身分なのに、なぜここまで精を出されるんです？」

答えるのはかんたんだった。前にも訊かれたことがあるからだ。「人にはなんであれ、生きがいが必要だ。ぼくの場合は建築だった。頭に浮かんだものを紙に描きおこして、いよいよ工事が始まるときは、まるで想像に生命を吹きこむような気分になる。権力を実感したいというのではなく、自分が何かをなしとげたという実感はいいものだよ。きみが言うように、庭に腰かけてふわふわと生きることもできるが、ぼくにはもっと別の目標がある。この仕事をしていれば、死んだあともイングランドに覚えていてもらえる」

「つまり、名誉のためにやっておられるんで？」

「いや、快楽のためさ」クリストファーは、わざとのんきな笑みを浮かべてみせた。周囲の貴族は、楽に大きな収入を得られる事業を選ぶのがつねだ。「さすがに、なんの見返りもいらないと公言するほど利他的にはなれないが、たとえ金《かね》をもらえなくても、この仕事は捨てられないだろうな。さいわい、いまのところ顧客の金払いはいい。だから、あらぬ噂を広めてはいけないよ」

ケンドールがふくみ笑いをした。「広めるもんですか。おれだって、こんないい仕事を失いたくはない」

ふたりの目の前を、煉瓦を山積みにした石屋の馬車が通りすぎる。あたたかな日だが、澄みわたった空と、そよ風に入りまじる冷たい空気は、夜分に冷えこむきざしだ。建設中の屋敷はなだらかな丘に位置し、敷地をゆるやかに囲むように流れる小川が、裏手の池へと通じている。

快楽。そう口にしただけで、アンジェリーナの姿が浮かんできた。荘厳《そうごん》な日没を見やってから、クリストファーは作業長にひとつうなずいた。「今夜いったんロンドンに戻るが、二日後にはまたここに足を運んで、進捗《しんちょく》のぐあいを確かめようと思う。きみの仕事ぶりは信頼しているから、いまのとおり続けてくれ」

「わかりました」ケンドールが探るような目になる。「ロンドンへのお出かけは……もし失礼だったらお許しください。きっとだいじなご用なんでしょうね。女性の名前がついた用事かな？」

意外ではなかった。自分は隠しごとが得意でない。いくら無頓着をよそおっても、観察力のするどい人間には一目瞭然なのだろう。クリストファーはため息をつき、髪をかき乱した。無意識のくせなので、そろそろ髪が逆立っているにちがいない。「女性の？」

「旦那に、ここことロンドンを行ったり来たりさせる女性ですよ」

「なぜまた、そんなことを……」否定しかけたクリストファーは、相手のしたりげな目に気づき、肩をすくめた。「ああ、女性だ」

「表情を見ればわかりますよ」

「そんな表情があるのか？」あきらめ半分で笑いながら、クリストファーは訊ねた。

「ありますとも。満たされているのにこわくてたまらないような、独特の表情ですよ。それに、ときどきふっと笑顔になったりね。もうじき結婚なさるんですか？」

さして詮索好きなたちではないケンドールが訊ねてくるほどだから、誰もが自然にいだく疑問ということなのだろう。「そのつもりだが、相手のレディが婚約発表にはまだ早いと考えていてね。心配はいらないよ。工事は予定どおり進めるから」

ウェールズ人がうなずいた。「そいつを聞いて安心しました。工夫《こうふ》たちに知らせてやらないと。金《かね》に頓着しない御曹子《おんぞうし》の下で働いてもだいじょうぶなもんかと、連中がひどく不安がってましてね。女性ってやつは、まばたきひとつで男の人生を変えちまいますから。失礼ながら、これまでの旦那は仕事に全神経を集中していらした。いまもそれは同じですが、仕事が終わったとたん、心がよその方角へ飛んでいくように思えてね」

飛んでいく先は、彼女だ。

一度燃え上がると自分を止められない。もともとそういう性格なのだと、アンジェリーナに会えない夜がくるたびに痛感する。仕事のときも、おおまかな構想がまとまるとすぐ、寸暇を惜しんで土と石を積み、形にしていく。

彼女との関係にも、そういう努力がもっと必要だろうか？　昼も夜も、起きているときも眠っているときも、アンジェリーナといっしょにいたいという気持ちに迷いはない。もし生きかたを変えることで愛を成就させられるのなら、喜んでそうする覚悟だった。とはいえ、夫婦になりさえすれば、彼女を最新の現場にいつでも連れていくことができる。仕事の依頼はロンドン近郊ばかりとは限らず、ときにはヨーロッパ大陸へ渡ることもあるからだ。

ヒーストンの調査が、一日も早く成果を出してくれればいいが……。

12

テーブルの向こう側に座ったジャネルが、上っ面だけの憐憫《れんびん》と冷ややかな笑いの入りまじった尊大な表情でこちらを見た。「どうやら、かわいらしい奥方のちっちゃなお手々に、なにをがっちり握られてるみたいね」

下品な感想に、ベンジャミンは目を見ひらいてみせた。「なぜ、そう思う？」

「劇場で、ふたりいっしょのところを見たけれど」ジャネルがものうげに手をのばし、ワインをなみなみとたたえたカットグラスの盃《さかずき》をとり上げて、白く細い指でふちをなぞった。「あんなにこまごまと気をつかうところ、初めて見たわ。ふだんは何に対しても無頓着で、われ関せずって態度なのに。あの日のあなたは、舞台を見ずに奥さんを見ていた。あんまりおもしろいから、わたしまでお芝居を見のがしてしまったわ」

ベンジャミンは話し相手をじっと見た。きょうは真っ赤な髪をアップに結って巻毛を色っぽくたらし、小粒のエメラルドをちりばめたピンで留めてある。ドレスは豊かなクリーム色の生地に、リボンをあしらったフレア型の袖をあわせたもので、ほっそりした首に巻きつけた真珠が、大胆にさらけ出した胸もとを強調している。高級娼婦《しょうふ》と見まごう姿だった。いつでも緻密な計算のもとに行動する彼女が、なぜこれほど無防備な格好をしているのか、ベンジャミンは一瞬考えてから控えめに言った。「公爵は好人物だが、きみの父親になれるほど年上だろう？」

視線をぴたりと合わせたジャネルが、狡猾な笑みを浮かべる。「あら、わたしを心配してくれるの？」

「どちらかといえば、公爵のほうが心配だな。今夜のきみときたら、まるで戦場におもむくような格好だ」

「するどいわね。ただし、ねらいは公爵じゃないわ。このドレス、気に入らない？」

「とんでもない。とてもよく似合うよ」身動きするたびに、豊かな乳房がドレスの胸もとからこぼれそうだ。

「露骨《ろこつ》すぎるかしら？」さも無邪気そうに発せられる問い。けれど、彼女ほど無垢にほど遠い存在はいなかった。

「今夜の標的が誰か知らないが、きみの意図ははっきり伝わるだろうな」

ジャネルがかわいらしく唇をとがらせてみせる。「あなたには一度も伝わらないけど、ね」

伝わってはいた。だが、ジャネルはあまりにも気性がはげしい。ヴィーナスの肉体に戦士の魂をやどした、思いこみも自信も極端に強い女性だ。ベンジャミンはこころもち身を引き、おだやかな笑みを返した。「きみは、どこまでぼくを追いこめるかを試しているだけだ。お互いにわかっているはずだよ」

「それだけじゃないわ」ジャネルがなまめかしい唇をほころばせ、安楽椅子にゆったりと腰かけたベンジャミンの全身を、舐《な》めるように眺めまわした。「いつだって、あなたが自制心を失うところを見たいと思ってたわ。ほんの一瞬でもいいから、快楽にわれを忘れるところを。それだけのために、あなたと寝る日を待ちこがれていたのよ」

ことさらに粗野な物言いは、また試されている証拠だ。ベンジャミンは肩をすくめた。

「ぼくは、妻帯者だからね」

「だから？」

〝妻を愛しているんだ〟口に出して言わなかったのは、自分でもまだその感情に慣れていないのと、無防備に心をさらけ出したくなかったからだ。ジャネルのような相手に弱みを握られるのは賢明でない。

「公爵のことだけど、快楽よりも復讐がめあてなの」テーブルに乗せた両手を、ゆっくりと組みながらジャネルが言う。「あの人の人脈に用があるのよ」

「なるほど、ブリッジウェイか。たぶん、それで戻ってきたのだろうと思っていた」

「食えない人ね。何もかもわかったような顔をして」

実際には、わからないこともたくさんある。だからこそ、レディ・ドブルークの件で力を借りようと思ったのだ。「気をつけたほうがいい。話によると、ブリッジウェイは荒っぽいのが好きなようだから」

気味が悪いほどやさしい声で、ジャネルが答える。「わかってるわ」

その声のすごみが、すべてを物語っていた。ブリッジウェイの嗜好《しこう》を誰から聞いたかは知りたくなかったが、おそらく、復讐を代行してやりたいと思うだけの好意をいだいた相手だろう。

「念のために言っただけさ。ところで、こちらの頼みを聞いてくれるね？」

「もちろんよ。いつもどおり、報酬はいただくけれど」

「いつもどおり、だ」

ジャネルが白い歯を覗かせる。「あなたの金《かね》払いのよさは、お互い知ってるものね。いっそ、おたくの家令に好きな額を書いた請求書を送りつけようかしら」

ふたりは小さな酒場にいた。本来、こんな薄汚れた場所に女性を呼び出したりはしないが、ジャネルはかねてから、自分をレディあつかいしないでいいと主張してきた。「かまわないさ」ベンジャミンはそっけなく言った。「助けを求めたのはこちらだ」

「なぜ、そんな問題にかまけているのか気になるわね。伯爵という身分は、そこまで息苦しいの？」

美貌で狡猾というだけでなく、洞察力に長《た》けた女性だ。言われてみれば確かに、最初のころは息苦しかった。いくら義務をまっとうしようと言いきかせても、単調すぎる毎日に内心で悲鳴をあげていた。けれどアリシアとの結婚を機に、ベンジャミンの生活はゆっくりと方向を転じていった。

もちろん、完全にというわけではない。誰しもそこまで急激に変わるものではないが、いまのベンジャミンは、ものごとの優先順位を考えなおしつつあった。「この謎をさっさと片づけて、なるべく田舎で過ごしたいんだ。アリシアに子どもができたから」

ジャネルが口に運びかけたワインを止めて、ほのかに冷笑をただよわせた。「別におどろきはしないわ。結婚して、もう半年以上たつんですものね」

「ああ」

小首をかしげたジャネルが、意地悪いまなざしを向けてくる。「どこか変わったような気がしたのよ。あなたはもう、七年前に会ったときの冷たくて計算高い若者じゃない。ひょっとすると、人の心なんてものを手に入れたのかしら。気のせいかもしれないけどね」

ベンジャミンは冷静に見つめかえした。「非難されるいわれはないよ。ぼくは素性をいつわったりしないし、メイフェアの金持ち連中をひとりずつ餌食《えじき》にしようともくろんだりもしないし、ニューゲート監獄に入れられたことも……きみの罪状はなんだったかな？」

「誤解、よ」ジャネルがワインを飲みほし、肉感的な唇をナプキンでそっと押さえてから立ち上がった。「何かつかんだら、知らせるわ」香水と衣ずれの音をふりまいて背中を向けかけて、ふと躊躇する。「この感じ、なんだかむかしを思い出すわね」

どこかせつなそうな声。ベンジャミンの知るかぎり、ジャネルは過去をふり返るたちではないし、感傷にも縁がない。いかに非情な手を使ってでも生き残ろうとする女性だ。

「〝むかし〟は何もかもが不確かで危険だったことを、忘れていないだろうね」ベンジャミンは念を押した。「単なる権力争いを美化してはいけない。あのころのわれわれは、自分が正しい側にいることを祈るばかりだった」

緑色の目がしばしぼうっとかすむ。「迷っていたようには見えなかったわよ」

「死に直面すれば、どんな男でも迷うさ」

「女はどうかしら？」

ベンジャミンは苦笑した。「女性のほうがよほど、迷いに無縁という気がするよ」

たちまちジャネルの顔に笑みが戻り、瞳がきらめいた。「結局、女のほうが優秀なのよ」おどけて言い、マントの乱れを念入りにととのえる。「それじゃ、伯爵閣下、お先に失礼いたしますわ」

ベンジャミンもあわせて立ち上がり、軽く一礼した。「道中、気をつけて」

笑い声とともに相手が去るのを見とどけたあと、座りなおしてもう一杯ワインをつぎ、毒薬と動機、エレナとアンドリュース子爵をさらった人物が署名がわりに記した〝神の力〟を意味する中国の文字に考えをめぐらせる。ブーツの脚を組み、ぼんやりと暖炉の火を眺めながら。

書斎が荒らされたのは、自分の関与が知られている証拠だ。アリシアがおおやけの場でアンジェリーナを擁護したことも、謎の敵に気づかれないはずがない。なるべく迅速《じんそく》に事件を解決する必要がある、と本能が告げていた。

イヴ・サマーズは、髪と目の色こそあのミセス・ダルセットと同じだが、ほかの部分は似ても似つかなかった。頬と鼻にはうっすらとそばかすがあり、口は大きく、睫毛は髪と同じ赤。アンジェリーナと同様、突然の訪問におどろいたのはあきらかで、アリシアが飲み物を辞退すると、サテン張りの椅子に腰かけ、好奇心をあらわにこちらを見つめた。

ここへ来る馬車の中で、アリシアは話の切り出しかたをあれこれ考えた。単刀直入にいくのがいちばんよさそうだ。とはいえ、夫が殺人事件の調査にあたっていることがロンドンじゅうに広まっては困る。理由はいくつかあるが、何よりも真犯人にこちらの手の内を知られたくなかった。となれば、いきなり核心をつかず、もっともらしい訪問の口実を考えなくてはならない。

まずは遠回しに、真実をほどよくちりばめた切り口をこころみる。「レディ・ドブルークと、とても仲よくしていらしたそうですわね」

思いもよらない話題だったたらしく、レディ・イヴが目をまるくしたあと、眉をしかめた。「アンジェリーナとはとても仲よくしています。むかしも、いまも。なぜ、そんなことを？」

「それをうかがって安心したわ」アリシアはにっこりした。「おやさしいのね。あんな……あれだけのことがあったのに」

「やさしさだけで、二度もおぞましい事件にかかわった友人の味方はできませんわ」イヴの声にかすかな棘《とげ》がまじる。

何があろうと、相手の敵対心をあおってはならない。アリシアは大急ぎで言葉をあらためた。「まったく、そのとおりですわ。きょうおじゃましたのは、レディ・ドブルークが心配だったからなの。先日お話しして、いいかただと思ったもので」

「アンジェリーナから聞きました」イヴ・サマーズがするどいまなざしを投げた。「あの日グレッグストン家の催しに出ていれば、わたしが加勢してあげられたのに、あいにく母が開いた晩餐会と重なってしまって。アンジェリーナが招待を受けたのも知らなかったし。とてもめずらしいことだから」

「そうでしたのね」

「両親は、わたしたちの友だちづきあいにあまりいい顔をしなくて。気持ちはわからないでもないけれど……あなたが歓迎をよそおってくださったこと、ありがたく思っていますわ」

アリシアは心から言った。「よそおってなんかいませんわ。さっきも言ったとおり、とてもいいかただと思ったし、過去につらい思いをしたと聞いていたものだから」

「あの裁判のひどさときたら」ミス・サマーズがひゅっと息を吸いこんだ。「でも、もう終わったことですわ。あなたがいらした理由は、まだわかりかねますけれど、レディ・ヒーストン」

「罪のない男性ふたりを殺したという汚名を着せるほど、レディ・ドブルークに悪意をいだくような相手に、誰か心あたりはおありかしら？　彼女の力になりたいけれど、当時のいきさつがわからないし、かといってじかに根掘り葉掘り訊いたら、心の古傷をえぐってしまいそうで。上流社会で、正確な話を聞かせてくださる人はあなたしかいないと思ったの」

室内に張りつめた空気が流れた。イヴ・サマーズが、喜ぶべきか、あるいはアリシアをただのゴシップ好きと切りすてるべきか、ためらったのちに肩をすくめた。「世間で噂されている以上のことはほとんど知らないから、お話ししてもさしつかえないでしょうね。最初に申しあげておきたいのは、ほんとうに罪がなかったのか、ということ」

こんどはアリシアが目をまるくする番だった。「なんですって？」

「ウィリアムとトーマスよ。わたしに言わせれば、ふたりともアンジェリーナには似つかわしくなかったわ。ウィリアムは金《かね》で彼女を買ったも同然で、結婚持参金を辞退するかわりに、自分に有利な取引を父親と結んだの。アンジェリーナは家族から、結婚申し込みを拒んではいけないと命じられたのよ」

興味深いが、これだけで手がかりにはならない。「目的を達するのに長けた男性ということね。アンジェリーナを愛していたのかしら？」

「いいえ」イヴの顔がこわばる。「まったく。それだけは断言できるわ。結婚したときも愛人がいたし、わが子と認めていない子どもがふたりもいた、最低の男よ。それでも見栄だけは一人前で、イングランド一の美女と噂されたアンジェリーナに目をつけて、金の力で手に入れたの」

愛人なら、恨みをいだいてもおかしくない。ベンジャミンはこの件を知っているだろうか？　知っているに決まっている。男性はこういう話題に関してむやみと結束したがるから。アリシアは小躍りしつつも、表面上はあくまでも冷静に、同情から生じた好奇心をよそおった。ただ、こう言ったのは本心だった。「わたしなら、打ちのめされてしまうわ」

「アンジェリーナはちがったわ。本人に言わせると。誇りを傷つけられた、というほうが近いかも」

残念ながらいまのところ、いちばん疑わしいのはやはりレディ・ドブルークだった。「わたしの夫は二番めの旦那さまと親しくて、とてもいい人だと言っていたけれど」

「トーマス?」レディ・イヴがかぶりをふると、真っ赤な巻毛がこめかみのあたりで揺れた。「まあ、悪人ではなかったわね。アンジェリーナも好意をいだいていたけれど、家庭よりもクラブを好むたぐいの男で……だからこそ、あなたの旦那さまにも好かれたんでしょう。アンジェリーナはどのみち結婚しなくてはならなかったから、離ればなれの夫婦生活が心地よかったんじゃないかしら。ウィリアムのときは涙ひとつこぼさなかったけれど、トーマスが急な病で死んだときはひどくとり乱していたわ」

アリシアには想像もつかなかった。心から愛せる夫に恵まれた自分に比べて、アンジェリーナは――これまでのところ――運がよくなかったということか。

凶漢の魔の手を逃れないかぎり、アンジェリーナの不運は永遠に続くだろう。

「おかげさまで、だいたい事情がわかりましたわ」劇的な事実がつかめたというほどではないが、アリシアは心をこめて礼を述べた。「アンジェリーナにへたなことを言って、傷つけたり恥をかかせたりしてはいけないと思ったから、あなたにお話をうかがいたかったの。逆境にあってもあれだけ聡明で毅然としていられる女性に、害をなそうとするのはいったい誰かしら? 考えれば考えるほど、わからなくなってしまうわ。あれだけの美女なら、まわりの娘たちや、その母親たちから妬みをかうことは多かったでしょうけれど」

イヴ・サマーズが暗いまなざしを投げた。「答えるのはむずかしいわね。わたしには、あれは運命の手ひどい意地悪だと思えてならないけれど。世の中にはもっと不可解なこともあるし。もちろんアンジェリーナが犯人だとは思わないけれど、もう一度結婚するのは、どうかしら」

けれど、それが本人の望みだ。もし誰かの非情なもくろみによって、心から愛しあうふたりの男女が引き離されてしまったら……なんと悲しいことだろう。

「アンジェリーナは、結婚を考えているの？」わざわざ訊ねたのは、そのほうが自然だと思ったからだ。こちらが調べまわっていることを、絶対に悟られてはならない。

「わからないけれど」イヴが重々しく答える。「でも、友人なら思いとどまらせるのが筋だと思うわ。あなたもそうなさることをおすすめするわ、レディ・ヒーストン」

13

不気味な手紙を見たとたん、ふるえが止まらなくなった。

紙片が手からすべり落ちたのにも気づかず、アンジェリーナは手紙を書くのに使う小さな部屋の窓をじっと見つめていた。ガラスの表面に、冷たい秋雨がつたわり、まるで涙のような筋をつけている。

ヒーストン伯爵は正しかった。伯爵があれほどやすやすと恋人の存在を割り出してしまったのだ、ほかの誰かにもできるにちがいない。文面の意味するところはあきらかだった。


もう一度、やってみせようか。


あいまいな文章だし、送り主の素性もわからないが、ぞっとすることに変わりはない。アンジェリーナにはその意図がはっきり伝わったし、相手もそれをわかっているだろう。

わたしが甘かったんだわ……水滴をびっしりつけた窓ガラスを通して、灰色にくすんだ庭を眺めながら思う。秘密の恋を守りとおせると思うなんて。自己憐憫にふけることはめったにないが、愛してやまないクリストファーとの結婚を、恐怖によってはばまれる不条理に、いまはいきどおらずにいられなかった。

この手紙はあきらかに、誰かにおどされている証拠だ。敵からの意思表示だ。殺人の。

アンジェリーナの無実を証明できるのもまた、ウィリアムとトーマスに毒を盛った人物だ。ヒーストン伯爵に手紙を見せなくては。

そう思いたって立ち上がり、大きく深呼吸して自分を落ちつかせてから、呼び鈴を鳴らす。

半時間後、アンジェリーナはヒーストン屋敷の前で馬車を降りた。雨で濡れないよう、外套のフードを深く引き下ろして。玄関に入るとすぐに伯爵は外出中だと聞かされ、失望をこらえて下唇を噛んだ。

ふと思いなおして、こう聞いてみる。「奥さまのほうは？　ご在宅でいらっしゃる？」

「そのはずでございますが」

「では、奥さまのご都合をお確かめいただけるかしら？」

数分もたたないうちに、アンジェリーナは客用ではなく家族用の居間に案内され、女主人のあたたかい歓迎を受けていた。藍色の瞳が、気づかわしげにこちらを見る。どうやら読書していたらしく、長椅子に本が伏せてあった。「何か悪いことでなければいいけれど」

アンジェリーナは首をふったが、すぐに言いなおした。「悪いことよ……いいえ、まだわからないけれど。少なくとも、いいことではないわ。いやな手紙を受けとったから、ご主人に見せなくてはと思って」

「ベンなら、夕方近くには帰ってくるはずよ」アリシア・ウォレスが腰かけると、杏色《あんずいろ》の軽いモスリンのスカートがふわりと広がった。「わたしに話してくださる？　それともベンのほうがいいかしら」

伯爵が愛称で気安く呼ばれるのはふしぎな感じだった。たとえ自分の妻とでも、気軽におしゃべりするところを想像できない人物なのに。伯爵はあまりにもつかみどころがないし、目の前の問いに答えながら、同時に別のことを考えているようなところがある。

「ど……どうしたらいいかしら」アンジェリーナは口ごもった。レディ・ヒーストンはグレッグストン家の集まりでとても親切にしてくれたし、いまはとにかく誰かに話したい気分だし……。

別にかまわないでしょう？

アンジェリーナは思いきって手提げ袋《レティキュール》から紙片を出し、さし出した。

受けとったアリシアが、羊皮紙をてのひらで広げながら目を通す。たった一文なので、あっというまに読みおわった。こちらを見た藍色の瞳がきらりと光る。「きょう、届いたのね？」

「郵便受けに。封印も、署名もなしで」

「自分から白状しているも同然ね。つまり……」言いよどんだのは、婉曲《えんきょく》な言いまわしを探すためだろう。

「ふたりを殺した、と？」やわな感受性を捨ててひさしいアンジェリーナは、言葉に迷わなかった。魔術を除くあらゆる行為を疑われた、あの裁判の影響かもしれない。「わたしはそう受けとったけれど。あきらかな脅迫でもあるわ」

「ロウ男爵は、身に危険がおよんでいることをご存じなの？」

ヒーストン伯爵が恋人の名を話したのかしら？　アンジェリーナは返答に詰まり、女主人をおそるおそる見た。もし当て推量だとしたら、ふたりの関係を否定も肯定もできない。

「あなたを紹介したとき」アリシアの慎重な言葉づかいが、品のよい居間の静寂にしみ込んでいくようだった。「ふたりが初対面でないとはっきりわかったの。だとしたら、あなたが隠す理由はひとつしかないでしょう？　男爵のほうはもっとわかりやすかったわ。あなたに夢中で恋しているのね」

伯爵夫人はロマンティックなたちらしい。だからこそ、自分も惹かれたのだろう。彼女は愛ある結婚生活を信じ、いちずに追いもとめている。アンジェリーナ自身もそうできればいいと思いつつ、いまはただ……こわかった。

「ええ、本人はそう言っているわ」アンジェリーナはとうとう認めた。「でも、まだ結婚の申し込みには返事をしていないの。あなたもご存じの事情で」

相手が思いやり深い目になった。「彼の身を案じているのね」手紙をかかげ、ひらひらとふってみせる。「これを見れば、当然の配慮だとわかるわ。男の人は頑固だし、わたしたちを守れるつもりでいるけれど、実際そうとはかぎらない。あなたの気持ち、よくわかるわ」

アンジェリーナはつい笑みを誘われた。いまの会話がおかしいからではなく、自分とよく似た相手を見つけたと感じたからだ。「クリストファーはわたしと結婚すると言って聞かないの」

「そして、あなたは恐れている」

するどい、そして的確な指摘だった。「身がすくんでいるわ」消え入りそうな声で、アンジェリーナは認めた。

アリシアは羊皮紙を返し、じっと考えこんだ。ベンジャミンが不在だったのが、いっそ喜ばしい。もし夫がレディ・ドブルークの相手をしていたら、手紙の件はこちらに知らされずじまいだったろう。

いつか彼も、心のうちをさらけ出してくれるかもしれない。アリシアは希望を捨てていなかったが、そうなるまでには時間がかかるだろうから、きょうのことはまたとない幸運だった。

何よりも、目の前の女性にすっかり肩入れしていた。「わたしでもきっと、すくみあがってしまうわ」一語一語に力をこめて言う。「あなたのように凛としていられるかどうか。敵の正体を知っているのと、どこから危険がふりかかってくるのかわからないのとでは、大ちがいですものね」

「わからないといえば、理由もよ」つぶやくアンジェリーナの瞳に苦痛がにじむ。「この一件でいちばん癇《かん》にさわるのは、きっとそこだわ。誰も傷つけた覚えはないのに。ウィリアムには敵がいたかもしれない……悪人ではないにせよ、自分本位なところがあったから。トーマスも、誰かの反感をかっていたかもしれないけれど、ふたりとも殺そうと思うほど憎む人間なんているかしら？　ありえないわ」

そのとおりだ。鍵はアンジェリーナだということを、目の前の手紙が証明している。

「名前を書いていない以上、ロウ男爵が直接ねらわれているとはかぎらないわ」アリシアは眉根を寄せ、言外の意味を考えた。「もしかすると、まだ恋人が誰かをつきとめていないのかも」

きょうのアンジェリーナ・ドブルークは淡いレモン色の胴着にレースのスカート、波打つ袖をあわせたドレスを着ていた。どこか現実離れした美しさをみごとに引きたてるよそおいだ。「どうやって知れたのかしら」こわばった声で言う。「ふたりとも気をつけてきたのに。でも、あなたの旦那さまはどうやってか調べだしたし、あなたにもすぐに見ぬかれてしまった。自分では完璧に演技しているつもりでも、きっと顔に出ているのね。でなければ、こんなにやすやすと見ぬかれはしないでしょう」

その気持ちは痛いほどわかった。アリシア自身、ややこしい性格の夫をなぜこんなに愛してしまったのかと自問することが、幾度となくあるからだ。ベンジャミンはやさしくしてくれるものの、いつも固い殻で自分を鎧《よろ》っているので、素顔の彼がどんなふうなのか、子をやどした現在でさえつかみかねるありさまだ。「あなたを責める気にはなれないわ」アリシアは小声で言った。「立場はちがうかもしれないけれど、お互い感じている心細さは同じだと思うから」

アンジェリーナがしばし沈黙し、こぢんまりした居間でこちらをじっと見つめながら考えこんだ。やがて、おずおずとほほえむ。「女のほうが、男よりずっと勇敢だと思ったことが何度もあるわ。きっと、愛する男性を戦地へ送るよりも、自分が先頭を切って戦ったほうがずっと楽でしょうね」

「わたしは、ベンのお許しをもらえそうにないけれど」アリシアは苦笑まじりに同意した。「いまはとくに過保護なのよ」

無意識のうちにお腹に手をあてるのを見てぴんときたらしく、アンジェリーナが目をまるくした。「まあ……そうなのね。おめでとう」

「初めてなの」アリシアは言わずもがなのことを言った。自分が新婚なのは周知の事実だが、相手は長らく田舎で暮らしていた女性だ。「わたしたちふたりとも、喜んでいるわ」

「もちろん、そうでしょうとも。ご気分は?」

訊ねる声にあこがれがまじっているだろうか? きっとそうだ。

無理もない。二度も結婚しながら、どちらの夫もすぐ他界してしまったために、子をさずかる機会がなかったのだ。自分とベンジャミンでさえ、一年近くかかった。「まだ、ものめずらしい時期よ」アリシアはありのままを答えた。「午後にはだるくなるし、受けつけない食事もあるけれど、それ以外は順調だわ。ただ、ドレスの大半がきつくなってきて」

「うらやましいわ」簡潔な、それでいて痛切な言葉。「わたしもそうなれればと思うけれど、結婚する相手と同じくらい、子どものことを考えるとこわくて」

言われてみると、いまの状況がさらに暗澹《あんたん》たるものに感じられた。愛する男性に凶手がおよぶのももちろんおそろしいけれど、いたいけな子どもとなると……。

「ベンがかならず犯人を見つけてくれるわ」アリシアは強い声でうけあった。「でも、わたしたちなりにお手伝いすれば、作業がはかどるはずよ。たとえば、そうね……手紙の筆跡に見おぼえは？　古い手紙を出してきて、筆跡を比べることはできないかしら？　書き文字は、人の声と同じくらい特徴があるから」

「考えもしなかったわ」アンジェリーナがうなずく。「古い手紙をしまってある箱を調べてみましょう。ただ、ごく親しい友人からのしか残していなくて。それでも役に立つかしら」

先日の催しを思い出したアリシアは、さりげなく訊ねた。「その全員と、いまでも親しくなさっている？」

しばらくたって、相手が軽く頭を下げた。「おっしゃるとおりね」

「傷つけるつもりはなかったの」

アンジェリーナ・ドブルークの目にかすかな笑みが浮かんだ。「わかっていますとも。いろいろ経験したおかげで、人に悪意があるかないかははっきり見わけられるのよ、レディ・ヒーストン」

「アリシアと呼んでちょうだい」

「わたしをアンジェリーナと呼んでくださるなら」

「了解よ」

「では、これを伯爵に見せておいてくださる？」テーブルに置いたままの羊皮紙をアンジェリーナが指さす。「古い手紙と比べるのは名案だと思うから、あしたにでもさっそくおもちするとして、伯爵ならわたしが思いつかないような分析をなさるかもしれないでしょう？脅迫状なのは確かだけれど、クリストファーの名前がない以上、どの程度警戒すればいいかわからないし。不安でしかたないいっぽうで、誰かの悪質ないたずらかもしれないという気もしているの」

「もし、そうだとしたら」アリシアは言った。「相手は、あなたが夫ふたりの死に疑いをいだいているのを知ったうえで挑発していることになるわ。誰か、その説明にあてはまる人はいないかしら？　女中はどう？　いとこは？　幼なじみは？　お友だちは？　あなたの言ったとおり、この手紙が犯人から届いたという証拠はないわ。別の誰かがあなたをつけねらっているのかも」

「ええ、そうね」アンジェリーナの顔はみるみる翳り、唇まで色を失っていた。「冗談にしてもたちが悪いわ。それに、なぜそんなまねをするの？　わたしだって完璧な人間ではないけれど、故意に他人を傷つけたりしないわ」

「こんな残酷なまねをする人間の胸中なんて、わかるわけがないでしょう？」

「まったくだわ。それと、あなたにも旦那さまにも訊かれたことだけれど、ここまでの恨みをかうような覚えは、ほんとうにないの」

「義理の弟はどうかしら？」

アンジェリーナがはっと目を上げた。「フランクリン？　確かにわたしを忌みきらっているけれど、それはトーマスが死んだあとのこと。前はうまくやっていたわ」

「そうですってね。もともとはあなたと結婚したがっていたんでしょう？　でも、あなたは彼の兄を選んだ」

アンジェリーナの口が小さく開き、まさかという表情が浮かぶ。「なぜ、それを……」

「姉のハリエットが覚えていたの」アリシアは説明し、皮肉めかしてこう続けた。「人ってふしぎなものね。あることをいつまでも覚えているかと思えば、あることはいくら頭をしぼっても思い出せない。あなたが社交界に戻ったとき、最初に言いよってきたのはフランクリンだったそうね。でも、トーマスのほうが年上だったし、爵位もあったし、あなたのお父上も、あなた自身も気に入った。フランクリンは復讐に燃えて、あなたを絞首刑にしようと訴えを起こしたのよ」

「それはちがうわ」アンジェリーナが反論したが、その声はかぼそかった。記憶の底をさぐるように、眉がぎゅっと寄せられる。「言いよってきたというほどじゃないもの。一度か二度、屋敷を訪ねてきたけれど、それだけよ」

「でも、あなたは兄のほうと結婚した、そうでしょう？」

「ええ、そうなるわね」美しい瞳に恐怖が走る。「だからって、わたしのために実の兄を殺したりするものですか。考えたくないわ」

アリシアは同情のまなざしを向けた。「あなたのせいじゃないわ。ただ、そういう可能性もあると気づいてほしかったの。嫉妬は、歴史に埋もれたたくさんの悲劇の引き金となっていることが多いのよ」

「でも、それではウィリアムの死の説明がつかないわ」

アリシアは考えこんだ。「そうね。でも、ウィリアムのほうはほんとうに自然死で、殺人犯がその状態に似せた毒薬を使ったのかもしれないわ」

「ありえない話ではないけれど、どうも納得できないわ。フランクリンにそこまで入りくんだ策を思いつく頭があるとは思えないの。義弟は単純な性格で、毒薬なんてまわりくどい手は似合わないわ。いくらひどい目に遭ったとはいえ、わたしたちが探しもとめる犯人ではないと思うの」

「ごきげんよう、ご婦人がた」

目を上げたアリシアは仰天した。人が来た気配をまったく感じなかったから。戸口に立っているのはベンジャミンだった。金褐色の髪を雨に濡らし、整った顔に丁重な笑みをたたえている。「おじゃまかな？　それとも、ごいっしょしてもいいだろうか？」

14

手紙には、あの署名があった。

すばらしい。下部に記された古代中国の文字は、ここまで追ってきた相手が、エレナ・モローとアンドリュース子爵を拉致したのと同一人物だということを示している。なんとしても決着をつけたい相手だ。

大きな前進だった。犯人からの脅迫を〝前進〟と呼んでよければ、だが。

「問題は」ベンジャミンは考えを口に出した。「ロウの素性をまだ隠しおおせているか、だ。もし否なら、すぐに警告を発する必要がある」

アンジェリーナ・ドブルークが、ただでさえ白い頰の血色を失っているのも無理はない。ふるえる華奢な手が、いつもはひと筋の乱れもないシニョンからこぼれた巻毛をなでつける。

「前にもお話ししましたわね、伯爵。どうすればいいのかしら？　毒薬は油断なりませんわ。防ごうと思ったら、口にするものすべてが料理されるところを監視して、飲み物は目の前で瓶の蓋《ふた》を開けさせるほかないでしょう？」

「面倒なのはまちがいない」ベンジャミンはそっけなく同意した。「ただし、その価値はあるのではないかな。すぐに解決する、と言いたいのはやまやまだが、あいにく敵は変幻自在ときている。こちらもいくつか手がかりをつかんだし、めぼしい人脈にもあたりをつけたが、ひとまずロウ男爵には、どこか知られていない場所で休暇を過ごしてもらったほうがいい。多忙な人だから、なかなか承諾しないだろうが……。もしくは、いまあなたが言ったような方策をとるか」

「男爵はさぞ、頑固なところを見せるでしょうね」アリシアがつぶやく。「なにしろ、男ですもの」

ベンジャミンは微苦笑を漏らした。「その手きびしい批判は、個人的な経験から出ているのかな？」

アリシアがしとやかな笑みを返す。桃色の清楚《せいそ》なデイドレスは、これまで見たことのない、ややゆったりした形で、一段濃いピンクのリボンで胸もとを留めてあった。来客の蒼白《そうはく》な顔とはうらはらに、妻はまばゆいほどの健康美をふりまき、肌も髪もつやつやとかがやいていた。

みごもった女性に色気を感じるのは初めてだった。有史以来、男女が連綿《れんめん》と続けてきた種族保持の営み。もちろん感情も介在はするが、自分自身がこれほど本能的な反応を示すとは思わなかった。

レディ・ドブルークが押しころした声で言う。「クリストファーを説得しますわ。わたしをしあわせにするという誓いを守るつもりなら、いやとは言えないはず」

「あなたをしあわせにしたいのは本心でしょう」ベンジャミンはたんたんと述べた。「ただ、危険がどれほどさしせまっているかの実感は薄いだろうし、個人的な経験から言えば、あなたを守りたいと思いこそすれ、守られたいとは思わないだろうな。あなたに届いた手紙だから、決定権はあなたにあるが、できれば男爵に伝える役はこちらにまかせていただきたい」

レディ・ドブルークが迷うようすを見せた。うなずく前にアリシアに目をやったのを、ベンジャミンは見のがさなかった。「もし、ご迷惑でないのなら……そして、ご自分のほうがじょうずに話を進められるとお考えなら。わたしの願いは、クリストファーの安全だけですから」

女性の心理や、追いつめられたときの行動について、ベンジャミンは多くを学びつつあった。なかにはわがままで計算高くて、おのれの損得でしか動かない女性もいる。いっぽうで、他人に惜しみなく尽くす女性もいる。ベンジャミンはやさしくうけあった。「きちんと説得するのでご安心を。そして、そう、ぼくのほうがじょうずに話を進められるでしょうね」

「これで、あの男はわたしに近づけないわね」背中をこわばらせ、椅子にまっすぐ座ったアンジェリーナが書付けを指ししめす。

犯人のことを言っているのだ。

だが、もしかすると女かもしれない。そこはまだ確信がないが、毒薬という手口は女性的に思えてならなかった。「おたくに届く郵便物を確かめさせていただきたい。あやしい内容でなければ、ぼく以外が読むことはないので」

「何も隠すことはありませんわ」顎がつんと上がる。

「もしそこを疑っていたら」ベンジャミンは指摘した。「最初から協力はしませんよ、レディ・ドブルーク」

彼女がうなずき、立ち上がる。「ありがとうございます。もしクリストファーが承諾したら、知らせてくださいな」

客が絹のスカートをひるがえして去ったあと、ベンジャミンは妻を見やった。何やらむずかしい顔をしている。「何を考えているのかな？」

アリシアが見るからにおどろいたようすでこちらを見つめ、ぱっと顔をほころばせた。

〝いま何を言ったんだ、おまえは？〟大の男が女性に、何を考えているか訊くとは。あわててベンジャミンは咳払《せきばら》いをした。「いや、その……」

「わたしね、例の敵はなぜアンジェリーナをあんなに苦しめるのか考えていたのよ。単なる楽しみのため？　たぶんそうね。夫ふたりを殺したあと、犯人はずっと息をひそめてようすをうかがっていたんでしょう。前から思っていたけれど、執念深いにもほどがあるわ。どうすれば状況を変えられるかしら？」

おそるべき洞察力だ。夫として歓迎すべきかどうかはともかく、調査の相棒としては心強い。「ずっと考えていたの。ただの仮説だけれど、例の〝知力勝負の達人〟は、アンジェリーナが自分の手から離れてしまうのが腹立たしいんじゃないかしら。とことん自分の思いどおりにしたいのよ。よその男と恋に落ちてしまったら、もう止められないもの」

「きみの言うとおりだと思う」

「ほんとうに？」アリシアの目がうれしげにぼうっとかすむ。

アリシアへの愛情のあまり、評価が偏っているだろうか。けれど、あまり心の奥深くまで覗くのはこわかった。ベンジャミンは早口に言った。「事態の切迫ぐあいについて、ぼくはレディ・ドブルークほど楽観的にはなれない。いまたいせつなのは、信頼できる人物を彼女のそばにつけることだ。男爵なら恋人だから適役だし、彼自身も身を守る必要があるから、ふたりいっしょにどこかへ身を隠すのがいちばん安全だと思う」

「すばらしい案ね。ほんとうに、男爵を説得できると思う？」

「できないことをできると言って、なんの得がある？」

ややあってアリシアが認めた。「ほんとうね。あなたは、できない約束をしない人だもの。だから、あまり約束をしないんじゃないかとさえ思えるわ」

いったいどういう意味だ？　レディ・ドブルークが去るときから立ったままだったベンジャミンはふたたび腰を下ろし、お茶のカップをゆっくりと口に運んだ。「そうかな？」

妻がうなずき、小さく眉をしかめた。「そうよ」

「きみの期待を裏切っているのは、どのへんだろう？」

痛々しいほど真剣なまなざしが、ベンジャミンの全身をつらぬいた。ひと言ひと言噛みしめるようにアリシアが言う。「それほど高望みはしないけれど、ただ、もっと……心を開いてくだされればいいと思うの。いいえ、ちがうわ。言いなおさせて。あなたはわざと距離をおいているのよ。だいぶ時間がかかったけれど、いまでは理解できるわ。あなたはそれがわたしのためだと思っているんでしょう」

「きみの幸福が、ぼくの務めだからね」ベンジャミンは冷静に言った。

とたんに非難がましい視線が飛んできた。「ベン」

「ぼくの気持ちはさておき、ロウがきみの友だちのアンジェリーナを心から愛しているのはまちがいない。そこが問題の核心なんだ。敵は、恋した弱みを自在についてくるからね。さてと、もう少しお茶をつごうか？」

思いがけないなりゆきに、アリシアは目をしばたたかせた。男性は、伴侶《はんりょ》の女性にお茶をついだりしない。夫が磁器のポットを手にとること自体、初めて見る光景だった。よほど話題を変えたかったのか、それとも単なる善意のあらわれか。

「ありがとう」礼を述べながらも、親切なはからいの真意を考えあぐねる。

答が得られたのは、ベンジャミンが口を開いたときだった。「こうなると、きみもロウとレディ・ドブルークに同行して田舎へ行ったほうがよさそうだ」反論するより早く、夫が静かにつけ加える。「ぼくは自由に動けるし、きみもふたりからゆっくり話を聞ける。ぼくが訊きのがしたこともあるだろうし、きみになら打ち明けやすい事柄もあるだろう」

〝餌《えさ》をまいて罠《わな》にかけるなんて、いかにもベンらしいこと〟

どう答えていいかわからず、アリシアは夫を見た。「このままロンドンを離れないほうがいいと結論を出したのに、いまさら追いはらうの？」

夫と引き離されると思っただけで、なぜこんなに心細そうな声が出るのだろう？　おとなの女性は、もう少し冷静にふるまってしかるべきなのに。もしかすると、妊娠のせいで心が不安定なのかもしれない。

「追いはらう？　そんなふうには考えたこともないよ、かわいい人。とんでもない。きみがここにいたほうがいいと判断したのは、手紙が届く前の話だ。書斎が荒らされたのには意味がある。具体的な意図はまだわからないが、確かなのは、アンジェリーナがぼくを頼ってきたのを犯人に気づかれたということだ。つまり、こちらとしては相手を出しぬく必要がある。きみとレディ・ドブルーク、そしてロウが三人で街を離れれば、犯人がきみたちの行方を捜し、かつ次の出かたを考えるまで、時間稼ぎができる」

「どこか心あたりの場所があるのね」アリシアはあきらめまじりに言った。

「あるさ」

アリシアは眉をつり上げ、答を待った。

「そろそろ、昼寝をする時間だろう？」

答をもらえないのに満足できるわけがない。アリシアは困惑をあらわに夫を見つめた。

「なぜ、わざわざそんなことを訊くのかしら、ご主人さま？」

「ぼくはきみの〝主人〟なのか？」ベンジャミンが立ち上がって両手を広げる。「どちらかといえば、声をからして嘆願を叫ぶ民のような気分だよ。そもそも、ぼくの鈍感さを強烈になじって、もっとこちらに意識を向けるようにと命じたのはきみのほうだ」

「あなたは鈍感じゃないわ」それどころか、敏感すぎるのではないかとさえ近ごろは思える。

でちがうわ」

夫の指に指をからませ、アリシアは言った。「感情をおもてに出さないだけ。鈍感とはまる

「そうかな？」ベンジャミンがつないだ手を引っぱって立たせる。

まだ夕方前だというのに、ふいに、相手が何を求めているかがはっきりわかった。彼の目にそう書いてある。熱いまなざしが、アリシアの唇をちらりとかすめる。

「いろいろな意味でね」はからずも、答える声がかすれた。

夫が動きを止める。「きみをきらって距離をおいているわけではないよ」

アリシアは手をのばし、ベンジャミンの頰にふれてささやいた。「わかってるわ」

「ほんとうに？」ぬくもりをおびたかすかな笑み。夫の手が腰をとらえ、背中へとすべってゆく。「ぼくのことを深く理解できると、どうだというんだ？」

「いまあなたが考えていることだってわかるわ」

彼の口が近づいてきた。「それは、何かな？」

答えるより早く、唇がかぶさってきた。いつものやさしさが嘘のように切実なキスに、アリシアの息は止まりそうになり、たちまち情欲が燃え上がった。抱擁はいつ果てるともなく長く、そして熱く、ほどなくアリシアは相手の望みを具体的にくみとった。強く押しつけられた下半身のこわばりが、衣服を通してもありありとわかったからだ。

ベンジャミンの指が、デイドレスの胴着をまさぐる。「ぼくも、きょうはくたくただ。いっしょに昼寝させてもらっても、かまわないだろうか？」

あからさまな誘いに、アリシアはこらえきれず笑いだした。「疲れているようには見えないわよ。昼寝なんてしたことがないくせに。でも、もし添い寝してくださるなら……」

「ぜひ、きみといっしょに寝たいな」

言外のほのめかしを読みとったアリシアは、無言でうなずいて戸口へ向かった。ともすれば速まりそうになる歩みを、懸命に抑えながら。

キスひとつだけで胸を高鳴らせるすべを、彼はもっている。

「こんな時間にきみを抱き上げて寝室へ連れていったら、使用人が大騒ぎするだろう」ふだんは落ちつきはらった夫がかがみ込み、耳もとでささやく。「だから、なるべく急いで歩いたほうがいい」

低い声を聞くと、アリシアの背すじにぞくぞくと興奮が走った。言われたとおりに足を速めて階段へ向かい、立っていたイェーツに会釈してから、スカートをつまんで二階へと上がってゆく。

「きみがほしい」体のぬくもりが伝わるほど近くに立ったベンジャミンが、背中に手を添えながらそっと告げる。「きみのそばにいたい。きみの上に、きみの中に」

全身の神経がふるえるほどの官能に、アリシアははっと目をとじた。まだお茶の時間も過ぎていないのに……。「よくないんじゃないかしら。こんなに早くから……その……」

これから何をするのかわかりきっているのに、頬を染めるのはばかげているかもしれない。人妻で、もうじき母になろうかというのに……けれど、どうにも赤面をこらえきれなかった。

「愛しあうなんて？　いや、ぴったりの時間だと思うよ」

「わたしの寝室に入っていったら、抱き上げて運ぶのと同じくらいはっきり、みんなに知れてしまうと思うけれど」

ベンジャミンが笑うと、やわらかな抑揚に背すじがぞくぞくした。彼の笑い声は、軽い冗談のたぐいではなく、ふたりだけの特別な秘密……お互いしか知らない約束ごとを分かちあっている気分にさせてくれる。「かわいい奥さん、きみのお腹には子どもがいるんだよ。夫婦がベッドをともにしていることは、周知の事実だと思うが。だが、もしほんとうに疲れているなら、きみが動きを調節していいよ」

確かにいつも午後には眠くなるが、いまの言葉には興味をそそられた。「どうやるの？」

「あとで教えるさ」

アリシアの寝室に入ると、ベンジャミンは鍵をかけてふり返り、手短に言った。「手伝ってあげよう」

服を脱ぐ手伝いだ。考えるまでもなかった。「そんな……」言いかけたときには、すでに彼の手がすばやくボタンをはずし、ドレスを肩からはずしていた。こんなにも抵抗できないなんて……。

アリシアはもう一度言いかけた。「そんな……」

ベンジャミンの口が喉もとに押しあてられ、肩の曲線をたどるあいだも、両手は休みなく動きつづけ、気づけばシュミーズも床に落ちていた。

これが終わるまでは、とうてい眠れそうにない。

昼ひなかに裸になったアリシアは、うながされるまま後ろ向きにベッドへ歩みよった。

「そんな……なんだって？」意味ありげに眉がつり上げられる。

答えようとしたとき、ベンジャミンがアリシアをマットレスの上に押したおし、しっかりと唇を重ねた。そのあと、いったん立ち上がって自分の服を脱ぎにかかる。

わたし、いつからこんなに……女っぽくなったのかしら？　肉体が別の生き物になったかのように、秋雨の午後にふさわしい時間の過ごしかたなどおかまいなしで反応を続けている。ベンジャミンが誘ってきたのにはわけがある。それはわかっていた。どんなときも理由なしに動いたりしない人だ。つまり、昼下がりの秘め事は、快楽をむさぼる以外の目的をともなっている。とはいえ、ベッドに横たわり、ふせた睫毛の隙間から服を脱ぐ夫を眺めるとはっきりわかった。せまりくる危険や、アンジェリーナをつけねらう敵への懸念だけではない。アリシアと離れるのがいやでたまらないのだ。

榛色の瞳にせつなさがよぎるのを見ただけで、アリシアの心はやわらいだ。階下にいるときから下半身はいきり立っていたが、ベッドに乗ったベンジャミンはすぐにのしかかろうとせず、上掛けの上に身を横たえると、硬直を隠そうともせず、かすれた声でこうもちかけた。

「さっきも言ったとおり、きみが動きを調節してくれ」

アリシアはとまどい、肘をついて身を起こした。「なんですって？」

「きみに覆いかぶさる以外にも方法はある。位置を入れかえるんだ」

あけすけな言いかたに、またもや頬が熱くなったが、まだすべて理解したわけではなかった。「でも、ご主人さま……」

「アリシア、ぼくはきみの主人じゃない」彼の手がアリシアの両腕をつかみ、大柄な体に覆いかぶさらせる。「何度も言っただろう。忘れたのかい？」

「いいえ」ささやくころには唇が重なっていた。力強い手がうなじにかかって引きよせ、ふたたびとろけるほど熱いキスになだれ込んだからだ。

「では、ぼくがきみの夫だと……きみの美貌に見あうだけの富と身分を目安に父上が決めただけの結婚相手ではないと、証明してみてくれないか」

ふたつの意味で、度肝をぬかれる要求だった。まず、どう要求に応えていいのかわからない。もうひとつ、彼はほんとうにそんな理由でわたしが結婚したと思っているのかしら？

アリシアは、わずかにふるえる指先で夫の眉をなぞった。「ベン、知っているはずよ。父が選んできた相手だなんて考えていないことは。わたしが申し込みを受けたのは、ただ、あなたが……」

「ただ？」先細りになった言葉の続きを、ベンジャミンがうながす。

「あなただったから」

ほかにどう言えるだろう？　それが真実だった。屋敷を訪ね、言いよってきたあまたの男性のなかで、ひとり超然とした彼のことが気になってたまらなかった。ごくたまに浮かぶ笑み、美しい瞳に秘められた強い光、そして……ひそかにアリシアに惹かれている気配。

若くて世間知らずでも、その気配だけははっきりわかった。

ヒーストン伯爵に結婚を申し込まれたときは、天にも舞い上がる心持ちになり、すぐさま承諾した。父があらかじめ娘にかわって返事をしていたことも、両家の事務弁護士を介して決められた事項も、交際らしきものといえばワルツを数曲踊り、公園に馬車で数回出かけた程度だったということも、気にはならなかった。最初から、彼は特別だったから。

「ぼくは、ぼくだ」つぶやくベンジャミンの口もとに苦笑が浮かぶ。「それは否定できない」

「なぜ、そんなことを言うの？」午後の光のなか、アリシアは自分からキスをした。まだ、誘惑の名人にはほど遠いけれど……。あたたかく力強い唇を味わううち、いつしか軽々とも ち上げられて、彼の腰に座っていた。そそり立ったものがお腹をつついている。

「なぜかって？　自分がきみの望む男性でないような気がして、こわいんだ」

一瞬、自分の耳が信じられなかった。これほど真実とかけ離れた言葉があるだろうか。

「なんですって？　なぜ？」

「ぼくは、愛想もさほどよくない」彼の指先が乳房にのび、うっすらと青く浮いた血管をたどる。「ロマンティックでもない。感情を言葉にすることも、めったにない」

「愛想よくふるまおうとしないだけでしょう」訂正しながらも、乳首をゆっくりなぞられる快感に体がわなないた。「ロマンティックさにかけては、いつもではないけれど……でも、花束責めにされたり詩を贈ったりしてもらいたいと思ったことはないわ。あなたといっしょにいられるだけで楽しいの」

とはいえ、感情の発露については当人の言うとおりだった。彼が何を考えているか、アリシアには見当もつかない。

「では、いっしょにいるひとときを、思いきり楽しんでほしい」ベンジャミンの声がかすれ、金色に緑色を織りこんだ瞳が謎めいた光をたたえ、筋肉質の肩が純白のシーツから浮き上がって見えた。両手がアリシアの腰を支える。「またがって」

彼のみちびきに体をゆだねながら、ようやく何をするかに気づいたアリシアは、衝撃と不埒《ふらち》な好奇心をおぼえた。両手をぶ厚い胸板につっぱり、体の位置を調節してから、そそり立った長いものめざして腰を下ろしていく。入口に男性自身の先をすりつけると、摩擦《まさつ》が甘やかな、えもいわれぬ快感をもたらしてくれた。しとどに濡れ、肌をほてらせ、ゆっくり硬直をのみ込んでいくと、内部が押しひろげられるのがよくわかった。押しよせる愉悦の波に、両目がひとりでにとじてしまう。

「完璧だ」ベンジャミンがつぶやく。「非の打ちどころがない。あまりもたないかもしれないな。こうやって動くんだ」

男性にまたがり、乳房を揺らしながら腰を前後させるのは、ひどく頽廃的《たいはいてき》な気分だった。最初はうまくいかなかったが、やがてこつがつかめてきた。角度を調節して、敏感な箇所に先端があたるようにすると、小さなうめき声が喉から漏れ、そのレディらしからぬひびきが、逆に興奮をあおりたてた。

ベンジャミンも低いうめき声で応じる。彼に感じさせられるのではなく、自分の動きで彼を感じさせているという手ごたえが、ふしぎな陶酔《とうすい》をもたらしてくれた。いつもは彼が主導権を握るけれど、これは……まったくちがう。

　自分でもおどろいたことに、アリシアは身をかがめ、唇を重ねたままささやいた。「もっと速く？」

「気をつけて」夫がうなるような声で警告する。「もうすぐだ。手伝わせてほしい」

〝もうすぐだ〟もううぶな小娘ではないので、意味するところはすぐわかった。彼を限界まで押し上げられたことに、ひそかな満足をおぼえていた。

けれど、それも彼が手をのばして、肉体のつなぎ目をまさぐるまでのことだった。いちばん感じるところを刺激されると、全身がびくんとふるえた。骨の髄《ずい》までうずくような快楽。アリシアはしばしとり乱し、内ももで相手の腰を締めつけた。「ああ」

「気に入ったかな」ベンジャミンが腰の動きをあわせて下からつき上げる。乱れた髪が汗に湿り、目もとにかぶさっていた。「アリシア……」

〝もうすぐ〟なのは彼だけではなかったようで、ほどなくアリシアも叫びをほとばしらせながら絶頂の大波にさらわれ、忘我の境地へつっこんでいった。彼も同時に達したらしく、動きを止めて硬直をどくどくと脈打たせた。われに返ると、アリシアは力強い腕に抱きとめられ、ふたりそろって息をはずませ、汗まみれの体をからみあわせていた。

「節制をこころみたんだが」アリシアの長い乱れ髪を指ですきながら、夫が言う。「うまくいかなかったかもしれない。強引すぎただろうか？」

いいえ……まったく。

満ちたりた気分と、日中に愛しあう背徳感とがせめぎ合っている。「だいじょうぶよ」アリシアは顔を上げ、いままで頬を押しあてていた胸板にキスをした。「ほんとうに、どこも無理はしていないわ」

「眠いかな？」ベンジャミンの指が背骨をつたい下り、お尻のふくらみをなぞる。

「この時間に？　いつものことよ」あくびがひとつ出た。全身を心地よい疲れが包んでいる。

「体内で赤ん坊を育てているんだから当然さ。ぼく自身、少し疲れている」

とじかけたまぶたが開いたのは、彼が口にした内容と、身を離さないことと両方へのおどろきだった。ふだんは一日のおおかたを書斎で過ごし、涼しい顔で領地を切りまわし、陸軍省の職をしりぞいたいまも、かつての上司にあたるおえらがたに呼びつけられて、こまごまとした用事を引きうけているというのに？　アリシアは愛情こめてささやいた。「お昼寝するあいだ、そばにいてくださったらいいのに」

彼の唇が、アリシアのつむじに押しあてられた。「ぼくも、そうしたいと思う」

「時間はあるの？」

「いや」豊かな笑い声が胸板にひびく。「まったくないさ。議会に向けて新しい演説を書き上げなくてはならない。それに、新しくウェールズで始めた鉱山事業にもっと投資するよう、数カ所に手紙を出さなくてはいけない。放置しておくと机に積みかさなるいっぽうのつまらない手紙の山に、返事を出さなくてはならない。それからもちろん、社交界にお披露目したばかりの若い娘をねらう凶悪な輩《やから》の正体をつきとめなくてはならない。最後の件が、いまの立場にどう重なるのかはわからないが、若干の前進をとげたかと思いきや、まだまだ仕事は山積みらしい」

やさしく抱きしめられる心地よさをふり切って、アリシアは目を開いた。「どんな前進？」

ベンジャミンがこめかみにくちづける。「目をつぶって、ぼくの子のために体を休めてくれ。あした出発する前に教えるから」

反抗したほうがいいのかもしれない。ていよく田舎へ追いやられるのだから。けれど、先ほどの濃厚な営みで頭がぼうっとかすんでいたし、実のところ、いまは心身ともに満たされていた。「ほんとうね？」

「約束するよ」

15

扉が勢いよく開いたとき、ベンジャミンはすでにベッドを出ており、ズボンを引っぱり上げたところだったので、緊急時に裸の尻を見られるという醜態だけはさらさずにすんだ。アリシアの体をシーツで覆うのも間に合った。

「何があった？」妻の寝室へ駆けこんできた従僕に声をかける。「煙の臭いがする」

こんなときでなかったら、屋敷のあるじが昼間から妻のベッドにもぐり込んでいたことに気づいた従僕のあわてぶりをおもしろがる余裕もあっただろう。若者が口ごもる。「イェーツが、ええと……イェーツから、レディ・ヒーストンをお起こしして、ごぶじを確認してくるようにと言いつかりまして。旦那さまは見あたらなかったそうで、おれも……おれも見当がつかな……」

「どれくらい深刻な状況だ？」ベンジャミンはむっつりとさえぎった。

「厨房が燃えてます。屋敷の裏手からも炎がいくつか」従僕が顔をこする。「何をすればいいでしょう、旦那さま？」

「階段は使えるか？」

「いま上がってくるときは平気でした。だいぶ煙が濃くなってますが」

このころにはアリシアも目ざめていた。背後ではっと息をのむのが聞こえる。「女たちを建物の外へ避難させろ」命じながらシャツを探しかけたが、すぐあきらめた。

「もうさせてあります、旦那さま」

ベンジャミンはひとつうなずいた。「レディ・ヒーストンはぼくが自分で連れていく。男にはあるかぎりのバケツを持たせて、ただし無理は禁物だと伝えてくれ。建物なら、いくらでも代えがきく」

「かしこまりました」

「何があったの？」目を大きく見ひらいたアリシアが、シーツを胸もとまで引き上げた。豊かな髪が白い肩を覆っている。

従僕が扉を開けると、あらたな煙が流れこんできたので、ベンジャミンは大急ぎでベッドの妻をシーツごと抱き上げ、抗議の声には耳をかたむけず手短に告げた。「逃げるんだ。いますぐ。燃える屋敷の二階に閉じこめられるのは、できればごめんこうむりたい」

「でも、服を着ていないのよ！」

「あとで考えよう」頭を低くして、従僕のあとから部屋を出る。アリシアが咳きこみ、胸もとに顔を埋めてしがみついてきた。一刻も早く妻を外へ出したいという焦燥感《しょうそうかん》から、階段は一段飛ばしで駆け下りた。はだしで、妻をしっかり抱きしめ、邸内にたちこめる煙にむせながら玄関へ急ぐ。

外に出ると、動揺しきりのイェーツと顔を引きつらせた召使いたちが正面階段に並んでいた。そっと地面に下ろしたアリシアが、大急ぎでシーツを体に巻きつけるのを目のすみでとらえながら、彼女を馬車で姉の家まで送りとどける手はずを整え、女中を呼んで、女主人のそばを絶対に離れてはいけないと言いふくめる。そのうえで、屋内へ駆けもどった。

厨房には、鼻につんとくる煙がたちこめていた。使用人のひとりからバケツを受けとったベンジャミンは、磨きぬいた調理台に乗ったたらいから水をくみ、小さな炎をひとつずつ消し止めていった。女料理長は愛する領土を離れるにしのびないらしく、その場で使用人に大声で指示を飛ばしていた。やがて火がすべて消えると、あとにはじゅうじゅうという音と、目にしみる霧だけが残った。

「裏手の火は？」ベンジャミンは息をつめ、煤《すす》で汚れたひたいをぬぐいながら訊ねた。

「あとはくすぶってる程度です。それも雨で消えるでしょう」同じく顔に煤をつけた使用人が答えた。「誰のしわざか知らないが、火の回りかたにはあまりくわしくなかったようで。土台の横っちょに火種を放りこんであったんで、厩番《うまやばん》がすぐ足でもみ消しました」

放火と知っておどろくべきなのかもしれないが、実のところ、おどろきはなかった。

犯人が、またちょっかいを出してきたにちがいない。

やつのどす黒い魂に呪いあれ。

アリシアをはじめ、屋敷の人間がもし火事に巻きこまれていたら？　考えただけで胸が煮えた。焼けこげて水びたしになった厨房を眺めていると、もちまえの冷静さも吹き飛びそうだった。「けが人はいないか？」

「おりません、旦那さま。わたしの知るかぎりでは」戸口にあらわれたイェーツは、惨状に色を失っていた。「奥さまはぶじ馬車に乗られましたので、どうぞご心配なく」

とんでもない、心配だらけだ。これほど明確なおどしがあるだろうか。

「まだ日が暮れてもいない。どこかに目撃者がいるはずだ」ベンジャミンはきびしい声を発した。上半身裸で妻の寝室から引っぱりだされた無念さなどとるにたらない。屋敷がまるごと危険にさらされたのだ。なぜねらわれたのか、誰がねらったのかの察しがついている以上、迅速に行動しなくては。イェーツに指示する。「すまないが、使用人ひとりひとりに話を聞いてくれないか？　ぼくがじかに訊問したら凍りついてしまうだろうが、おまえと話をするのは慣れているはずだから。誰かあやしい人間を見かけなかったかと……ほんの少しでも気になった点があれば、教えてもらいたい。何か見かけた者がいたら、なるべくくわしく訊き出してくれ。細部まで目の行きとどくおまえのことだ、全面的に信頼している」

「最善を尽くします」年かさの執事が頭を下げ、急ぎ足で去った。

煙のたちこめた邸内を歩きながら、ベンジャミンは、憤怒《ふんぬ》のあまり冷静な判断ができなくなっているのを認めざるをえなかった。基本的に、生きていれば困難や対立を避けられないし、敵はこちらの弱みをついて攻撃してくるものと心得ているが、妊娠中の妻が巻きこまれたとなれば話は別だ。

これ以上、見すごしてなるものか。こんなにいきどおったのは生まれて初めてだ。大股で書斎に入るころもまだ頭に血がのぼっていたので、いったん腰を下ろし、ブランデーをグラスになみなみとそそぐ。

この興味深い展開は、あくまでも冷静な頭で分析しなくては。まだ上半身裸で髪も乱れたまま、愛用の椅子に深くもたれ、なぜこれほど過激な展開が、しかも昼間になされたのかを考えはじめる。

これは、敵からの挑戦状だ。もし本気で屋敷を焼こうとしたのなら、配下のなかでもっとも無能な輩に実行をまかせたとしか思えない。火種のひとつにいたっては、途中で消えてしまっていた。もうひとつは屋敷に燃え広がったが、どうやら被害は最低限ですんだようだ。屋敷じゅうが煙臭くなったのは確かにやっかいだが、とり返しがつかないわけではない。

アンジェリーナに届いた脅迫状に加えて、いま屋敷に火を放つ意味はなんだろう？

もしかすると、ジャネルの動きが一石を投じたのかもしれない、そんな気がした。

顎をこすり、瑪瑙《めのう》の文鎮《ぶんちん》を手にとって、なめらかな表面をぼんやり眺める。書き物机や書物をはじめ、この部屋にある品の大部分とともに亡父から引き継いだものだ。

神出鬼没のミセス・ダルセットが敵の動きを誘発したのなら、それはそれで大手柄だ。

事実、彼女は波風を立てるのが大の得意だった。才能と言ってもいい。だが、原因がなんであれ、アリシアにはこんどこそ、安全な場所に避難してもらわなければ困る。

反論の余地はない。

「あんな格好で家を訪ねてくる人、初めて見たわ」声こそそっけないが、ハリエットの表情は気づかわしげだった。

湯浴みをして、肌や髪にこびりついた煙の臭いを落としたアリシアは、鏡台からふり向いて、ヘアブラシを膝に置いた。「せめて部屋着をもっていこうとしたんだけれど、ベンに、いますぐ逃げなくてはだめだと言われたの」

しかも夫は恥の上塗りをするかのごとく、シーツにくるまったアリシアを使用人たちがひしめき合う正面階段に下ろすなり、燃える邸内に駆けもどってしまった。さいわい、先ほど届いた書付けによれば、火事はぶじ消し止められ、数時間のうちにはベンが自分で迎えにくるという。

姉がおかしそうに口もとをゆがめた。「全員がぶじ逃げおおせて、屋敷にもそれほどの被害が出ずにすんだとわかったいまだから、失礼を承知で言うけれど、こんなに笑える話はないわよ。上流社会じゅうが大喜びするわ」

アリシアもそれは予期していた。「きっとそうなるわね」むっつりと同意する。「いまから新聞のゴシップ欄が目に見えるようだわ。〝白昼の火災に襲われたH夫妻、裸で命からがら脱出。邸内で何が？〟」

「それとも……」ハリエットが笑いをこらえながら続ける。「〝謎の出火に、とるものもとりあえず飛び出す某伯爵と美貌の夫人。『階下の火事』は屋敷以外でも起きていた〟」

ベンをはじめ、屋敷のみながぶじだったと知って緊張がほぐれたアリシアは、こらえきれずに笑いだした。恥ずかしいことに変わりはないが、もっと悲惨な事態になったかもしれないのだ。「こういうのはどう？〝メイフェアで話題沸騰《ふっとう》——時代の最先端は『シーツドレス』? 大胆な伯爵夫人からの新提案〟」

ふたりとも笑いくずれたが、先に真顔になったのはハリエットのほうだった。「あなたがけがでもしたらたいへんなことよ。もちろん、ベンジャミンならどんな格好をしていようと助け出してくれるでしょうけれど。ベッドからかかえ去られるのは、恥ずかしいのと同じくらいロマンティックだわ。しばらくは噂になるだろうけれど、だいじょうぶ。夫婦円満を責める人はいないもの」

「できれば、ロマンティックな気分はもう少し人目のない場所で味わいたいものだわ」アリシアには安堵も楽観もできなかった。脅迫状の次は突然の火事ですって? 偶然という可能性もなくはないが、にわかに、恋人の身を案じるアンジェリーナの気持ちがわかった気がした。あらゆる危険から身を守ることが、ベンにできるだろうか? 誰にもできはしない。

考えただけでおそろしかった。

妹夫婦にせまる危険など露知らぬハリエットが言った。「あなたの旦那さまは控えめな人だから、騒ぎはじきにおさまるわよ」

控えめな人? 妻を荒っぽくかかえ上げ、混乱のさなかでもまるで動じない夫の姿が脳裏をよぎった。「噂のほうは、そんなに気にならないのよ」

義弟が英国政府の顧問——正確な呼び名は知らないけれど——だった過去こそ知らないにせよ、ハリエットは愚鈍ではない。姉の目がにわかにするどく光った。「じゃあ、何が気になるの?」

「ベンはときどき、小さなもめごとの解決を頼まれるの。今回のは、あまり小さくないかもしれないわ。相手の出かたしだいだけれど。だから、夫の身が心配で」

「つまり、誰かが屋敷に火をつけたというのね？」

アリシアは深くうなずき、借りた部屋着の襟もとをかき合わせた。「たぶんね。それから、わたし、もうじき田舎へ追いやられてしまうの。ほんとうは行きたくないけれど、きょうのことがあったから、もうベンも見のがしてくれないでしょう」

「いま聞かせてくれたことがほんとうなら、行くべきよ」

姉妹は、こういうところがやっかいだ。「ベンにさからったら、お姉さまは味方してくれないということね」アリシアは苦笑いした。

「わたしがあなたなら、夫を信頼するわ」

もちろん、信頼はしている。決まった期間を離れて暮らすだけならなんの不安もないが、調査にともなう危険を考えると、どうしても割りきれなかった。

行く先がどこであれ、ベンの腕の中でなければやすらかには眠れない。

だから承諾できないのだ。彼にもやすらかに眠ってほしいから。

「彼と離れたくないの」

結局、それがすべてだった。子どもっぽいわがままに聞こえるのはわかっていても、事実なのだからしかたない。

「かわいそうに」ハリエットがいつくしみのこもった声で言い、こちらの手に手を重ねた。

「わかりますとも。愛する人と離れて暮らしたい女がいると思う？　いないわ。でも、わたしたちは男性を戦争に送り出すし、男性も、もし必要とあればわたしたちを遠くにやる。何もかも、必然なのよ」

「これは、戦争じゃないもの」

「ちがうの？　屋敷に火をつけられるのは、一種の戦争でしょう？」

「確かにそうね」アリシアは認めた。

「誰のしわざか、わかっているの？」

そこが問題だった。自分にはわからない。ベンはどうかしら？　知らないか、もし知っていても隠しているかだ。アリシアはそわそわと絹の部屋着をなでつけた。姉よりも背が高いので、ぴったりとはいかないものの、ベンが到着するまではこれでじゅうぶんだ。「こんなにひどいことをする人に心あたりはないけれど、理由はだいたいわかるわ」

「そうなの？」

世界にたったひとりのたいせつな姉だとはいえ、アンジェリーナの窮状を話すのはためらわれたし、ベンの信頼を裏切りたくもなかった。「ちょっと入りくんでいて」ひとまず矛先《ほこさき》をかわす。「いつか、ちゃんと説明するわ」

16

来客が告げられたとき、クリストファーは指についたインクをぬぐっていた。縦長のテーブルいっぱいに複写図面を広げているのは自宅の一室。宮殿から美術館まで、さまざまな建物を作り出す男の仕事場にはあまり見えない。客にコーヒーをふるまったり、玉突き《ビリヤード》で遊んだりするほうが合いそうな空間だ。けれど、この部屋は家の正面側にあり、午後には窓から日光がふんだんに入ってきて——ランプを使うよりもはるかに——明るいので、新しい仕事の構想を練るにはいつも重宝していた。

きょうは創造の女神が機嫌をそこねたらしく、なかなか降りてきてくれない。ついさっきもスケッチを一枚ほごにしたところだった。いったん描き上げたものの、正面部分がごたついて見えて気に入らず、羊皮紙をびりびりと引き裂いて床に投げすてたのだ。

若い召使いが声をかける。「旦那さま、ヒーストン伯爵がお会いしたいとおいでです」

「もう、ここまで来てしまったよ」

ふり返ったクリストファーは、仕事に集中するときだけ使う聖域にずかずかと入ってくるベンジャミン・ウォレスに気づいた。眉間に深くしわをきざみ、いつになく険悪な顔をしている。

よくない兆候だ。いつもは何を考えているかわからない相手が、今夜は怒りをあらわにしている。

「扉を閉めてくれ」

従僕が大急ぎで従い、ほどなく部屋にはふたりだけになった。

なおもインクの汚れをぬぐいながら、クリストファーは不意の訪問客を見た。「どうした？」

しかるべき挨拶を省かれても気にもとめないようすで、伯爵がするどく言う。「力を貸してほしい。というより、お互いに力を貸しあおう」

来客用の椅子はなかった。熟考のじゃまにならないよう、あえて部屋をからっぽにしてあるからだ。とりあえず、自分が煮つまったときに腰を下ろす肘掛け椅子を示す。「どうか、座ってくれ」

「いや、けっこう。長居するつもりはないから」ヒーストン伯爵の表情は堅いままだった。「手短に話そう。妻は身ごもっている。きみの未来の妻は脅威にさらされていて、きみもそうだと信じている。このところの動向を見るかぎり、ぼくも異論をとなえる気にはなれない。レディ・ドブルークの人生をめちゃめちゃにした悪人を見つけるまでのあいだ、三人が安全な場所に避難できるよう、きみに手伝ってほしいんだ」

おどろくべき申し出だった。

「このところの動向とは？」落ちつこうと思いつつ、声ににじむ動揺を抑えきれなかった。ヒーストンは世間話に立ちよったわけではない。自分の解釈が正しければ、おそらく……。

「まず、ぼくの屋敷が何者かに放火された。さいわい大事にはいたらなかったが。それだけじゃない」ヒーストン伯爵が室内を行きつ戻りつするたび、ぴかぴかのブーツが床をかすめた。髪が乱れ、双眸はするどい光を放っている。クラヴァットを省いた無造作ないでたちで。立ち居ふるまいもいつもの超然とした貴族ではなく、さも無害そうな仮面の下にクリストファーがうすうす感じていた、ぬけめない狩人の顔が表出していた。

「火事の前に、レディ・ドブルークのもとに手紙が届いた。夫ふたりの殺害を認め、次の標的はきみだと匂わせる内容だ」くるりとふり向いた榛色の瞳が、こちらを射ぬいた。「これでじゅうぶんだろう？　きみたちには、いますぐロンドンを離れてもらいたい。アリシアをきみに託そうと思う」

じゅうぶんどころではない。アンジェリーナの名を聞いただけで心臓が凍りつき、インクの汚れをぬぐっていた布が手から落ちた。「アンジェリーナは安全なのか？」

「われわれみんな、安全とは言いきれない状態だが」ともあれヒーストンはうなずいた。「密偵が身辺を見はっている。ことの深刻さをわきまえていて、いざというときには御者も務められる男だ。旅の手配はすべて整えた」

密偵？　こんなときでなければおもしろがれたかもしれない。ヒーストン伯爵が密偵を？　さほど意外ではないが……。

だが、いまは笑う余裕がなかった。

「不自由だな」クリストファーは正直に言った。「いま作業中の建物が仕上がったらすぐに、次の仕事にかからなくてはいけないんだ。だが、アンジェリーナのためなら何週間か休んでもかまわない」ふと苦笑する。「どうせ、こんなことになれば集中できないしな。考えてみれば、これが最善の策なのかもしれない。設計の道具とじゅうぶんな量の紙さえあれば、どうにでもなるだろう。行き先は？」

　ふだんなら他人にあれこれ指図されるのはがまんならないが、一刻の猶予も許されないのは相手の口ぶりから伝わってきたし、身重の妻をこちらに託す以上、ことはよほど深刻なのだろう。本来、アンジェリーナの苦難を通じてしか交流のない間柄なのに。

「個人が所有する小さな土地だ。人里離れた……友人からの好意、とだけ言っておこうか」

「あまり長くは滞在できないんだ、ヒーストン」そう、二週間後には打ち合わせの予定が入っていた。「ぼくにも責任がある。アンジェリーナのぶじは何にも代えがたいが、与えられた役目をほっぽり出して、一人前の男は気取れないよ。きみならわかるだろう。いまはアンジェリーナを守るのが最優先だし、きみの奥方もまかせてもらってかまわないが、ずるずると隠れつづけるのは無理だ」

　そもそも隠れるなど――たった一日でも――性分に合わないが、アンジェリーナの苦悩のまなざしを目にし、愛をささやかれてはしかたない。彼女が幸福になれる鍵は、自分ということだ。

　くそっ。

「五日間でいい」

冷静に発せられた言葉に、さすがのクリストファーもたじろいだ。部屋の奥にたたずみ、何ごとか計算するようすの相手に、驚愕の目を向ける。「夫ふたりを殺した人間が、わかったのか？」

「いや」ヒーストンがさらりと言う。「だが、相手がこちらを知っているのは確かだ。妻を巻きこんだのは大きなまちがいだったな。これは遊びじゃない。もともとそのつもりはなかったが、いよいよ忍耐も限界だ。ぼくはむかし、規則どおりに動いたら負けだと教えられた。名誉を重んじるのはおおいにけっこうだが、それは公明正大なやりとりにかぎった話だ。ときには不名誉を武器に戦ったほうが勝ち目がある。いま、武器庫をさらっているところさ」

手わたされた名刺を見るなりアンジェリーナの背すじは凍り、息が詰まった。気が遠くなりかけたのがはた目にもわかったのだろう、長身で骨ばった体つきの家政婦がスコットランド訛《なま》りで訊ねてきた。「奥さま、だいじょうぶですか？　ご気分がすぐれないとお客さまに申しあげて、帰っていただきましょうか？」

「いいえ」自分をなだめつつ答えると、意外なほど静かな声が出た。「ロウ男爵を居間に通して、飲み物をお出ししてちょうだい。すぐに行きますから」

「はい、奥さまのお望みどおりに」

望んでいるのかしら？　いま訪ねてくるなんて愚かにもほどがある。本来、クリストファーほど〝愚か〟という言葉が似合わない男性はいない。だからこそ、ふいの訪問にあわてたのだ。化粧台の前に腰を下ろして鏡を覗きこんだものの、その目は何も見ていなかった。

何があったのかしら？

きっと不測の事態だ。そうでもなければ、約束をやぶる人ではない。不承不承とはいえ、アンジェリーナの意思を重んじて、他人にふたりの関係を悟られるようなふるまいは慎むと誓ってくれたのだから。

その彼がいま、話をしたいと階下で待っている。

夜会用の正装なのがせめてものさいわいだった。招待を受けた催しに出席するか、あるいは家にとどまって不安をしずめるか、迷っている最中だったのだ。薔薇色の絹はいまの気分にぴったりとは言いがたいが、髪はお気に入りのさりげない形に結い上げ、真珠を散りばめた櫛《くし》でうなじのおくれ毛をまとめてある。このぶんだと扇は必要なさそうだと判断し、手首からはずして大理石のテーブルに置いたあと、立ち上がって階下へ向かう。

正装のアンジェリーナとは対照的に、クリストファーは褐色のズボンに白シャツ、クラヴァットはなしで簡素な上着をはおっていた。声をかけるより早く、こちらの気配に気づいてふり向き、こわばった笑みを浮かべる。「こんばんは。訪問に適した時間でないのはわかっているよ。許してくれるかい？」

どのみち、もう来てしまったのだし、当人の言うとおり時間も遅いので、アンジェリーナは何も言わず扉を閉め、ふたりきりで話ができるようにした。「許すもなにもないわ。でも、なぜ来たの？　慎重にふるまうと約束したでしょう」

眉をぴくりと動かしつつも、クリストファーの口調は冷静だった。「そんなに怒らないでくれ。理由あってのことなんだ」

わたし、怒っているの？　自分ではわからなかった。彼のほうも、申しわけなさそうな顔はせず、真っ青な瞳になにやら決意をみなぎらせている。アンジェリーナは冷たく答えた。

「理由があるというなら、ぜひ説明してちょうだい」

「あすの朝すぐ、ぼくらはロンドンを発《た》つ。その必要があるとヒーストンに言われた。かなり不自由な生活を強いられそうだが、いまはきみの身がいちばんたいせつだ。支度をしておいてくれ」

男同士の結束ほどやっかいなものはない。クリストファーの口調もいつになく尊大だった。アンジェリーナは身をこわばらせ、扉の前を動かなかった。「わたしの主人気取りで指図するのは、どうかご遠慮願いたいわ。言っておくけれど、まだ返事はしていませんからね」

心の底から愛する相手でも、ゆずれない一線はある。彼には想像もつかないだろう……アンジェリーナがどんな思いをして、いまの自立を勝ちとったか。

「いや、主人気取りなんかじゃない」クリストファーの声がやわらぎ、表情もいくらかゆるんだ。「愛するアンジェリーナ、きみが結婚の返事を渋ったのは、ぼくの身を案じるからこそじゃないか。だったら、ぼくにも心配させてくれ。前に言ったように、過去の事件がすべてきみを標的としたものなら、心配するのは当然だろう？」いったん言葉を切ったあと、早口でつけ加える。「このままじゃ、永遠に返事をもらえないような気がする。ロンドンを離れる件ではないよ。いいかい、ぼくはちがうんだ。彼らとはちがう」

何を言われたかははっきりわかった。彼らとは、アンジェリーナを金《かね》で手に入れたウィリアムのことだ。そして、アンジェリーナを求め、おそらく愛してさえいたが、その愛を実らせることなく先立ってしまったトーマスのことだ。

彼のほうに理があるのに、けんか腰になるのは筋ちがいだとわかっていた。でもこんなおぞましい目に遭うと筋なんて見えなくなってしまうわ……。アンジェリーナはため息をついた。「ごめんなさい。それに、あなたを拒んだわけではないわ。ただ、受けとめられないだけよ」

暖炉の前に立ち、壁に手をつっぱって立ったクリストファーが首をふる。「ぼくが悪いんだ。あやまらないでくれ。お互い、人生に入りこんでじゃまをする輩に腹を立てているのさ。当然だろう？　だから、ヒーストンに言われたとおり五日間身を隠したほうがいいと思う」

そう言われてみると、反対する気は起きなかった。「いっしょに行くの？」

クリストファーの笑みは、凍《い》てついた雪山さえも溶かしそうだった。「そうさ。この時間を利用して、設計の仕事は進めるつもりだが、レディ・ヒーストンがきみの話相手になってくれる。見たところ、きみたちふたりは友だちになったようだから」

いっぷう変わった絆ではあるけれど、友情が芽生えたのはまちがいない。「ええ」

クリストファーが壁から手を離し、こちらに歩いてきた。「考えようによっては、今回のことは災難というより幸運かもしれないよ。これでベンジャミン・ウォレスが本人の宣言どおりに謎を解いてくれさえしたら、ぼくらは自由になれる」

もともと伯爵に助けを求めたのは自分なのだから、彼の助言を聞き入れるのが当然かもしれない。クリストファーを見つめるアンジェリーナは、葛藤《かっとう》しつつもどこか澄みきったふしぎな気持ちだった。これが、女が本気で恋するということなんだわ……。「あなたとなら、どこへでも行くわ。さっきは言葉に引っかかってしまってごめんなさい。あなたになら、わたしのすべてを……体も、心も、子どもも、もし必要なら命だってあげるけれど、選択の自由だけは残しておいてほしいの」

「ぼくのほうも、奪うつもりはないよ」クリストファーがアンジェリーナの頬にふれ、そっと抱きよせた。唇が重なり、あたたかく力強い感触を伝える。キスはいつ果てるともなく続いたが、やがてクリストファーが、見るからになごり惜しそうに顔を離した。

「じゃあ、これで仲直りだね？」

「ええ。どこへ行くの？」

「わからない。詳細は教えてもらえなくてね」

問いたださなかったとは意外だった。指示されるよりも指示することに慣れているだろうに、アンジェリーナのために辛抱しているのだ。「それでよかったの？」

クリストファーが肩をすくめる。「安全を保証してもらえるかぎりはね。きみのためなら、喜んで生きかたを変えてみせる」

もし、彼にこれまで好意をいだいていなかったとしても、いまこの瞬間そうなったにちがいない。「あした迎えにきてくださるまでに、準備をすませておくわ」

「いや、今夜は泊まろうと思う」

なんですって？　聞きちがいかしら？

真っ先に浮かんだのは、ことわろうという思いだった。数カ月にわたる秘密の関係で、彼がこんなふうに訪ねてきたことも、家に泊まったことも一度もない。アンジェリーナは言葉をにごした。「ここに？」

彼の指がむき出しの腕をなぞり、敏感な肌をくすぐった。「ほかに、どこがあるんだい？」

「そんなことをしたらおしまいだわ」アンジェリーナは押しころした声で言い、身をふりほどいて部屋の奥へ逃れた。胸が苦しくてたまらない。「何もかも。一巻の終わりよ。そもそも、うまくいく保証がないでしょう。もしヒーストン伯爵の見立てがまちがっていて、わたしを苦しめる相手を追いつめられなかったら、あなたは死ぬのよ」

この重苦しい声は、ほんとうにわたしの喉から出ているの？

たくましい両手がアンジェリーナの腕をとらえてふり向かせ、自信に満ちた強い声が言った。「きっと成功するし、この件については前に話しあっただろう。ぼくにも、自分の身くらいは守れる」

「自分の身を守れると思っている、そうでしょう？」アンジェリーナは動揺を隠しきれず、とがった声で言いかえした。「高潔なあなたには、罪のない無垢な人をむざむざ殺すような卑劣漢の心はわからないわ、きっと」

恋人の顔にゆがんだ笑みが浮かんだ。「そこまで高潔ではないところを、証明してみせようか？」

気分をほぐしてくれるのはありがたかったけれど、笑い声と同時に嗚咽《おえつ》が漏れてしまい、アンジェリーナは彼の胸から顔を上げられなくなった。「これまでの罪が、あなたを守ってくれればいいけれど」

彼の歯が耳たぶをそっと噛む。「ぼくなら、いくらでも罪深くなれるよ、レディ・ドブルーク。見ていてほしい」

人生には分岐点がいくつかある……甘やかな愛撫につい吐息を漏らしながら、アンジェリーナは考えた。嗅ぎなれた男っぽいコロンの香りと、熱い息が肌をくすぐる。

いまが、その瞬間にちがいない。いつまでも彼を、特別な秘密として、禁じられた幸福への切符として、隠しておきたかったが、どうやら日のもとに足を踏み出すときがきたらしい。

アンジェリーナはささやいた。「ええ。泊まっていって」

17

夫は、別れの挨拶さえしてくれなかった。

がたごと揺れる馬車の中、アリシアは気にすまいと自分に言いきかせた。屋敷の修理や空気の入れ換えを指図し、それに加えてさまざまな執務に追われていたのだからしかたない。火事のことがなくても、もともと忙しい人なのだ。

それでも、一度でいいから顔を見たいという身勝手な願いをどうしてもぬぐえなかった。妊娠のせいで心が不安定なのかもしれない。

「まるで中世のようね」

目を上げると、アンジェリーナが皮肉っぽい笑みをたたえていた。「行き先も知らされず、夜明けに旅立つ……ちょっとした通俗劇だわ、そう思わない？」

ロウ男爵は馬車に乗らず、愛馬で併走していた。新鮮な空気を吸いたいから同乗は遠慮する、と愛嬌たっぷりの笑みを覗かせたが、出発したとたんに霧雨が降りだしたところから見て、女同士ゆっくりおしゃべりをできるよう配慮してくれたのだと、アリシアには思えてならなかった。「ええ、ほんとうに。でもベンが決めた以上、必要な手順なのだと思うわ」

ずっと自分にそう言いきかせてきた言葉だ。そうでもしないと、不安のうずにのみ込まれてしまいそうだった。

雨のそぼ降る秋の早朝、濃紺の旅行服に身を包んだアンジェリーナが、小さな声で言う。

「きのうの騒動のこと、何度も言うようだけれど、ほんとうに心苦しく思っているの。もしわたしがヒーストン伯爵に近づいてさえいなかったら……」

「悪いのは、屋敷に火をかけた人間よ」アリシアは強くさえぎった。「わたしの従妹の未来を台無しにしかけたのと、たぶん同じ人間。それ以外の相手を責めるつもりはないわ。どうせ時間はたっぷりあるから、いっしょに考えてみましょうよ。いったい何があったら、あなたは他人をめちゃくちゃに傷つけたいと思う？　相手のしあわせを奪いたいと思う？　かがやきを消したいと思う？」

　早朝の薄闇の中でさえつややかに光る黒髪の頭をふったレディ・ドブルークが、細い指でなんとはなしに上着の留金をいじる。「自分でもさんざん考えてみたけれど、前にお話ししたとおりよ。そこまでの恨みをかうような覚えは、どうしてもないの」

「そういうことを訊いたんじゃないわ」アリシアはスカートを整え、口もとを引きしめた。「いままでは、探る方向がまちがっていたのよ。誰がやったかをつきとめるんじゃなくて、なぜやったのかを考えましょう。重大な罪も、もとをたどればごくありふれた感情かもしれないわ。妬み、私益、情欲、憎しみ、うぬぼれ……最初のひとつは、あなたにもエレナにもあてはまるわね。ふたりともたいへんな美人だもの。ややこしい公式に共通する要素だわ」

「あなただって美人よ」アンジェリーナが口をはさむ。「でも、あなたは誘拐されなかったし、夫を殺されもしなかった」

「ほかにも理由があるのよ、きっと。エレナのときは犯人に別の人物から依頼があったんですって。あなたの場合も、そういう人がいるんじゃないかしら。犯人は誰かから、あなたの結婚生活にてこ入れしてほしいと依頼を受けただけ。だから正体がつかめないのよ。きっと、直接つながりがある相手じゃないんだわ」

「それにしても、たちの悪い趣味ね」アンジェリーナの口調は苦々しかった。「こうやって自宅を追われるのは、前にも経験があるわ。クリストファーに会うまで、わたしは田舎で日のあたらない暮しを強いられたのよ。あのまま田舎にとどまっていたほうがよかったんじゃないかと、いまでも思うわ」

「そして、悪党を調子に乗らせるの？」

図星をつかれたらしく、アンジェリーナが押しだまった。なめらかな眉を寄せて考えこんだあげくに、きっぱりと首をふる。「いいえ、ごめんだわ。あなたの言うとおりよ」

「でも、それ以外の部分はまるで見当がつかないのよ」女中が同行しなかったおかげで自由におしゃべりできることを、アリシアはうれしく思った。ベンもそこを考慮して手はずを整えてくれたのかもしれない。「従妹の場合、犯人に依頼した人は憎しみとは無縁だったの。よかれと思って頼んだことが、凶悪にねじ曲げられて実行されただけ。もともとの目的は縁結びだったのよ」

「わたしの場合はちがうわ。もう結婚していたから」

「そうよね」耳ざわりな車輪のきしみを気にすまいとつとめながら、アリシアはうなずいた。

ベンは、いったいどこへ連れていくつもりなのかしら？「ご家族はどう？　あなたのお父さまはどちらの結婚にも乗り気だったでしょうけれど、お母さまか妹さんが、望まない縁談から救い出そうと考えたりはしなかったかしら？」

「でも、人殺しまでは考えないわ」

まったくそのとおりだ。正直なところ、思いつくまま口に出しただけだが、ただ……。

アリシアは思いなおして言った。「さっきの話を忘れないで。依頼した人の善意が、大きくねじ曲げられたかもしれないのよ。鍵となるのは〝力〟、それにゆがんだ遊びの感覚だわ。アンドリュース子爵とエレナの場合はうまくいったけれど、あれはほんとうに偶然だったんでしょう。子爵は結婚をきらう放蕩者として有名だったからこそ、エレナとふたりきりで監禁される相手に選ばれた。つまり、従妹の品位を汚《けが》すことが目的だったの」

「それが……事件のいきさつ？」揺れる馬車の中できちんと両手を重ねて座ったアンジェリーナが目を見ひらく。

「子爵の身内のひとりが〈タイムズ〉の広告を見て連絡をとったのよ。ちょっとした悩みを少額で解決します、と書いてあったらしいわ。結婚ぎらいの子爵に身を固めてもらうつもりが、いきなりの失踪だもの。頼んだほうもさぞ気が動転したでしょうね」

「失踪の件はわたしも聞いたけれど、駆落ちしたのだとばかり思っていたわ。子爵夫人はそのころ、別の相手と婚約していたんでしょう？」

「そのとおりよ」エレナの未来がめちゃくちゃにされかけたことを思うと、いまでも頭に血がのぼる。もしアンドリュース子爵に結婚を拒まれたら――みずからの意思とは無関係に監禁されたのだから、そうなってもおかしくなかった――、従妹は絶望のどん底につき落とされたはずだ。ふたりが幸福な結末を迎えたのは、奇跡にほかならない。あんな状況でロマンスが生まれるなんて、誰に想像できるだろう？

犯人にはすべて想定ずみだった、という考えかたもなくはないが、やはり無理があるような気がした。ふたりが結婚したとき、犯人はきっとかんかんになったにちがいない。エレナのときは失敗した。けれど、アンジェリーナのときは成功した。「こういうことが、いつごろ始まったのかしら」アリシアはふとつぶやいた。

アンジェリーナは打てばひびくような女性だ。「犠牲者はわたしたちふたりだけではない、ということね」

「そう考えずにいられないわ」

「でも、わたしの家族がからんでいるとはやはり思えないの。だって、自分の依頼のせいで人が死んだら、わたしに話すでしょう？」

アリシアは目を見ひらいてみせた。「あなたなら、話すかしら？」

アンジェリーナが答えに詰まった。美しい顔に葛藤がよぎる。ようやく発せられたのは、こんな言葉だった。「認めるのはつらいけれど、実の家族に絶縁されたのは、わたしがトーマスを殺したという義弟の訴えを信じたからでしょうね。ロンドンの社交界でもてはやされていたころはお気に入りの娘だったけれど、悪質な噂が広まったとたん、両親はわたしと距離をおくようになったわ。父は政界への野心があるし、母は社交界のつきあいが何よりだいじな人よ。何週間か前にロンドンへ戻ったと聞いて、両親はさぞあわてたでしょうね。邪悪な女とのつながりをむし返されそうで。妹は両親の言うなりだし、事件が起きたころにはまだ小さかった」おもしろくなさそうな笑みが浮かぶ。「だから、答は〝いいえ〟よ。わたしの家族ではない。断言してもいいわ」

だとしたら、誰だろう？

突然、アリシアにひらめきがおとずれた。

三歩進んだところでベンジャミンは立ち止まった。家はめだたない場所にあったが、ほのかにただよう香り――高価で上品な香水――が何よりの証拠だ。控えめな装飾のはしばしにただよう高級感も、持ち主の性格を物語っている。

正真正銘、ジャネルの住居だな……そう考えながら扉を閉め、口もとを皮肉っぽくゆがめる。狡猾きわまる彼女は、なかなか所在をあきらかにしない。きょうは興味深い会見になりそうだった。

「鍵をかけてちょうだい」

ベンジャミンはなにくわぬ顔をこしらえてふり向いた。「秘密を守るためか、それとも安全のためかな？　まだ昼前だというのに」

「好きなほうを選んで」ジャネルがにっと笑い、するどい目を向けた。けさは翡翠色《ひすいいろ》のデイドレスをつけ、この時間帯にはふさわしくない深く切れこんだ襟ぐりから豊満な胸の谷間を覗かせている。頬にうっすらとさした赤みは、恥じらいではなく化粧によるものだろう。鳶色の眉がゆっくりとつり上がった。「お昼前に訪ねてくるなんてね。手紙を見たわ。ずいぶん急ぎのようだけど」

「緊急だ」ベンジャミンは相手をじっと見た。「ここまでの調査で誰と会ったのか、何をつきとめたのか、あらいざらい話してほしい。どうやら狩る側と狩られる側が逆転したらしいのでね」

「おもしろいどんでん返しね」ジャネルは涼しい顔だった。「二階で話す？」

「居間でいい。ほんとうに、緊急なんだ」

「寝室のほうが、話がはかどるかもしれないわよ」思わせぶりな笑みがひらめく。

「きょう、妻をよそへやった」いま、彼女の遊びにつきあう余裕はない。一拍おいて、ベンジャミンはそっとつけ加えた。「以前はきみが同じ目に遭ったことを忘れていないだろう、ジャネル。何者かがえげつないおどしをかけてきた。いいから、話を聞かせてくれ」

「こっちよ」あからさまな媚《こび》を消し去って、ジャネルが廊下を歩きだす。静かなので、ベンジャミンは召使いがいないのかといぶかしんだ。もしいるとしたら、よほど気配を殺しているにちがいない。先ほどノックに応えたのもジャネル本人だった。

「いい部屋だ」案内された場所は、あきらかに男性の書斎だった。棚には煙草のパイプが並び、散らかった机の上には陶製の猟犬が飾ってある。「どこの男性だろう？」

「いまの保護者のこと？」ジャネルが芝居がかったしぐさで机の奥へ回りこみ、腰を下ろした。「知ってるでしょう、公爵よ。だけど、家の持ち主はわたし。サー・ジャスパーに借してあるの」小きざみに手をふって室内を示した。「いま、ちょうどイングランドにいないのよ。そして、ここはわたしの家。手もとに合鍵もあるわ」

「借家人が留守のあいだに勝手に入りこんで、良心がとがめないのか？」

「ぜんぜん」相手が椅子を指さした。「ほかにどこで会うっていうの？　あなたはここの住人じゃないし、サー・ジェフリーと知り合いでもないでしょう。さてと……最愛の奥方をよそにやったと言ったわね。なぜ？」

ジャネルは軽口のつもりだろうが、真実だった。ベンジャミンにとってアリシアは最愛の女性だ。「ぼやだ」つとめてさりげなく答える。「こちらの注意を引くための。本気なら、もっと大きな被害が出ただろう」

「早まって手を出すなんて、ばかね。あなたを警戒させるだけなのに」

短期的に見ればそのとおりだ。なぜ敵があんな方法をとったのかつきとめなくては。「ばかではなさそうだ」くやしいが、そこは認めざるをえなかった。「だからこそ、最初の問いに立ちかえる……なぜか？」

ジャネルが目を伏せ、口を引きむすぶ。「あなたをおどしてるのよ。そうとしか考えられない」

「異論なしだ」

「彼には、何かほしいものがあるんでしょう」

「みんなそうさ。彼とは誰だ？　手に入れた情報を聞かせてくれ」

「彼の正体は知らないけれど、なぜあなたの屋敷に火を放ったのかは察しがつくわ。いいから座って。お客さまを立たせたままじゃ、サー・ジェフリーに叱られるわ」ジャネルが笑い声をあげた。

「聞かせてもらおう」ベンジャミンは大柄な自分を受け入れてくれそうな肘掛け椅子を選んで腰を下ろし、相手の顔を見すえた。

「わたしがあれこれ調べまわってることが、敵の耳に入ったんでしょう。長期間にわたって進めている計画だもの、監視の目を光らせていて当然よ」

可能性はある。「ぜんぶでいくつだ？」ベンジャミンは口もとをゆがめ、かろうじて平静を保ちながら訊ねた。調査にあたらせればかならず収穫があるだろうとは思っていたが、その反面、彼女には油断ならないところがある。

「四つだと思うわ」机の表面を指先でたたきながら、ジャネルが即答した。「公爵にはゴシップが大好きな年寄りの伯母さんがいてね。わたしが誰の娘かは思い出せなくても、むかしの話はくわしく覚えているのよ。聞かせてもらった話を整理すると、同じ手口で彼の餌食になった若い娘は少なくとも四人いるわ。そのうちひとりはあなたの奥方の従妹、もうひとりは例の、美しき殺人鬼よ」

思ったとおりだ。レディ・ドブルークが最初の犠牲者だとしても、エレナの誘拐までには三年の空白がある。そのあいだ、犯人がじっとしているとは考えがたかった。「娘たちの名前と居場所はわかるか？」

「もちろん」とりすました、どこか冷酷な笑みが広がる。「紙に書いておいてあげたわ。ひとりは治安判事の娘で、いまはウィルトシャーの片田舎にいるけれど、むかしは国王の従弟に求婚されていたそうよ。田舎のパーティーで盗みをとがめられたの。必死で否定したけれど、女主人の首飾りは娘が泊まっている部屋から出てきた。盗人《ぬすっと》を娶るなんてまっぴらだと王家の血族にことわられた娘は面目を失って、両親の手で田舎に追いやられた。いまはその地主と結婚しているわ。何年か前に妻を亡くした、親子ほど歳の離れた男よ」

「さほど独創的ではないが、効果的だ」社交界の注目を集め、人気者となったばかりに悲運をたどった純真無垢な若きレディを思うと、やりきれない気分だった。「父親が治安判事だというのが、また皮肉だな。悪意を感じる」

「まあ、ほんとうに盗んだのかもしれないけどね」ジャネルが形のよい肩をすくめる。「人は見た目によらないから」

ありえなくはないが、ベンジャミンには納得しかねた。一連の事件には共通した様式が感じられる。

「残るひとりは准男爵の妹で、なぜか突然、梅毒《ばいどく》だという噂を立てられたの。これまた必死で否定したけれど、風評ってあなどれないものね。それまでは、イングランドの紳士という紳士がかわいいミス・フォレスターにむらがっていたのに、噂と同時に売女《ばいた》あつかい。潮が引くように去っていったそうよ。きっと、だいじなものが腐ってもげるのがこわかったんでしょうね。しかも誰かのお手つきになって汚れた娘じゃ、なおさらだわ」

ジャネルもまた闇をかかえている。ベンジャミンはそれを知っていた。これほどの美人なのに、男には頑として心を開こうとしない。ふたりが仕事の面でうまくいくのは、いくら積極的に誘われてもベンジャミンが応じないからという一点につきる。初めから、肉体を武器として使う女性なのはわかっていた。

念のために訊ねる。「ほんとうに売女だったのか？　それともやはり、人気のある若いレディをおとしめるという悪趣味の持ち主に目をつけられただけの、不運な娘だったのか？　きみも上流社会でいやなものを見てきただろうが、貴族の娘すべてが浅はかで自分勝手というわけでないのは知っているだろう」

ジャネルは答える前に、思わせぶりな笑みを投げた。「賢い人ね。わたしの心をやすやすと読んでしまって」

「別に、賢そうに見せているわけではないよ。それに、他人に苦しめられた経験が強みになることもある」

緑色の瞳が遠くを見つめ、やがてもとに戻った。「それが、あなたの持論？」

「ある程度の観察力があればわかるさ。きみには学があるし、その気になればいくらでも上品にふるまえるし、もちまえの美しさで人をあやつる気転もそなわっている。つまり、努力のすえに自信を身につけたということだ。そもそも、ミスター・ダルセットは実在したのかな？」

「わたしに興味をもってくれるなんて、わくわくするわ。やっと長年の手練手管が実を結んだのかしら」あっという間にいつもの挑発的な態度に戻ったジャネルが身をのり出し、豊かな胸の谷間を見せつける。

ベンジャミンはそっけなく言った。「ほんとうに結婚歴があるのか、気になっただけさ」

相手が肩をすくめる。「人妻よりも愛人に向いてるのよ。あなたのおしとやかな奥方に頼めないようなことをしてもらいたくなったら、いつでも言って。わたしにもむかしは、守ってくれる人がいた……あなたみたいにあか抜けた紳士がびっくりするような趣味の持ち主だったけれど」

〝そして、きみはそれを楽しめなかった〟相手の顔をじっと見つめたベンジャミンは、誘惑じょうずの悪女の仮面の下に透けて見える、傷ついた素顔については言及すまいと決めた。いつか当人がもっとくわしく過去を話したくなったら、話せばいい。「あいにくだが、結婚の誓いをやぶるつもりはない」

「なんて高潔な男」ジャネルの声が意地悪くとがった。

そろそろ本題に戻るときだ。「これだけ冷酷な手口は、そうそうあるものじゃない。同じ人間が、長期間にわたって経験を重ねてきた匂いがする。残るふたりの話から、共通項を感じとれればいいが」

「いっしょに行きましょうか？　女が相手だとうまく口を開いてくれるかもしれないわよ」

猫なで声に躊躇したものの、言いぶんはもっともだった。「そのほうが効率がよさそうだな。なるべく早く、この件にかたをつけたい。一週間以内、と妻に約束してしまったんだ」

ベンジャミンは立ち上がり、頭を下げた。「一時間後に、迎えにくるよ」

ジャネルの目がかがやいた。「いい退屈しのぎになりそうだわ。探す相手はすぐ近くにいて、さっき聞いたとおりなら、あなたに気づかれたことを知っているんでしょう」

「ああ、こちらは気づいている。向こうが気づかせたがっているんだ。ぼくはただ、一騎打ちの作法を知りたいだけさ」

「そういう解釈なの？　槍《やり》と甲冑《かっちゅう》でぶつかり合うわけ？」

「おかしいかな？」煙の臭いが、まだ鼻にしみついていた。忘れられそうにない。「これはまちがいなく決闘だ」ベンジャミンは冷たく無慈悲な声で言い放った。「こちらが賽《さい》を投げたわけではないが、結果的に関係者になってしまった。挑発に応じてこそ展開もある。部屋にこもって、なんの恨みをかってこんな目に遭うのかと腹を立てるもよし、戦いに出るもよしだ」

「あら、恨みならどこかでかっているでしょう、伯爵閣下」ジャネルがものうげに笑い、椅子の上でなやましく身をそらした。「誰でもそうだわ。恨みをかってばかりの人間と、あまりかわない人間がいるだけ。一回目の襲撃では蒸し焼きにならずにすんだけれど、まだまだ続きがあるはずよ」

「ぼくをおどすために、妻を巻きこんだ」

鳶色の眉がぴくりと動く。「それで怒ったのね。めったにないことだわ。敵もぬけめないわね」

同感だったが、それで心安らぐはずもない。「ぬけめない男なのはまちがいないな」

ジャネルが挑むような目つきになった。「あら、男とはかぎらないわよ。女かもしれないでしょ」

「興味深い考察だ」ベンジャミンは言いのこし、席を立った。

18

彼にはわかりっこない。

〝かまわないわ〟馬車が停まるまぎわ、ジャネルは思った。〝そのほうがずっと楽だもの〟もしベンジャミン・ウォレスが自分のひそかな恋心に気づかなくても、なんの問題もない。知ったところでどうにもならないのだから。戦争によって策謀のおもしろさにめざめたジャネルは、イングランドのスパイとしてはたらく道を選び、ふたりはそこで出会った。

そして、ジャネルの人生はがらりと変わった。

彼がふたりの関係をどうとらえているかは知らないが——こちらはいつも、ベッドに誘ってはことわられる尻軽の悪女を演じてきた——、事実はまったくちがう。ベンジャミンはジャネルを、大きな胸やその他もろもろ、男が喜ぶ部品の寄せあつめではなく、意思を持ったひとりの人間としてあつかってくれる。そして自分にとって、礼儀正しさというのはかなり重要なものだったらしい。

思っていたより、ずっと。

彼の奥方がうらやましいのは事実だったけれど、それはどす黒い嫉妬のたぐいではなく、遠いむかしに忘れたつもりでいた、少女のせつないあこがれのような気持ちだった。

「国王の従弟と結ばれていたら、こうはならなかったでしょうね」ジャネルはささやいた。

めあての若い女性が暮らす角ばった質素な家から、犬の群れがわらわらと飛び出してきて、馬車をとり囲んでやかましく吠えたてるので、こちらの話し声が聞こえなくなりそうだ。

ヒーストン伯爵は何やら思案していた。波打つ金褐色の髪とあざやかな榛色の瞳、上品で端整な顔だちにもかかわらず、人がまず目をとめるのは、彼からにじみ出る静かな頼もしさだ。さりげないけれど、本人が思う以上に強烈な個性。馬車の窓から外をうかがいながら彼が言う。「まったくだ。住み心地はよさそうだが、豪華ではない。さっそく中に入って、治安判事の娘の話を聞くとしよう。いいね？」

先に降りた伯爵が手をさし出す。あたたかくて力強い指。ジャネルは悪女の役割を忘れず、あだっぽいまなざしを投げて淫靡に指をからませた。「『いいね？』ですって」猫なで声でささやく。「すてきなひびき。いつだって、そう言ってくれるのを待ってたわ」

伯爵は例によってあからさまな誘いにはとりあわず――結婚前からそうだった――、丁重に馬車から助けおろすと、ひとつうなずいて家を示した。「どうぞ、お先に」

ほどなく、ミセス・ヘイデンは在宅で、ふたりに会ってくれるとわかった。とはいえ、小さな居間にあらわれた彼女は当惑しきりで、来客が伯爵と公爵の従妹だと聞くなり、前掛けをあわててはずして両手を拭いた。

〝いいえ、老いぼれ公爵の愛人よ〟ジャネルは自嘲したが、上流社会に出入りできるのもその関係のおかげだ。公爵にいたく惚れこまれたジャネルは、由緒ある公爵家の一員にしてもらえるなら――嘘で塗りかためて――という条件で承諾したのだった。蓋を開けてみれば、そう悪い境遇ではなかった。もっと若くてもベッドで不器用な男はたくさんいるし、ことを終えたあとの公爵は気前がいい。もともと年上の男のほうが好みだった。彼らは愛だの恋だのにむだな時間をさかず、地に足をつけて生きている。ジャネルの肉体を利用して、その代償をきちんと払ってくれる。

「伯爵閣下、奥さま、いらっしゃいませ」おじぎをした女性はまだ若く、せいぜい二十代前半といったところで、ぞんざいに束ねていてさえ美しい金髪と、繊細な顔だちの持ち主だった。ジャネルは女主人に値踏みの視線を向けながら、この美貌ならさぞ貴族社会でもてはやされただろう、と思った。

ベンジャミンが頭を下げた。得意のあいまいな微笑と、感情の読みとれないまなざしで。

「会ってくださって、ありがたい」

「とんでもありませんわ」

子どものけたたましい泣き声がどこかで聞こえた。伯爵が続ける。「長居はしないのでご心配なく。いまのうちに、あの声に慣れておいたほうがいいかもしれないな。半年後には、初めての赤ん坊が生まれる予定なので」

なんとたくみな入りかただろう。絶妙な言葉選び、丁重だが気さくな態度、状況を読みとる的確な目。子どもの話題が出て気持ちがほぐれたのか、ミセス・ヘイデンが社交界の花だった日々をうかがわせる晴れやかな笑みをたたえた。「おめでとうございます、ヒーストン伯爵。わが子を抱く喜びにまさるものはありませんわ」

ジャネルはこっそり考えた。〝気の毒に。何を努力するでもなく、できてしまった子どもにしがみついて……どうせ、酔っぱらって帰ってきた亭主が手っとり早く欲望を満たしてぐうぐう眠ってしまった、そんな夜の結果なんでしょうに〟

いっぽうで、彼女のおだやかな笑みをうらやんでいた。そして、ベンジャミンの子どもを産めるレディ・ヒーストンの幸運をもっとうらやんでいた。ややあって発した第一声は、意図したよりも冷たくひびいたかもしれない。「あなたが社交界に出た年に巻きこまれた醜聞について、話していただきたいの」

礼を尽くした出だしにはほど遠いが、いまはこれがせいいっぱいだった。

場をやわらげるためだろう、ベンジャミンが静かに言いそえる。「告発についてあれこれ掘りかえすつもりはない。ただ、なぜそんなことになったかを知りたくてね。ふたりとも、あなたは潔白だと信じている。だが同時に、いったい誰が、手間ひまかけてまで無実の娘に汚名を着せたがるのか、知りたくてならない」

おみごと。この人は話す相手の心に深く入りこみつつ、越えられない一線を保つ天才だわ。もし自分にその能力があったら、好色な公爵に身売りなどしなかっただろう。でも……ミセス・ヘイデンの返答を待ちながら、ジャネルは自分に言いきかせた。わたしにはわたしのやりかたがある。

「見当がつきませんわ」ジョージェット・ヘイデンの口調は堅かった。「ほんとうに。だって、あのあと何カ月も、それればかり考えていたんですもの。もし名ざしできたら、そうしていますわ」

「もと求婚者が娶った若いレディは？」

「いまの奥さまですか？　いいえ」ジョージェットが強くかぶりをふる。口もとに浮かぶ笑みはやや冷たかった。「王族の誰かがしくんだのかもしれないけれど、あの女《ひと》にかぎって、自分でそんなことを考えつく頭も、もちろん実行力もありませんわ。そのころは彼と会ってさえいなかったはずだし……きつい言いかたに聞こえたらごめんなさい。でも、あれだけあっさり乗りかえたのだから、ふたりにはしあわせになってほしいですわ」

「夫人にひどいあつかいを受けたのね？」

「人前で知らん顔をされましたわ」そのときのようすを思い出したようで、ジョージェットが顔を紅潮させた。「一、二年前かしら。当時、わたしももう結婚していたけれど、いまではロンドンへ行く気になれませんわ。さいわい夫は理解のある人だし、田舎が気に入っているので、ここで子どもたちといっしょに暮らさせてくれるんです」

でも……ジャネルは女主人を見ながら思った。簡素なドレスでふいの来客を迎えたにもかかわらず、彼女にはごく自然な、まばゆいほどの美がそなわっている。夫は掛け値なしの果報者だ。

でも、その代償は？　ひとりの乙女が胸やぶれたのはまちがいない。切っても切れない因果関係。だからこそ、彼女も協力する気になったのだろう。

「そのパーティに出席していた人間を、一覧にまとめてもらうことは可能かな？」収穫のなさそうな話にたとえ失望をおぼえたにせよ、ベンジャミンはそれをおくびにも出さなかった。そもそも感情らしきものをめったに顔に出さないのだから。

ジョージェットがうなずき、立ち上がった。「ご想像のとおり、何もかもよく覚えていますわ。少しお待ちになって。紙に書きますから」戸口で足を止めてふり向く。「なぜこんなむかしのことを、いま調べていらっしゃるんですの？」

「ひょんなきっかけで関心をもった、とだけ申しあげておこうかな」

〝放火なんてしたのが〟ジャネルは意地悪く考えた。〝犯人の運の尽きね〟


夕食の席では意外にも、まったく息苦しい思いをせずにすんだ。もっともアリシアにとっては、他人のロマンスをはたから眺めるという珍妙な体験になったが。

ふたりの男女が視線を合わせるたび、恋慕の情がひしひしと伝わってくる。ロウ男爵がこちらを見てにっこりした。気さくな笑顔だ。髪こそ同じ金色だが、ベンジャミンとはまったくことなる少年めいた魅力をただよわせている。「きみの姉上はぼくの友人の奥さんらしいね、レディ・ヒーストン。オリヴァーとはイートン校でさんざん悪さをした仲さ。そろってケンブリッジに進むころには、りっぱなおとなの男になったが」

アンジェリーナがこんなふうに顔をかがやかせるのは、今夜まで見たことがなかった。いつもの隙のない上品さはどこへやら、とてもやわらかな表情をしている。「おとな？」声まで楽しげに躍っていた。黄金色のサテンが、象牙色の肌と漆黒の髪をきわ立たせている。

「わたしとアリシアに、その定義を聞かせてちょうだい。おとなの男って何？」

昼すぎに到着した邸宅の食堂は広々としていた。きれいに刈りこまれた芝生、飾りけのない煉瓦造りの壁面、正方形の窓、荘重な正面扉へと続く石階段。迷子になるほど大きくはなく、屋内は静かで、必要最低限の使用人が配され、庭園には樹木が生いしげり、さらに周辺の森林が目かくしになってくれる。心地よい秋の夕べ、開け放った窓から流れこんでくる夜鳥の声だけが静寂の伴奏を務めていた。

クリストファー・ダラムが、グラスを満たすルビー色の液体を見つめながら考えこむ。

「同性を裏切らず、異性をおとしめない答を見つけるのは至難の業だが、やってみようか」

女性ふたりは仲間同士の目くばせをかわして、テーブルのこちら側から見まもった。

ロウ男爵が大きな声で笑う。「数のうえでは圧倒的に不利だが、あえて言うよ。責任を重んじ、たいせつな者を守る、それがおとなの男だ」

「ケンブリッジ時代には、どなたを守っていたのかしら？」アンジェリーナが意地悪い笑みに口もとをゆがめ、長い指でワイングラスのふちをなぞった。

「誰もいなかったよ」男爵が彼女をうっとりと見つめ、とろけそうな笑みを浮かべながらグラスをかかげる。「きみを待っていたんだ」

アンジェリーナの笑みが薄れ、口もとが引きしまった。「おかげで、こんなところまで連れてこられて」

「こんなところといえば、ここはどこだろう？　誰の屋敷かもわからない。ヒーストンに訊いたが、話題を変えられてしまってね。もう一度問いただそうとしたら時間ぎれで、結局、答はもらえなかった」

「ベンらしいわね」アリシアはわが意を得たりとばかりに言った。「答えたくないとき、話をそらすのがほんとうにうまいんだから」

「何もかも、わたしが悪いんだわ」アンジェリーナはすっかり沈痛な表情になっていた。

「きみを愛するとどんな悲運が待っているかというお説教なら、もう何度も聞かされたよ」ロウ男爵の口調が、情熱的な恋人から実際家のそれにあらたまった。「きみを愛しているのは事実だし、誰に知られようとかまわない。世間に知られたくないというのはきみの意思だ。だからここまで逃げてきたが、美しいレディふたりと過ごせるんだ、ぼくにはなんの不満もないね」

「ヒーストン伯爵と御者のほかは誰も居場所を知らないと思うと、ふしぎね」アンジェリーナがプディング——とても美味だった——の最後のひと口を片づけ、フォークを置いた。「なんだかのびのびするわ。出発のことはイヴにだけ手紙で伝えたけれど、行き先はわからなかったから、それは誰にも知らせていないの」

「ぼくのほうは代理人にだけ、いつロンドンに戻るかを伝えた」クリストファーがワインの瓶を手にとり、ふたりにすすめる。「今週いっぱいは、誰にもうるさく言われずにすむ」

アリシアはつぶやいた。「あたたかいお言葉に感謝しますわ、男爵。わたしもアンジェリーナと同じ気持ちよ。同じ逃亡生活でも、話し相手がいるといないとでは大ちがいだもの、あなたのロマンティックな心づかいはすてきだと思うわ。誰もわたしたちの居場所を知らない、それだけで開放的な気分になれますものね。思うぞんぶん楽しんでくださいな……あら、いやだ」

　恋人ふたりを残して立ち上がろうとしたとき、それがやってきた。お腹の内側が波打つような、くすぐられるような、泡立つような感覚。アリシアははっと息をのみ、ふたたび腰を下ろしてアンジェリーナを見た。「赤ちゃんが、動いたみたい」

「まあ」銀色の瞳が驚愕と、姉のような喜びをこめて見ひらかれた。「確かなの？　まちがいない？　どんな感じかしら？」

「まだ、ほんの……ああ、またきたわ」初めての体験に涙があふれた。「ほんとうに子どもがいるんだわ。もちろん、いることはわかっていたけれど、いまは実感できるの。ハリエットから、お腹の中をくすぐられるような感じだと聞いていたけれど、ほんとうなのね」

「ぼくには一生味わえない感覚だな」クリストファーがおどけてみせたが、そのまなざしはあたたかく真摯《しんし》だった。「女性は体で生命を感じられると聞いていたが、いままであまり深く考えたことがなかったよ。苦しくはないだろうね？」

　アリシアは笑った。うれしくてたまらず、わずかに盛り上がったお腹を両手で押さえる。

「ええ、まったく」

　男らしい顔が安堵にゆるむのはほほえましかったが、アリシアは内心、ベンがこの場にいてくれたらと思わずにいられなかった。じかに伝えられたらどんなにいいだろう。

ベンも同じくらいおどろくかしら？　わからなかったが、とにかくこの喜びを分かちあいたかった。どんな反応を示すか、知りたくてたまらなかった。

けれど、その夫はいま殺人者を捜している。そう思うと興奮がさめ、アリシアは頭を整理した。「さっき言いかけたことを思い出したわ。お話ちゅうに申しわけないけれど、そろそろ部屋に戻ろうと思うの。近ごろはすぐ眠くなるのと、田舎の空気ですっかりくつろいでしまって」

「ええ、もちろんよ」アンジェリーナがほほえみ、ワイングラスの脚をもてあそんだ。「ここはすてきなお屋敷だし、朝方の雨が嘘のように気持ちのいい夜ですものね。わたしたちはちょっと近所を散歩してこようかしら。ポートワインをがまんして、散歩に行く気はある、クリストファー？」

「いいね。ぜひそうしよう」

ほんとうに、退席する頃合だった。ふたりが目を見かわすときの、世界が動きを止め、太陽も星も自分たちのためだけにかがやくと言いたげな表情を見ればわかる。「では、またあした」アリシアは立ち上がって部屋を出た。夕食の給仕をした召使いがちょうど廊下に立っていたので、これさいわいと二階へ案内してもらう。

豪奢ではないが、過不足なく整ったこの屋敷が、いったい誰の持ち物なのか知りたくてたまらなかった。夫にいっぷう変わった交友関係があるのは承知していた。戦争中に知りあった、さまざまな分野の専門家たちだ。

女中の助けなしにドレスを脱いできちんと椅子の背にかけ、ナイトドレスを身につけるあいだも、アリシアは考えつづけていた。窓辺に歩みよって外を眺める。長旅で疲れているはずなのに、頭がめまぐるしく回転しつづけるなか、わが子をやどしたお腹にふたたび手をやる。火事のときはこわい思いをしたけれど、おかげで発見もあった。

結婚して以来、ベンが感情をあらわにするところは数えるほどしか見ていないが、昨夜の夫は憤怒にわれを忘れていた。ふだんの沈着冷静な仮面をかなぐり捨てて、火を噴きそうな怒りをあらわにした。

わたしを愛してくれているのかしら？

アリシアはそう思いはじめていた。子どもができたことが、なまなましい感情を呼びさましたのかもしれないが、それだけではないような気がした。

月が昇り、夜空にうっすらと雲がたなびき、外はほどよい明るさだった。手をとり合って庭園をそぞろ歩くふたつの影を目にしたときも、アリシアはおどろかなかった。鈴をころがすような笑い声が、楽しげな気配を運んでくる。

ベンは約束どおり、恋するふたりを窮地から救ってくれるにちがいない。でも、このあと何が起きるにせよ……アリシアはひとり笑みを漏らした。ふたりには今夜がある。

19

月明かりの庭を歩くだけで、これほどのびのびとした気分になれるとはおどろきだった。空には蜘蛛《くも》の巣のようにふんわりと雲が広がり、どこか遠くで噴水が涼やかな水音をたてている。

まるで、ふたりのためにあつらえたような夜だ。ロマンティックにもほどがあるが、アンジェリーナといると、いつもこんなふうになってしまう。

クリストファーは夢想家ではない。その逆だ。頭の中には、機能的な構造や直線、なみなみならぬ重量を支える丸天井の数式が詰まっている。だが今夜は放埒《ほうらつ》な夢に身をゆだねたかった。

アンジェリーナが目を上げてほほえむ。「美しい夜空ね」

「ああ。だが、きみの美しさの前にはかすんでしまう」

「おじょうずね」

「事実じゃないか」

「だから、好きになったの？」

こう問われるのを待ちこがれていた自分でなければ、気分を害したかもしれない。女性として、たぐいまれなる容姿に恵まれることは重荷なのか？　前にも疑問に思ったことはあるが、彼女が実際に二度、そういう理由で結婚している以上、気にするのも無理はないと思われた。

「いや。きみはすてきな胸と尻だけの女性じゃない。もっとも、両方ともぼくは大好物だが」わざと下品な言葉づかいをした埋めあわせに笑ってみせる。埋めあわせになればの話だが……。そして、むき出しの肩にふれた。「言いなおそう。いまのはちょっと軽すぎた。きみという人間を形づくる要素ひとつひとつが重なりあって、ぼくを惹きつけるんだ。もちろん、外見も魅力的だよ……ぼくだって男だからね。ただ、信じてほしい。姿の美しさだけでなく、もっと深いところまでふくめて愛しているんだ」

まっすぐ前を向いて歩いていたアンジェリーナが、ふいに足もとの砂利《じゃり》から目を離さなくなった。大きく息を吸いこむ音が聞こえる。「信じるわ……信じているわ。なかなかしあわせに身をゆだねられないわたしを、どうか許してちょうだい」

「その病気を癒やすのがぼくの役目だよ、かわいい人」

ドレスの裾《すそ》が地面をさらさらとかすめる。「もしほんとうに結婚できたら、なるべく田舎で過ごしたいわ。わたしが暮らしていた小さな家も住み心地はいいけれど、あなたには質素すぎるでしょうね。サリーにある男爵領の話を聞かせてちょうだい」

「結婚できるさ。あたりまえじゃないか」クリストファーはおおらかに訂正した。「いったい何度言ったらわかってくれるのかな？」

「何度でもお願い」アンジェリーナが悪びれずに言う。「この何年かで、人生はまず予想どおりに進んだりしないと教えこまれたの。クリストファー……聞かせて」

クリストファーはそれ以上躊躇せず、説明にかかった。「屋敷を設計したのは、ぼくの曽《そう》祖父《そふ》だ。たぶん、ぼくが建築好きなのはその血すじだろうな。この屋敷同様、さほど大きくはなくて、雰囲気も少し似ているが、なんというか風変わりでね。なんせ戦闘用の小塔や胸壁があるんだ。時代遅れで必要もないのに、曽祖父が無理やり加えてしまったのさ。おかげで古城の小型模型のような、妙な迫力が生まれている」言葉を切り、ブーツで砂利を踏みしめながらしばし歩く。どこからともなくただよってくる煙の匂いが、冬のおとずれを予感させた。「あの屋敷はぼくに、建造物も人間と同じように、個性や意識をもちうることを教えてくれた。よく考えてみれば、真理だと思わないかい？　建物は人を受け入れ、はぐくみ、守ってくれる。ぼくらは家の壁や廊下にとっておきの宝物を飾り、暑さ寒さや雨風をさえぎる盾《たて》として頼り、生まれてくる子どもたちに引き継ぐ。安全な屋根の下で生まれたぼくらが、息を引きとり、やがて土に還ったあとも、建物は静かに立ちつづけ、ぼくらがこの世に存在した証となってくれる」

しまった、こんなに熱弁をふるうつもりはなかったのに。

星空の下、アンジェリーナがふり向いた。漆黒の絹のようにつやめく髪、美しい卵形を描く白い顔。「思っていたの」そっと言う。「わたしがあなたを好きになった理由はたくさんあるけれど、そのうちひとつは、芸術家の魂をやどしているからよ。それをこんなに惜しみなく分けあたえてくれる人は、初めてだわ」

「建築家の宿命だろうな」象牙色の頰の輪郭《りんかく》と、すんなりとのびたうなじをほれぼれと眺めながら、クリストファーは握った手に力をこめ、指をからみ合わせた。「だが、理由はどうあれ、きみと出会えたのは人生最大の幸運だ。結婚してほしい、アンジェリーナ。なんなら、ここにいるうちに誓いを立てようか。レディ・ヒーストンに立会人になってもらえばいい。ぼくのほうも誰か見つけて式に出てもらうよ。特別結婚許可証をとればすぐに夫婦になれる。結婚してほしい」

「わたし……」

「はい、と言えばいい。こんなに愛しあっているじゃないか。ぼくらの属する階級では、地位や名声のための結婚がめずらしくない。そんななかで、特別な相手にめぐり会えたことに感謝しよう。結婚してくれ」

「あなたを危険にさらせないわ」

「ばかを言うんじゃない」もどかしさのあまり思わず背を向けそうになったが、踏みとどまったのは、いまそうしたら終わりだとわかっていたからだ。彼女の両手を握る。「愛するアンジェリーナ。人生には危険がつきものだよ。それこそ朝目ざめたときから、夜ベッドにもぐり込んで目をとじる瞬間まで、何が起きるかわからないし、予想がはずれることもしょっちゅうだ。そもそも、すべて予測がついて何が楽しい？　どうか、妻になるとだけ言ってくれ。残りの面倒は、いっしょに片づけていこう。約束だ」

アンジェリーナの決意が揺らいだ。唇のふるえが物語っている。「クリストファー……」

「はい、と言えばいいんだ。たったのひと言だよ」

するとと、とうとう彼女が応えてくれた。聞こえないほどのささやきだが、確かに口にした。

「はい」

これほどの勝利感を味わったのは生まれて初めてだ。

「月夜の庭で愛しあったことはあるかい、レディ・ドブルーク？」

「なんですって？」こちらを見上げる瞳が、月明かりを受けて銀色にかがやく。

「きみはたったいま、妻になると言ってくれた。喜びを分かちあうのに、これ以上の方法があるかい？　男女のことは、ベッドがなくてもできる。屋外だと……また楽しいと思うよ」

「クリストファー！」

男女の関係になってほどなくわかったのは、二度の結婚を経てもアンジェリーナがベッドでの知識にとぼしく、すばらしい肉体で男のたかぶりを受けとめるだけだったという事実だ。そんな彼女にクリストファーは性の悦びを一から教え、自分の手であらたな境地へと導くことに情熱をそそいできた。

まだまだ、教えたいことはたくさんあった。

「美しい夜だと、さっき言っただろう？　暑すぎず寒すぎず、ほどよい風が吹いている」背の高い櫟《いちい》の木と薔薇の生垣に囲まれた石のベンチへ、恋人を引っぱっていく。薔薇の花はおおかた、せまりくる冬との戦いに敗れ去っていた。「誰も見ていないさ。きみがほしいんだ」

「中に戻って、わたしの部屋か、あなたの部屋で……」

「いま、きみがほしいんだ」彼女の浅い息づかいに気づいて、クリストファーは内心ほくそえんだ。アンジェリーナも興奮しているのだ。「きみもぼくがほしいだろう？」声を低める。「月明かりで髪がつやめくのも、たなびく雲がその肌に影を落とすのも……いい眺めだよ」

象牙の髪留めを引きぬくと、シニョンがするりとほどけて長い髪が流れ落ちた。クリストファーは身をかがめてキスをし、舌をふかぶかともぐり込ませた。彼女の両手が肩に回され、すがりつく。女らしい歓喜の吐息が、熱いくちづけに封じられた。

きみはぼくのものだ。何があろうと。

焼けつくようなたかぶりに下半身を硬くしたクリストファーは、彼女の臀部に両手を添え、ぎゅっと引きよせた。どれほど欲しているかが、相手にも伝わるだろう。密着する太ももと太もも、曲線と平面、むさぼり合う唇……。

キスを止めて上着をむしりとり、無造作にベンチの上に放りなげる。「ドレスの前を開けるんだ。きみにふれたい」

傲慢な口調に美しい眉がぴくりと動くのを見ると、つい笑みが漏れた。「ああ、いまのは例の、自立をおびやかす言いかただったね。訂正しよう。レディ・ドブルーク、あなたの美味なる胸を愛撫することを、どうかお許しいただけないだろうか。まだ丁重さがたりないかな？」

アンジェリーナが声をたてて笑った。めったにないことだ。「なんて破廉恥《はれんち》な申し出かしら、男爵閣下」芝居がかったしぐさで長いまつげをはためかせてから、冗談めかして言う。

「ほんものの淑女は、紳士にそんな勝手を許さないものよ」

「ほんものの紳士は、わざわざおうかがいを立てたりしない、そうだろう？」自分の笑みはだいぶ切羽詰まって見えるはずだ。「それに、月の下で女性を押したおしたりもしない。ちなみに、これからぼくがすることだ」

細い指先が胴着にのび、真珠のボタンをはずした。「もしあらがったら？」

「必死で説得するさ。ぼくはしつこいからね」

ふたりの目が合った。「知っているわ」

彼女なら、知りすぎるほど知っているはずだ。知りあった次の夜、クリストファーは彼女の女中が下がるのを待って、まるで夜盗のごとくバルコニーにしのび込み、彼女がひとりなのを確かめてから、呼ばれてもいない寝室に入っていったのだ。

いや、かならずしも〝呼ばれてもいない〟わけではない。出会った瞬間から、ふたりはただならぬ縁《えにし》を感じていた。こうなる運命だったのだ……ドレスの胸もとがはだけられるのを見ながら思う。彼女がシュミーズのリボンをほどくあいだに、こちらはシャツのボタンをはずした。

人生で、これほど強い確信を得たことはない。

美しい乳房が月明かりに白く浮かび上がると、理性的な思考はすべて吹っとんだ。乳首はすでにこわばり、薔薇色につんととがって、両手と唇でふれられるのを待っている。はだけたシャツの裾をズボンから引き出しかけたまま、クリストファーは彼女をベンチに座らせ、向かいあわせに膝をついて、あらわになったふくらみを両手で受けとめてから、豊かなまるみを舌でたどった。あたたかなサテンのような感触と菫の香り。乳首を吸うと、肩に添えられた両手に力がこもり、背中がそり返った。

人気《ひとけ》のない庭園の奥まった一角。こんなにすばらしい場所はない……そそり立ったいただきに軽く歯を立て、アンジェリーナのあえぎ声を聞きながらクリストファーは思った。片手を彼女の背に回して支えつつ、もう片方の手でスカートをかき上げて、なめらかな肌をなで上げる。しなやかな形のよいふくらはぎから折りまげた膝の裏へ、さらに張りのある太ももへ、そして体の中心部へ。

指の先で、脚の合わせ目にあるやわらかな襞《ひだ》を探ると、おびただしい湿りけと熱が迎えてくれた。襞をかき分けて指を一本すべり込ませたとき、彼女の目がひとりでにとじた。

「もう、こんなになっているじゃないか」わざと意地悪くささやく。「濡れて、熱くなって。中に入りたくてたまらないよ。だが、少しだけがまんして仕上げをさせてもらおう」

これまでに重ねてきた手ほどきの効果あってか、アンジェリーナがいやがるふうもなくスカートを腰までたくし上げ、ガーターと絹のストッキングをつけた長い脚をあらわにする。クリストファーは頭をかがめながら、両手で太ももを押しひろげた。

「両手をうしろにつっぱるといい」助言したあとで、舌先をじわじわと中心部へ進める。全身がわななくのがわかった。

言われたとおりに両手をつっぱったアンジェリーナが、首をのけぞらせる。

考えてみると、田舎への逃避行はこのうえない贈り物だったのかもしれないな……秘所をついばみ、味わいながらクリストファーは思った。ゆっくり時間をかけて、唇と舌で彼女を快感のいただきまで押し上げてゆく。わななきのひとつひとつを見のがさず、息づかいの変化に耳をすませながら。

ヒーストン伯爵に感謝しなくては。

まさか、わたしがこんなことをしているなんて。

まだ動悸がおさまらないまま、アンジェリーナは庭園のベンチにぐったりと四肢を広げていた。クリストファーの腕が支えてくれなかったら、地面にずり落ちてしまいそうだ。彼の舌が与えてくれる鮮烈な快楽が、静まりかえった朧月夜《おぼろづきよ》の庭園でこんなことをしているという背徳感とあいまって……それがおとずれた。

絶頂が。頭のすみずみまで、ふるえる体のはしばしまで、意識をまるごとのみ込むような衝撃が……。

昇りつめるときに思わず発した叫び声が、召使いを起こしてしまうかもしれないと思いつつ、いまは気にならなかった。

肉体の快楽だけではない心地よさがアンジェリーナを包んでいた。汗だくのほてった肌を吹きすぎてゆくそよ風が、さらに甘やかな気分をもたらしてくれる。

やっと言えた。あなたの妻になると。

クリストファーがすばやくアンジェリーナの体勢を立てなおし、立ち上がってズボンの前を開ける。男らしい顔がいたずらっぽくゆがんでいた。

「きっと気に入ると思うよ」たかぶりきった分身を薄明かりに隆々とそびえ立たせながら、隣に腰かけ、アンジェリーナを抱き上げて正面に立たせる。「固いベンチで背中が痛くなっては困るから、きみがまたがるといい」

半年前のアンジェリーナなら、なんのことかわからなかっただろうが、彼とつきあうようになってから何度かこの体勢を試したことがあったので、おおまかな意味は理解できた。太ももの上に抱きよせられると、膝立ちになって腰を浮かせ、彼が硬直の先をあてがうのを待つ。とはいえ、ドレスの前をはだけ、ストッキングも靴も身につけたままというのは、やはり衝撃的だった。

「腰を下ろして」耳もとで彼がささやくと、鳥肌がたった。「奥深くまで受け入れてくれ」

そうしたかった。彼のすべてを受け入れたかった。肉体だけでなく、心も、魂も……さながら信仰にすがりつくように。いままでは、今夜までは、そうできるとは思っていなかった。けれどヒーストン伯爵が妻をふたりに同行させた以上、彼の決意はあいまいな目標ではなく、ほんとうに、自分にふりかかった悲運の黒幕を見つけだしてくれるかもしれない。

もしそうなったら、ようやく過去をきれいさっぱり断ち切ることができる。

そう考えただけである程度は心が晴れ、解放され、恥じらいもやや薄れたので、アンジェリーナは思いきって硬直の先端に秘所を押しつけ、一インチ、また一インチとのみ込んでいった。自分の中に存在することすら知らなかった淫《みだ》らな女が目ざめ、彼の耳もとでささやく。「これがほしかったの？」

両手で尻を包みこみ、クリストファーが懇願する。「質問は後回しだ。頼む、動いてくれ。動いてほしいんだ」

アンジェリーナはそのとおりにした。最初はぎこちなく、彼の手に支えられて、腰をもち上げては落とす。なめらかな摩擦の心地よさに、こらえきれず漏れる小さな声が、彼の荒い呼吸とまじり合う。胸もとに顔をうずめたクリストファーが吐き出す息の熱さが、肩をなぶる夜風の冷たさと対照的だ。ほどなく腰の動きははげしさを増した。アンジェリーナが、あるいは彼がたかぶったから……どちらかは判然としなかった。

ふたつの体が溶けあって揺れ、このうえなく親密な旅を始める。全身をつらぬき、わしづかみにする快楽。ふかぶかとつらぬいたところでアンジェリーナの腰をとらえたクリストファーが、吐息まじりにこうささやいたとき、アンジェリーナはふたりがまったく同じ感覚を味わっているのを知った。「いまだ」

限界ぎりぎりまでたかぶっていたアンジェリーナの肉体は、そのひと言に押し出されたように昇りつめた。愉悦の波にのみ込まれ、目の前が真っ白になる。意識の片隅で、自分の名前を呼ぶクリストファーのしゃがれ声を聞き、硬直がどくどくと脈打って熱いものを放つのを感じる。

ようやく現実世界に戻ってきたと実感させてくれたのは、どこからともなく聞こえる夜鳥の甘いさえずりだった。いつのまにか恋人の肩に頭をもたせていたらしい。ぐったりと脱力し、スカートを腰までまくり上げ、胸もとを大きくはだけ、乱れた髪を背中にたらして。男らしくさわやかな香りが鼻をくすぐる。

これほど女を意識したことはない。これほど自由になれたこともない。

「庭というのは楽しい場所だ、そう思わないかい？」クリストファーの手が背中をなでた。片腕だけで、力の抜けた上半身をやすやすと支えてくれている。「とくにこの庭は、いつまでも心に残りそうだ」

アンジェリーナはかろうじて、くぐもった笑いを漏らした。胸板に押しあてたてのひらに、規則正しい鼓動が伝わってくる。「薔薇の生垣や櫟の木は、ほんとうにすてきね」

「花にまどわされて、といったところかな。だが、あやまるつもりはないよ」

「こちらだって、あやまられても困るわ」

「アンジェリーナ……月のものが遅れていないかい？」

いま、なんと言ったの？

身を固くするほどではないものの、アンジェリーナはぴたりと動きを止めた。「いない、と思うけれど」

嘘だった。いつもより何週間か遅れている。初めはあまり考えなかったが、この数日、遅れがにわかに気になりだしていた。

クリストファーが姿勢を変え、まっすぐ顔を覗きこんだ。「もう二カ月近く、ぼくを拒んでいないだろう」

彼のほうが正確に数えていたと知って、恥ずかしさがこみ上げた。クリストファーが静かに続ける。「別に意外ではないさ。男と女が親密になれば――まして、これほど親密になれば――、子どもができてもおかしくない。そうだろう？」

彼のものを深く受け入れたまま、衣服を乱してはしたなく膝にまたがり、快楽の余韻にかすむ頭で論じられる話題ではない。アンジェリーナは抱擁から身を引きはなして立ち上がった。内ももをつたう愛のしるしを感じながら、もつれる指で胸もとのボタンを留める。「まだ、わからないわ。周期が乱れることはよくあるから」

「そうか」ベンチにかけたまま、クリストファーがなかば伏せた目でアンジェリーナの身支度を見まもった。ズボンの前を開け、シャツをはだけ、かき乱された髪がくしゃくしゃなのも平気なようだ。「つい期待してしまって申しわけない。きみに出会うまでは、子どもがほしいなんて思ったこともなかったのに。ぼくの子どもというだけじゃない。きみと、ぼくの子どもだからね」

アンジェリーナも同じだ。彼とこういう関係になってからずっと夢見てきた。でも、まずは彼の安全を確かにしなくては。まして、子どもに害がおよびでもしたら……。

考えただけで血が凍った。

「すべてが落ちつくまでは、何も期待できないわ」動揺をこらえきれず口走る。「あなただって、同じ気持ちのはずよ」

「ついさっき、結婚してくれると言っただろう？」

確かに言った。後悔はしていないけれど、ことはそれほど単純ではない。

「心配しすぎだよ」立ち上がってズボンを直しながら、彼がこちらをじっと見た。「きみを守るためなら死んでもいい。もし、ぼくの子をやどしているなら、そ……」

「言わないで」するどくさえぎった声が、ガラスの破片のように夜の空気を切り裂いた。「誰にも死んでほしくなんてないわ」

少なくとも、彼は理解してくれた。心から納得したわけではないにせよ……そんなことは誰にも不可能だろう。アンジェリーナは、自分の人生を好き勝手にあやつる輩が憎くてたまらなかった。

ベンジャミン・ウォレスがみごと怪物をねじ伏せてくれることを、祈るほかない。

ふいに耳もとを風がかすめ、轟音がひびいた。

クリストファーがびくんと身をすくめ、横によろめいたかと思うと、アンジェリーナに覆いかぶさってきたので、ふたりは小道に倒れこんだ。のしかかられて押された肺から、ひゅうっと息が飛び出す。恋人が低くつぶやく。「じっとして。でないと、ふたりとも命がない」

ドレスをじわじわと濡らす液体に気づかなかったら、言われたとおりにしたかもしれない。アンジェリーナは身じろぎした。「撃たれたのね」

「一発くらった」クリストファーが暗い声で答えた。「じっとしておいで、アンジェリーナ。二発めはごめんこうむりたいし、敵はちょうど弾をこめなおしたところだろうから」

20

ややこしい謎解きには、熟考が欠かせない。慣れしたしんだ工程だ。熟考を重ね、とうとう答に詰まったとき、ベンジャミンの頭はすっきりしていた。

行動を起こすときだ。

ひびきわたる銃声に危惧《きぐ》を裏づけられたが、予想があたってうれしいはずもなかった。

先制攻撃。敵ながら悪くない策だ。

音をたてずに暗がりを進む。アリシアの一行は半日早く出発したが、こちらには駿馬《しゅんめ》と明確な目的がある。到着したのはしばらく前だった。ジャネルとふたりでこれ以上ほうぼうを訪ねあるいても実りはないと判断するとすぐ、ロンドンを発って妻を追いかけたのだ。

ミセス・ヘイデンには、王家の血族に求婚を取り消されるきっかけとなった物盗りを誰がしくんだのか見当もつかないようだったし、准男爵の妹も、いかがわしい病気にかかったという噂を誰が広めたのか、具体的な名前は挙げられなかった。

いっぽうで、ベンジャミンの不安はつのり続けた。

理屈で割りきれる思いではない。三人には武装した護衛をつけて、秘密裡《り》に遠くへ逃がしたのだから。とはいえ、別々の家に住む三人が、誰にも見とがめられずに旅立つのは不可能に近い。まして敵が宣戦布告をしてきたあとだ。

庭園の裏手から回りこみ、門を乗りこえて中に入る。押しころした、けれど聞きまちがいようのない話し声を頼りに右に折れつつも、頭上の雲が切れるたびにちらちらと小道を照らす月明かりにはじゅうぶんに注意した。

へたに呼びかけて、発砲した人間に居どころをつかまれ、こちらが標的にされるのは本意ではない。本意は敵をとらえることだった。愛馬をつぶしかねない勢いで走らせたあげく、手ぶらですごすご帰ってたまるか。どうやら、長年の勘はあたったようだった。

また話し声が聞こえた。くぐもった女性の声だ。

むせるような甘い香りを放つ茂みのうしろから、ベンジャミンはそっと声をかけた。「ロウか？」

「ヒーストン伯爵？」レディ・ドブルークの声は狼狽に引きつっていた。すすり泣きながら続ける。「ああ、よかった」

こちらの声をすぐ判別できるとは、勘のいい女性だ。

「そう、ぼくだ」ベンジャミンは応じ、暗闇にしゃがみ込んだ。どうやら左側にいるらしいと察しをつけ、低い姿勢で進む。「アリシアは？」

「家の中だ」クリストファー・ダラムがしゃがれ声で答えた。「安全だと思う。どうやら奴は去ったようだ。さっき木立を走っていく足音が聞こえたからね。ぼくは撃たれてしまったが、そうひどくないと思う。いや、そう見えるだけかな。経験豊かなきみなら、見きわめがつくだろう」

いまいましい。三人が尾行される可能性は考慮に入れていたが、まさかいきなり撃ってくるとは。さらに一歩踏み出すと、ぼんやりと人影が浮き上がった。ひとりはベンチに腰かけ、もうひとりは小道にひざまずいている。長くつややかな黒髪はレディ・ドブルークにまちがいない。もっとも、華奢な肩からドレスをずり落とした、いつもとは似ても似つかない乱れ姿だったが。ロウのほうもシャツを大きくはだけた半裸で、純白の亜麻布に黒っぽいしみが広がっていなければ、これは失礼とばかりに退散したいところだ。だが、恋人同士の甘いひとときは、無惨に断ち切られたようだった。

「見せてくれ」ベンジャミンはそっとふたりのあいだに割りこみ、男爵のシャツをめくった。傷は見た目こそひどいが心臓をそれ、肩の筋肉を引き裂いている、「痛むだろうが、致命傷ではない」自分の言葉が正しいことを祈りながら、ベンジャミンはハンカチをとり出し、血があふれる傷口に押しあてた。「だが、化膿《かのう》しないように弾をとり出す必要がある。護衛につけた男はどこにいる？」

ロウが自分で布を押しつけながら歯を食いしばった。「なんの話だ？」

「馬車を駆っていた御者のことさ。あの男は……まあ、古い知り合いとでもしておこう。ぶっそうな場面にも慣れている。三人から目を離さないように言っておいたんだが」

「だったら、その男の心配をしたほうがいいな」男爵の顔が暗くなった。「ここに着いてから姿を見ていないから。夕食のあと、ぼくはアンジェリーナと散歩に出たんだ」

散歩だって？　それだけではないように見えたが、別に詮索しなくてもいいだろう。

ベンジャミンは男爵に手を貸して助けおこした。「あの男の安否も気になるが、きみも出血がひどい。誰かを村にやって医者を呼ばなくては。ひとまず中に入ろう」

立ち上がったとたん、相手の体重がずしりと肩にかかったのは、おそらく口で言うほど平気ではない証拠だ。打ちひしがれた顔でこちらを見まもる美女を気づかっているのだろう。アンジェリーナがささやく。「わたしは何を？」

「アリシアのところへ行って、事情を話してほしい。ただし、外には出ないよう言いふくめて。けが人の世話はぼくが引きうけるから、さあ、どうか急いで」

ロウが肩に銃弾を受けるのを止められなかったのだから、自分にもなかば責任がある。襲撃を予測しなかったわけではないのに、敵に先を越されるとは。

これは、協定にもとづいた戦争とはちがう。

屋敷めざして走り去るアンジェリーナを見送りながら、ベンジャミンはつぶやいた。「ころころ作戦を変えてくる敵は気に入らないな」

肩を借りたロウが、大きく息を吐き出した。「同感だ、ヒーストン。三人でここへ移るように言われたときは、きみの取り越し苦労だと思っていた。疑って悪かったよ」

「これまでにふたりの命を奪った男だ。護衛が見あたらないところを見ると、三人かもしれない。もしシャープを殺したのなら、誓って絞首台行きにしてやる」

ロウは無言だった。顔面から血の気が引いている。ブーツが砂利を踏みしめる音がはっきりひびきわたるので、もし敵が本気でこちらをしとめようと思ったら、雲の切れ間から漏れる月明かりで、容易にねらいをつけられるだろう。

屋敷にはこうこうと照明がついていた。裏手のテラスに歩みよると、ナイトドレス一枚で長い髪をたらしたアリシアが飛び出してきた。

〝あいかわらず、言うことを聞いてくれないな〟ベンジャミンはあきらめ半分で考えた。もっとも、ロウを撃った男がまだこのあたりをうろついているとしたら、のろのろと小道を歩いてきた自分たちふたりが真っ先に餌食になっただろう。ひとまず、敵は去ったらしい。

「やあ、奥さん」ベンジャミンはできるかぎり平静に声をかけた。「結局、きみたちと合流することに決めたよ。すまないが、従僕をひとり呼んでくれないか？」

恐れていたことが現実になってしまった。

血を見るとアリシアの背すじは凍りついたが、すでに動揺しきりのアンジェリーナから、撃たれたのがベンではなくロウ男爵だということを聞かされていた。それでもなお、心臓が喉もとまでせり上がったように息が苦しくなった。

これほどのけが人をかつぎ込みながら、なぜベンは落ちついていられるのだろう？「どうして、そんなことを？」両手のふるえを止めるため、腕組みをして詰めよる。

「従僕かい？」ベンは男爵に肩を貸し、敷居を越えて屋内に入ろうとしていた。「もちろん、村から医者を呼んできてもらうためさ。きみの部屋着はどうした？」

なんですって？ロンドンよりずっと安全なはずの屋敷で、胸のあたりを血で真っ赤に染めた男性に肩を貸しながら訊ねることが、よりによってわたしの服装なの？

いいえ。ちがうわ。はげしく食ってかかる寸前に、夫が例によって話をそらしているのだと気づいた。道をゆずってふたりを見まもるうちにも、廊下に鮮血が点々と跡を残すのに気づいて身がすくむ。

「従僕を呼んでくるわ」頼もしげな口調を心がけつつも、声がふるえるのはどうしようもなかった。「それが最優先でしょうから。わたしも男爵のお世話をしたいけれど、やりかたがわからないわ。助けを呼ぶわね」

「ぜひ、頼む」ベンがうなずき、こちらをちらりと見る。「待つあいだに、熱いお湯と、包帯に使えそうな布を用意してほしいから、料理人も起こすといいだろうな」

「そちらも手配しておくわ」

「部屋着を忘れずにはおるように。肌をあらわにしていては、ぼくの気が散ってしまう」

ロウ男爵の意識ははっきりしているようで、笑いを噛みころすのがわかった。よく見ると、肌をあらわにしているのは男爵も同じで、シャツの裾をはみ出させ、豊かな髪をくしゃくしゃに乱している。思えばアンジェリーナも、まどろんでいたアリシアを起こしたあと、ふるえる手でドレスを直していた。

つまり屋外で？　庭園で？

心躍る――破廉恥な――想像だったが、まずは頼まれた用事をすませてしまおう。アリシアはテラスに面した食堂の呼び鈴を鳴らした。使用人の少なさが気がかりだったが、すぐに夕食の給仕をした若者が戸口にあらわれた。「はい、奥さま。何か騒ぎがあったようですね」

服装に関しては、ベンの言うとおりかもしれない。夜風に薄手のナイトドレスをあおられて肌があらわになったときは、恥ずかしさに思わず顔がほてった。従僕はしつけられたとおり、こちらの顔だけを見ていたけれど……。気力をふるい起こして話す。「ちょっとした災難が起きてね。村からお医者さまを呼んできてほしいの。それから、できれば厨房でお湯を沸かして、包帯にする布を用意してもらいたいのだけれど」

「すぐに手配いたしましょう、奥さま」

急ぎ足で去った若者のあとに続こうとしたとき、戸口にアンジェリーナがあらわれた。まだ血まみれのドレス姿だが、とりあえずボタンはきちんと留めてあるし、髪もなでつけて簡素なリボンで結んである。

「お医者さまが来るの？」

「いま、頼んだところよ」友の打ちひしがれたようすを見ると、胸がずきりとした。「アンジェリーナ……」

「どうしたらいいかわからないわ。一度は社会からしめ出されて、ひとりぼっちになった女よ。いまも、どうしようもないほど無力だわ。あれを防げなかったなんて」かつて世間に悪名をとどろかせたレディ・ドブルークは顔面蒼白で、いつもの落ちつきは消えうせていた。

「もし彼が死んだら、わたしのせいだわ」

簡潔なだけに、痛々しくひびく言葉だった。

「あなたと同じくらい医療の知識はとぼしいけれど、命にかかわるほどの傷ではなさそうよ」アリシアは歩みより、冷たい手を握った。「だいじょうぶ、死んだりしないわ。ベンがあわてていなかったから。お医者さまが来るまでの世話は、あの人にまかせましょう」

もっとも、夫があわてることなどめったにないが、つい先ごろ、彼が激するのを見たばかりだ。ときおり自制の殻がやぶれて、隠れていた素顔が覗くのは、アリシアにとって大きな喜びだった。

「致命傷になったかもしれないのよ」アンジェリーナの顔が石のようにこわばった。「わたしが黙って消えればいいんだわ。お金ならあるの……ウィリアムから相続した、自分の好きにできるお金よ。知っているのは、誰にも奪われないような形で預金の手続きをしてくれた事務弁護士だけ。いずれ父に再婚を命じられるだろうと思ったし、いつか大金が必要になるような気がして。あのお金を使えば、ヨーロッパ大陸でゆったり暮らせるわ」

「そして、ロウ男爵を置き去りにするの？」アリシアは思わず息をのんだ。「だめよ！　どれほど相手を傷つけると思うの？　わたし、見ていたのよ……あんなに慕われているじゃないの。あなたにできるはずがないわ」

乾いた笑みが浮かんだ。「命を助けるためよ。こんなに愛しているんだもの。たとえ自分のしあわせを犠牲にしても、彼のためなら悔いはないわ」

いつまでたっても堂々めぐりになりそうだった。アリシアはアンジェリーナの手を引き、椅子が二脚置かれた窓辺へ連れていった。力なくくずおれた友の顔を、細長い窓からさし込む秋の月光が照らす。

アリシアは熱心に――そして率直に――言った。「どんなことでもお手伝いするけれど、男爵と別れるのだけはだめ。あなた自身のためよ。一生後悔するでしょうから」

「アリシア……」

蚊の鳴くような声をさえぎって続ける。「いまは勇気をふるい起こして戦わなくちゃ。わたしならそうするわ。わたしたちみんな、めいめい被害を受けたでしょう？　ベンの書斎が荒らされて、厨房に火がつけられて、こんどはこれよ。四人で力を合わせて、こんな悪事をはたらく人間をこらしめてやりましょうよ」

「伯爵の力を借りたいと思ったのはほんとうだけれど、そのせいであなたたちみんなを危険に巻きこんでしまったわ。クリストファーの好意を受け入れたせいで命をあやうくしたのもわかってる。罪悪感だけでなくて、自分の勝手さが身にしみるわ」

「ばかを言わないで。悪いことなんて何もしていないじゃないの。責められるべきなのは別の人間よ。さあ、そろそろ彼のところへ行ってあげて。傷の治療が無理でも、手を握るくらいはできるでしょうし、付き添ってあげるだけで、きっと痛みが薄れるはずよ。目の前にいれば、あなたの身を案じないですむしね。ベンが看護婦役では、男爵もあまりうれしくないでしょう。あなたのほうがずっと好みに合うと思うわ」

迷ったすえにアンジェリーナがようやく立ち上がり、うなずいた。「そのとおりね。彼のそばにいなくては。ありがとう」浮かべた笑みはまだ弱々しかったが、先ほどまでの凍てついた顔よりははるかにましだった。「ずっとそばで支えてくれたイヴを別にすれば、友だちらしい友だちはほとんどいないの。あなたとお友だちになれてよかったわ。そのぬくもりが、どんなに人を救ってくれるか。旦那さまがべた惚れなのも無理はないわ。女性を見る目がおありなのね」

べた惚れとは大げさかもしれないが、ほめられて悪い気はしなかった。「わたしも、新しいお友だちは宝物だと思うわ。気が合うわね」そう言って、自分も席を立つ。「いっしょに行きましょう。ベンの用事があるかもしれないし、わたしだって役に立つ気分くらいは味わいたいもの」

それに、夫に言いたいことがひとつあった。

頭の中で形をとりはじめたばかりのぼんやりとした仮説にすぎないが、はたして見当はずれなのかどうか、意見を聞きたかった。

今夜のできごとをふり返るにつけ、いま話しておくべきだと思えてならない。たとえ一笑に付されるとしても。

21

深緑と黄褐色でまとめられた趣味のよい部屋は静まりかえり、血の臭いが立ちこめていた。傷口から銃弾をえぐり出されるのは、快適とはほど遠い体験だったが、クリストファーは阿片《あへん》チンキの麻酔を使わずに乗りきった。実のところ、アンジェリーナの蒼白な顔が記憶にこびりついて離れず、傷の痛みどころではなかったのだ。かちりという金属音とともに、弾が洗面器に落とされたときの安堵は、肉体面にかぎったものではなかった。

医者は思ったよりはるかに若く、クリストファーと変わらないくらいだった。砂色の髪のにこやかな若者で、ほれぼれするほど簡潔に、摘出の方法を戦地で学んだこと、熱病やその他の伝染病に比べれば、銃創《じゅうそう》はご褒美のようなものだと説明した。この傷は痛むだろうが、化膿さえ防げばさほど長びかないだろう、とも。

「ありがとう」包帯を巻きつけられたクリストファーはかすかに顔をしかめた。ずきずきという肩口の痛みをやわらげるためにあおったブランデーは、もう何杯めだろうか。

「骨が折れていませんからね」ランドー医師が明るく告げ、赤く染まった両手を洗面器の水ですすぐ。「実に幸運でしたよ、閣下」

「まったくだ」酒のせいか失血のせいなのか、体に力が入らなかった。ゆったりと窓辺にもたれて立ったヒーストン伯爵が、いつもどおり底知れない表情でこちらを見ている。

いくら悠然として無造作に見えても、実際そうでないことをクリストファーは知っていた。そのヒーストンが小声で言う。「看護婦は、血染めのドレスを着ていた黒髪の……さっき先生が部屋から出ていかせた美女が務めます。ロウ男爵とレディ・ドブルークはもうすぐ結婚する予定でね。どうか先生から、看病のしかたを説明していただきたい。あしたにはもう一度来て、包帯を替えてもらえるでしょう？」

「もちろんですとも」ランドーがうなずき、薄気味悪い器具のあれこれを鞄《かばん》にしまい込むと、いとまを告げて部屋を去った。

「懸念がふたつある」ヒーストン伯爵が前置きなしに言った。「ひとつめは、ぼくの部下が拉致されたのか、それとも殺されたのかということ。医者が来たあとすぐに、従僕と厩番にあたりを捜させたが、いまのところは見つかっていない。ふたつめは、好戦的な銃使いが、まだ近くをうろついている可能性。あいにく、この屋敷にはあまり大ぜい使用人がいない。ちょっと目はしのきく暗殺者なら、おびえた若者や腰の引けた従僕の目をあざむくくらい朝飯前だろう」

同意せざるをえないが、心細いにもほどがある。クリストファーはがまんできずに訊ねた。「それはともかく、なぜここへ来た？　レディ・ヒーストンとアンジェリーナを連れてロンドンを出るように言ったのはきみじゃないか。もし行動をともにできるのなら……」

「行動をともにするつもりはなかったさ」旅の疲れをにじませたヒーストン伯爵が語気を強める。「うまく説明できないが、きょうという一日を過ごすうちに、いっしょにいたほうがよさそうだという感覚が強まっていったんだ」

「直感に従ったほうがうまくいくことが建築の世界ではよくあるから、その気持ちは理解できる」クリストファーはベッドの上でしばし目をとじ、どこまで正直になるべきか迷ったすえに口を開いた。「これ以上頼むのは気がひけるが、アンジェリーナのようすに注意してみてもらえないか？　妊娠しているような気がする、と言えばぼくの立場はわかってもらえると思う。さっきの幽霊のように青ざめた顔、見ただろう？　ぼくらの赤ん坊を流産するんじゃないかと、気が気でなかったよ。人非人につきまとわれているのはアンジェリーナのせいではないのに。自分の耳で聞かなくてもわかるが……きっと今夜のことは自分のせいだと責めているにちがいない。夫ふたりの死で自分を責めたのと同じように。あの顔をひと目見ただけで、はっきりわかったよ」

「気づいていたさ」ヒーストンが目をすっと細めた。「それに、きみの心配もよくわかる。ぼくの妻にとってもだいじな時期だ。これ以上、葛藤や危険にさらしたくない」

「伯爵夫人が、お腹の子が動いたと言っていたよ」

「なんだって？」ヒーストンがはっとした顔になる。

「ぼくから聞いたことは忘れてくれ」こんな状況でなければまず言わなかったはずだが、なぜか口がすべってしまった。いたたまれずに身じろぎし、凝った装飾をほどこした寝台に積みかさねた枕に背中を落ちつける。「きっと自分で言いたいだろうから。許してほしい」

「想像もしなかった……いや、それが自然のことわりだとはわかっているが……」ヒーストンが絶句したあと、めったに見せない無防備な笑みを浮かべた。「実を言えば、教えてもらってうれしいんだ。じかに聞いても妻が期待するとおりの反応を示せなかっただろうから。これで、少し練習しておける」

「それが落とし穴にならなければいいが」

「するどいな。そういえば」相手が口調をあらためる。「きみがここへ来ることを、ほかに知っている人間は？　誰かに話しただろうか？」

「誰にも話さないさ。そもそも、この屋敷は誰の持ち物なんだ？」

「書斎が荒らされたあと、とある友人に連絡をとった。親から相続したこの領地が空いていることを知っていたのでね。これ以上何かあったとき、アリシアを避難させられるように秘密の場所を確保しておこうと思ったんだ」

「いい案だ。敵に一歩先んじられてしまったのが残念だったな」

「まったくだ。レディ・ドブルークは誰に話しただろう？」

「誰にも……」クリストファーは眉をしかめた。肩は痛むし、ぐったり疲れていた。窓辺のカーテンが、夜風にそよそよと揺れる。ほんの少し前には、アンジェリーナとふたりで楽しい――そして忘れられない――散歩をしていたのに。「イヴは別だが」物思いをふりはらって続ける。「そう、イヴには知らせたそうだ」

「となれば当然、彼女が誰に話したかという疑問が浮かび上がる。もっとも、これほどの短時間でどれだけの行動を起こせるかが問題だが」

「イヴに嫌疑をかけているのか？」

「嫌疑？　ずいぶん大げさな物言いだ。彼女について知っていることは？」

もっと体調がよければと願わずにいられない。考えようにも、頭がうまくはたらかなかった。「どういう意味だ？　アンジェリーナの古い友人だぞ」

「まだひとり身のはずだが」

「それが、こんどの件となんの関係がある？」

「わからない。ただ、そういう小さな引っかかりは見のがさないようにしている」

クリストファーはにわかに興味をそそられた。「というと？」

「糸口になるからね。ほかには何か？」

残念ながら、ほかに思い出せることはあまりなかった。「あのくそ野郎、庭でぼくらのようすを覗いていたんだな。ふたりきりだとばかり思ったのに」

「あれだけ用心しても、尾《つ》けられてしまったということか」ふたりが庭園で何をしていたかはお見通しらしく、ヒーストンがこうつけ加えた。「覗くといえば……たまに趣向を変えると新鮮なのはよくわかるが、寝室の扉には意味があるということを、覚えておいたほうがいい。さて、そろそろ自分でシャープを捜しにいかなくては。レディ・ドブルークを呼び入れようか？」

「ぜひ、頼む」

「あすの朝になったら、死ぬほど痛むぞ」

くやしいが、そうなりそうだった。「警告をありがとう」

「あと三インチずれていたら、危ないところだった」

「やつのどす黒い心臓と、銃の腕前に呪いあれ」

伯爵が去ったあと、銃撃される前のできごとを未練がましく思いかえしていると、扉がきしんで開き、アンジェリーナがふたたび入ってきた。いつのまにかナイトドレスをまとい、部屋着の帯をしっかりと締めて、うず巻く黒髪を片側に寄せている。さっき腕の中であんなに乱れた女性と同一人物にはとうてい見えないものの、さいわい血色はいくらか戻っていた。だが、瞳にやどる決意の光がクリストファーをたじろがせた。

「なぜ、イングランドにとどまる必要があるの？」ベッドに歩みよるなり彼女が口を開いた。「ふたりで逃げましょうよ」


アリシアの言うとおりだ。たとえどんな目に遭っても、クリストファーとは離れられない。もしそんなことが可能なら、とうのむかしに別れを告げていただろう。

「ヨーロッパにだって建物はあるわ」慎重に切り出しながら、あおむけになった長軀《ちょうく》が腰までしかシーツに覆われておらず、肩に巻きつけた包帯に早くも赤いしみが浮いていることに、目をとめずにいられなかった。髪は汗に濡れてくしゃくしゃのままだし、肌の色までくすんでいる。アンジェリーナは早口になった。「あちらでも仕事の依頼があると、前に言っていたでしょう。イタリアでヴィラを借りたらいいわ。あなたがお手本にした巨匠たちの祖国よ。

ナポリ湾はどう？」

青い瞳を苦痛にかすませつつも、こちらの言葉にきちんと耳をかたむけていたのは、かぶりをふったのでわかった。「ぼくらの子どもには、イングランドで生を受けさせたいんだ」

「まだ、できたかどうかもわからないのに」

「お互いわかっているはずだよ。きっとできている、と」

断言されてしまうとばつが悪かった。部屋着のへりをぎゅっと握りしめているのに気づき、手の力をゆるめる。「考えてみてもくれないの？」

「いまのままではね」クリストファーがほほえみ、片手を上げてさし招く。「きみだって本望ではないはずだよ。でなければ、とうに国を離れていただろう。近くに来て、愛していると言ってくれないか。ぼくの看護婦になってくれるそうだね。だったら、たまに撃たれてもかまわないな。患者はおやすみのキスをしてもらえるんだろう？　仕事はきちんとこなしてもらわないと困るな」

「ほんとうに？」悪ふざけを叱ろうと思いつつ、いくらか緊張がほぐれたアンジェリーナは、言われるままに歩みよって彼の手をとった。「でも、まだどんな仕事をすればいいのかわかっていないのよ」

金褐色の眉がぴくりと動く。「じゃあ、いくつか指導してあげよう」

アンジェリーナは首をふってたしなめたが、彼のおかげで気持ちが明るくなったのは事実だった。「どうしようもない人ね、男爵閣下」

「どうしようもない？　ふーむ。そのお小言は、もう少し元気なときに嚙みしめるよ。いっしょに寝よう。きみと同じベッドで寝るとかならず、夢も見ずにぐっすり眠れるんだ。いまほど、その恩恵にあずかりたい夜はない」

「ぐっすり眠るのは、あのあとじゃないの」口にしたとたん顔が上気したが、それ以上はさからわず、手を引かれるままにやわらかなマットレスによじのぼる。

「銃弾が飛んできたことを計算に入れなければ、あとにはちがいないさ」いいほうの腕が腰に巻きつく。「いっしょに寝てくれ、アンジェリーナ。そうすれば、目ざめたときにきみがぶじだとわかる。それ以上の薬はないんだ。頼むよ」

「イタリアのこと、考えなおす気はない？」傷ついた肩にふれないよう注意して隣にまるくなりながら、アンジェリーナは念を押した。「ほかの国に行ってもいいのよ。マドリード……ジブラルタル……アムステルダム……」

「どこにせよ、逃げるのはいやなんだ。教えてくれ。なぜヒーストンはイヴを気にしているんだろう？」

アンジェリーナは疲れきっていた。クリストファーはもっと疲れているはずだが、横たわるともう手足に力が入らなかった。恋人のぬくもりがかたわらにあって、やわらかいベッドがあって……。

あれだけの騒ぎのあとで眠気がさしたことにわれながらおどろきつつ、懸命に目を開いて訊ねる。「なあに？」

「例によってあいまいな訊きかただったが、確かに質問されたんだ」

「イヴについて?」眠たげな声なのが、自分でもわかった。

「気にしなくていい」クリストファーがささやき、首すじにキスをした。「おやすみ」

22

晴れやかな朝なのがせめてもの救いかもしれない。ベンジャミンは庭園をくまなく歩きまわり、小道に点々と残る乾きかけた血痕《けっこん》を目で追いながら、銃弾の弾道を計算し、敵は少し離れたところにある楡《にれ》の陰から撃ってきたのだろうと察しをつけた。

青空を背景にしてすっくりと立つ巨木は、天高く枝を広げ、秋のおとずれとともに色を変えはじめた葉を、まだたくさんつけている。身を隠すにはうってつけだな、とベンジャミンは冷静に評価を下した。敵の身になって考えることが、いつでも突破口を与えてくれる。もし自分が、夜ふけの逢引きを楽しむロウ男爵の命をねらうなら、やはりこの場所を選ぶだろう。

「木に登ったのかもしれないわね」

ベンジャミンはふり向き、声なく毒づいた。「マダム、きみは何があろうとぼくの言葉に耳をかたむける気がないようだ。けさ、はっきり言っただろう？　建物から外に出てはいけないと」

「あなたがもう二回も庭を見回ってくださったし、こんなにいいお天気なんですもの。自分だけ外に出ておいて、わたしには部屋にこもれだなんて、ずるいわ」体の変化にあわせて身幅を加減できる、ゆったりした象牙色の平織綿《ディミティ》をまとったアリシアが、ベンジャミンが想定したのとまったく同じ箇所を指さす。「ここに隠れれば、お屋敷を裏手からすっかり見はれるものね」

妻の言うことにも一理あった。ロウを撃ったのが誰であれ、昨夜のうちに退散したのはまちがいない。従僕のひとりは、何者かがマントを頭からすっぽりかぶって馬にまたがり、すさまじい勢いでロンドンの方角に走り去るのを見たという。

「ひとつまちがえば悪党になりかねない女性を、ぼくは娶ったのか」ベンジャミンは妻に目をやり、こらえきれずに口もとをゆるめた。「用心が必要かな。この場所に隠れる利点について、ちょうどきみと同じ考えをいだいたところだった」

アリシアが笑い声をたてた。「自分と同じくらい頭がいい妻だと、いっしょにいて心配？　いまのはほめ言葉なのか、それとも侮辱なのか、聞いただけではわからないわ」

「ぼくはただ、いい着眼点だと言いたかっただけさ」早起きして自分で庭園を見回ってもなお、シャープが姿を消した理由はわからなかった。不穏にもほどがある。

もしかすると買収されたのか？　ロウを射ったのが、姿を消したシャープという可能性は？　ありえない。だが、何ごとにも絶対はないのだ。戦争がそれを教えてくれた。シャープを信頼するからこそレディ・ドブルークの身辺を見はらせたのだが、いま思えば失敗だったかもしれない。

「侮辱のはずがないさ。そういえば、赤ん坊が動いたそうだね」落ちついた声を出すはずが、うまくいかなかった。

話題の転換に、妻の目が見ひらかれる。わずかではあるが、はっきりわかった。「ええ」

「話してくれないつもりかと思いかけていたよ」

「機会がなかったんですもの」

まったくだ。あわただしい旅立ち、予期せぬ夫の合流、ロウ男爵の負傷、シャープの失踪……そんななかで、緊迫した状況とはまるで関係のないうわついた話題を、どうもち出せというのだろう。

まだ見ぬわが子が成長のしるしを示したと考えただけで心が浮きたった、と伝えるべきだろうか？　世間から見れば野暮かもしれないが……上流社会では、妻のそういう変化に知らん顔をするのがあたりまえだが、ベンジャミンにはとても魅力的に思えた。

こちらから何も言わないのに、なぜ妻には自分の反応が予想できるのだろう？

ベンジャミンはアリシアをともなって庭園に通じる門へと向かい、手ぎわよく閂《かんぬき》をはずした。「レディ・イヴと会ったときのことを、もう少しくわしく聞かせてもらえないか？　ゆうべはあまりつっこんだ話ができなかった。きみはただ、事件の背後に彼女がいるような気がする、とだけ言った」

だが、その説には信憑性がある。自分自身、ロウに訊ねてみたくらいだ。

門を通りかけた妻が足を止め、美しい藍色の瞳を曇らせた。「アンジェリーナから彼女に、わたしたち三人が旅立つことを知らせたんですって。記憶ちがいでないかぎり、わたしもロウ男爵も、ほかの人には事情を話していないの。もし尾《つ》けられたのだとしたら、イヴが誰かに話したんだわ」

「あるいは、レディ・ドブルークを見はっている人間がほかにもいるか」

「犯人以外にも？　そうね……ありうるわね」アリシアは意気消沈したようすだった。

なんと可憐な――まだまだ駆け出しの――探偵だろう。

「情報は力になる」ベンジャミンは説明した。「だが、シャープの口からほかの人間の情報は出なかった。さてと……アンジェリーナがうっかり口をすべらせたという件以外に、きみがレディ・イヴを疑う理由は？」

いちばん肝心なところだ。疑いをかけるには確かな根拠が必要だが、仮定の段階ではそのかぎりではないし、ベンジャミンは直感を重んじていた。

妻がどう答えるべきかを吟味する顔になる。それこそがベンジャミンの望みだった。両手を組んだアリシアが口を引きむすぶ。「何もないわ……たぶん。ただ、そんな雰囲気があったのよ。あなたに話すのも迷ったくらい。ひどい思いちがいかもしれないし」

「だとしても、話すだけなら問題ないさ。どんな事象にも別の視点というものがある。さあ、続けて」ベンジャミンは門を閉めて閂をかけ――こんなもので侵入者を防ぐのは無理だろうが――、首をかしげてみせた。「きみの言葉を待っているんだ」

「でも、どう言っていいかわからないの」

見るからに心もとなさそうなアリシアを、ベンジャミンはじっと見まもった。「他人ならともかく、夫の前ではもっと気楽に話をしてくれればいいと思うが」

「あなたが気楽すぎるのよ、旦那さま」

笑いがこみ上げた。「いままで、その点を責められたことだけはなかったな。ぼくのどこが気楽だと？」

妻が考えたすえにかぶりをふった。「うまく説明できるかわからないけれど……わたしにとって、あなたと話すことは、ほかの人と話すことより重要なの。だからきちんと言葉を選びたいのよ。まして今回のことは自分でもあやふやだから、口に出したらばかみたいに聞こえてしまいそうで。あなたにそう思われるのだけは、いやだもの」

「誰でもときにはばかげたことを口走るものだし、ぼくは興味しんしんだ。聞かせてくれ」

なおも妻はためらった。「まったくの見当ちがいかもしれないでしょう」

うっすらいだいていた疑念が、いよいよ強まった。「よくあることさ。気にしないでいい」

「あなたはわたしよりずっと世なれているものね」

アリシアには知るよしもない。人生という荒海の広大さ、深遠さを。「だと願いたいが」

「レディ・イヴはなんというか、アンジェリーナにとりつかれている感じがしたの」アリシアがぎゅっと眉を寄せた。「所有欲というか……いいえ、それだけじゃ説明がつかないわ。妬んでもいるでしょうけれど、考えれば考えるほど、愛と憎しみの両方をいだいているように思えてならないの。あの人、たぶんアンジェリーナが社会からしめ出されたことを喜んでいるわ。それが真の友情とは思えないけれど、いっぽうで、いつでもそばで支える無二の親友という役割を気に入っているようでもあって。その地位にこだわるあまり、いままで自分が独占していた場所にわたしが入りこんできたのが気に入らないんだわ。アンジェリーナのことを何度も、〝イングランド一の美女〟と評していたけれど、そのたびに苦々しさがにじむのが、はっきりわかったわ。もちろん、アンジェリーナがどん底に落とされた時期、支えつづけたのはりっぱだと思うけれど」

興味深い説だ。女性の入りくんだ心理は、同じ女性のほうが深く理解できるということか。ベンジャミンは言った。「きみの意見を軽んじるつもりはないが、人を三人も殺すほどの根深い憎悪が、はたしてレディ・イヴにあるだろうか？」

「なんとも言えないわ。最初に言ったとおり、ただの印象だもの。イヴと話したとき、なんだかすごく……我が物顔に感じたの。話しているうちに変だと思って、それが忘れられなかったわ。ただ、具体的にはうまく説明できないけれど」

自分は最初から、捨てられた求婚者が恨みのあまりレディ・ドブルークの夫ふたりを殺すにいたったのだと憶測していたが、問題は、その条件にかなう男が見あたらないことだった。彼女を自由の身にするべく凶行に走るほどの男が、彼女の目に留まらないとは考えがたい。

もっとも、まるきりことなる動機をもつ人間なら話は別だ。

嫉妬は強烈な感情だ。もとは分別のある冷静な人間でも、常軌を逸した反応に走ることがままある。

「もしきみの読みが正しければ、レディ・イヴと犯人のあいだにつながりが見つかるかもしれない。きっと一度か二度は接触しているだろうから」

具体的には、三度だ。レディ・ドブルークの夫ふたりは蝿《はえ》のようにたたき落とされ、ロウは肩に銃弾をくらった。

そしてレディ・イヴは、一行がロンドンを離れることを知っていた。

考えれば考えるほど、妻の仮説が現実味をおびて感じられた。

夫が何を考えているのか、気にするなというほうが無理だった。ましていまのように妻の腕をとって厩へ向かいながらもどこかうわのそらで、まったく別のことを考えているような顔をしているときは。

「ベン……」アリシアは言いかけた。

「それなら筋が通るぞ」夫の目が、庭園の先に広がる木立を見やる。

「自信はないのよ。あくまでも感じたことだから」

「実に興味深い仮説だった。だが、いまぼくが言ったのはシャープの居場所についてだよ」

「シャープ?」

「馬車の御者さ」

御者がいないことさえ、アリシアには初耳だった。「というと……」

「おいで」夫が手を握る。「きみを屋敷へ連れかえるだけの時間がない。今回だけは、言うことを聞いてくれないか」

口調に文句を言おうかとも思ったが、彼の足どりはとても速かったし、ほんとうは全力疾走したいところを、女の足にあわせて自制しているのはあきらかだった。もちろん、アリシアの体調を気づかってもいるのだろう。

「いまになって話してくださったのは、なぜ？」夫の手をしっかりと握り、大股で歩けるようにスカートを行儀悪くたくし上げる。

「きみだからさ」

アリシアはめんくらった。「どういうこと？」

「まるきりことなる角度から意見を聞きたくてね」ベンジャミンがふり向きざまにアリシアの腰をかかえ上げ、道の真ん中に横たわる丸太をまたいだ。「きみの斬新《ざんしん》な発想が好きだ」

なぜかはわからないが、美辞麗句を並べて外見の美しさをほめられるよりも、彼特有の控えめな愛情表現よりも、その言葉が胸にひびいた。そもそもベンは美辞麗句などめったに口にしないが、いっぷう変わった賛辞がうれしいことに変わりはなかった。「どんな角度？」

「まばゆく光る謎という名の地平に、ひとつだけちかりと光る別の要素さ」

答になっていない答に、アリシアは目をぱちくりさせた。

夫はそれ以上くわしく述べず、手を引いてまっすぐ歩きつづけた。「われらが敵の動きかたを、少しだけ忘れていてね。やつは殺しではなく、拷問が好きなんだ」

「でも、アンジェリーナの夫をふたりも殺しているじゃないの」

「だが、ふたりはほんとうの標的ではない。犯人は、彼女を苦しめていたのさ」

そのとおりだった。夫をちらりと見ると、端整な顔がいつになくこわばっている。「ええ、そうね」ゆっくり考えてからアリシアはうなずいた。「その犯人が、あなたの部下をどこかに隠したというの？」

「わからないが、この領地のはずれには、使われていない小屋がいくつかあるはずだ。屋敷の中はくまなく捜した。すみからすみまで。埃だらけの屋根裏部屋にも入ってみたが、四本足の先客が走りまわっているだけだったよ。使われなくなってひさしい井戸にまでは考えがおよばなかった。もう日が落ちて暗かったし、シャープがいないことに愕然としていたし、屋敷の構造にも明るくない。ランタン一個では、たいした明かりにならないし」

考えただけで身ぶるいが走った。「まさか、ありえないわ。井戸だなんて」

「犯人の良心を信じるとでも？　レディ・ドブルークの人生を支配するためなら何もためらわない人間だよ。イヴに頼まれたのであろうとなかろうと、横暴な手口に変わりはない。歩くのが速すぎるかな？」

シャープの境遇を思いえがいたとたん、足の速さは苦でなくなった。「だいじょうぶよ。もしわたしが遅れたら、かまわず行ってちょうだい。あとから追いつくから」

「この事件が片づくまで、きみを目の届かないところにやるものか」

そのつぶやきを実証するかのように、ベンがアリシアを腕にかかえ上げ、首につかまらせて、大股の歩みをさらに速めた。「ベン！　お願いだから下ろしてちょうだい。わたし、病人じゃないのよ」

「このほうが速い」夫はとりあわなかった。「それに、産婆でないぼくでも、はげしい運動がよくないことくらいは知っている。だから、運ばせてくれ。ぼくもうれしいんだ」

いまは効率が最優先なので、アリシアも納得した。いっぽうで、芝居がかった動作をロマンティックだと感じずにいられなかった。「でも、わたし……」

ベンジャミンがするどい一瞥で封じる。「議論はなしだ」

彼の腕に抱かれる心地よさは何物にも代えがたく、アリシアは口をつぐんだ。

目的地の小さな家は、かつては猟場管理人の住まいだったらしく、領地のいちばん隅にひっそりと建っていた。丸木造りの外壁は黒ずみ、藁《わら》ぶき屋根のところどころに、雨風や獣にやられたとおぼしき穴があいている。ベンジャミンが、草が生いしげる庭から住居へ通じる通路にアリシアをそっと下ろす。「ここにいてくれ」有無を言わせぬ口調。「絶対についてこないように。きみを気にしながらでは思うように動けないから」

異議をとなえようとしたとき、ただならぬ音が聞こえた。叫び声というより、押しころした嗚咽に近い声。

「行ってちょうだい」アリシアは早口に言った。「何があってもこの場を動かないから。約束するわ」

23

寝返りを打ったとたんに激痛が走り、目の前に赤いもやが立ちこめた。

くそったれ。

尿意さえなければ、おとなしくベッドに横たわっていたいところだが、もう日も高いようだし、そろそろ洗面所へ行かなければ……。昨夜のぼんやりとした記憶が、意識の表面に浮かび上がってくる。

アンジェリーナ……夕食の席での優雅な物腰、いつになく明るい表情。そして庭園でのひとときの……手の中でしなやかにはずむ乳房、のけぞる頭。熱い潤みをつらぬいたときの、ぎゅっと締めつけてくる感覚。ふたりの動きがひとつになって……。

まるで淫靡な夢のようだった。あの銃撃で、すべてがおかしくなるまでは。

そうだ。アンジェリーナ。

肩の痛みをこらえて、低くうめきながら身を起こし、片肘をつく。

「何をしているの？」

恐怖にかられた声のおかげで、少なくとも最悪の予想は解消された。戸口に目をやると、悪名高いレディ・ドブルークが女中よろしく盆をかかえて入ってくるところだった。思わず笑いがこみ上げる。「単刀直入に言えば、小便をしたいんだ」

反論しようにも言葉を思いつかないようすの彼女を尻目に、片隅のついたてのうしろに回って用を足し、洗面器で手を清め、顔にもばしゃばしゃと水をかける。撃たれた肩口に刺すような痛みが走るので、思うように動けないのがもどかしかった。

否定しようがない。ヒーストンの予言どおり、死ぬほど痛かった。

ついたてのうしろから出てきて確かめたところ、盆の上にはコーヒーとスコーン、チーズ、そして甘く煮た林檎《りんご》が並んでいた。アンジェリーナが心配もあらわにこちらを見る。「さっきお医者さまがいらしたのよ。でも、あなたがよく眠っているのを見て、いい兆候だとおっしゃっていたわ。あとでもう一度寄って、包帯を替えましょうって。あなたにきちんと食事をさせて居心地よくさせるのが、わたしの仕事なの」

「なかなかぐっとくる言葉じゃないか」芝居がかった色目を使おうとしたが、何をするにも痛みをともなうのでやめておいた。ふたたびベッドに身を横たえ、ふかぶかと息をつく。

「わたし、だめな看護婦だわ」淡い菫色のデイドレスに身を包んだアンジェリーナが、不安げに顔をこわばらせながらクリストファーのかたわらに腰を下ろし、ひたいに手をあてた。

「熱はなさそうね。それがいちばんこわいんですって」

「きみのまばゆい魅力の前には、どんな感染症もしっぽを巻いて逃げていくよ」クリストファーは彼女の手をとり、てのひらにくちづけた。「それに、きのうの医者は若いわりに腕が確かだった。だから、そんなに心配はしていないんだ。ヒーストンは？」

「消えた護衛を捜しにいったわ」

「まだ行方がつかめないのかい？」

彼女がコーヒーをつぐと、湯気と芳香《ほうこう》が立ちのぼった。「残念ながら、いまのところは」

いいほうの手でカップを持ち、クリストファーは恋人をじっと見た。「けさの気分は？」

銀色の瞳が翳った。「ど……どうかしら。いくらか復讐したい気持ちになっているわ。野蛮に聞こえるかもしれないけれど、ほんとうなの。ずっと前から、わたしのせいであなたに害がおよぶんじゃないかと心配していたわ。そうならなければいいと思いつつ、悲観せずにいられなかったの。でも、まさかあんな危険にさらされるなんて……。命に別状がなくて、ほんとうによかったわ」

「長いあいだ、誰からも信じてもらえずに生きてきたんだね」クリストファーはつぶやいた。ずきずきとうずく肩が、彼女の言葉を裏打ちしている。

「でも、あなたは信じてくれたわ」アンジェリーナが手をのばして裸の胸板にふれ、いたたまれない顔になった。「冷静に考えてみれば、あなたはどのみち命を賭《と》しているのね。わたしが噂どおりに夫ふたりを無慈悲に殺した〝暗黒の天使〟だったにせよ、噂が嘘で、危険がよそにひそんでいるにせよ。なんて勇敢な人なのかしら」

いや、ただ恋におぼれただけの男だ。

「きみは、暗黒の天使なんかじゃない」つややかな巻毛とたおやかな容姿を〝黒髪の天使〟とたたえるならともかく、どす黒い世界を匂わせるものは何もない。アンジェリーナを形づくるのは大地と空、そよ風、そして……。

そう、彼女は自分にとってかけがえのない存在だ。生きがいでこそあれ、死神ではありえない。

「アンジェリーナ」クリストファーは熱心に言った。「出会ったときから、きみは誰とも似ていないとわかっていた。ゆうべ起きたことも、実は僥倖《ぎょうこう》だと思わないかい？　もっとも、いまはなかなかそんな気分になれないが」苦笑を漏らす。

「よく、そんなことを言えるわね」

「ぼくらは敵を、生垣から押し出したのさ。いままでなら絶対に、あんな攻撃はしてこなかっただろう。相手もそれだけ切羽詰まっているということさ」

「あなたを殺そうとしたのよ」

「だが成功しなかったし、ヒーストンは本気だ。かなりの切れ者と見うけられるが、きみはどういういきさつで訪ねていったのかな？」

アンジェリーナがためらったすえに何ごとか決意したようだった。「ほんとうは口止めされているのだけれど……父の友人が教えてくれたの。わたしが家族から受けた仕打ちに心を痛めていて、ヒーストン伯爵なら助けてくれるだろうって。とはいっても、あなたに出会わなかったら、わたしは田舎に引きこもったままだったでしょうね」

「ありがたい偶然というやつだね」

「ほんとうにね」彼女の目がなごんだ。

こうやって見つめられるたびに幸福な気分になる。かつて社交界を席巻した、中傷にも幻滅にも無縁だったころのうぶな美少女をまのあたりにするようだ。当時のしあわせを彼女にとり戻させることが、クリストファーのひそかな願いだった。いろいろなものを奪われすぎの人生だから。

窓の外に広がる空は青く、雲ひとつない。申し分ない秋晴れだ。

医者が来たときこそ起きなかったらしいが、昨夜はとぎれとぎれにしか眠れず、ずっと考えごとをしていた。「きみの義弟が犯人だとは思わないかい？　きみを絞首刑にしようとまで望んだ男だからね」

「どうかしら……ちがうと思うわ。執念深いけれど、知恵は回らないから」

「では、知恵の回る人間に心あたりは？」

ふいにアンジェリーナがこちらを見すえた。ベッドのはしに腰かけたまま、背すじをこわばらせる。「何か、わたしの知らないことを知っているのね。見ればわかるわ。なんなの？」

昨夜は疲れと心痛でくたくたтака

だったはずだから、覚えていないのも無理はない。慎重を期さなくてはいけない局面なのに、あいにく自分は万全の体調でないときている。苦痛のきわみにあっては集中がむずかしいが、これはふたりの未来にかかわる話だ。

体裁をとりつくろうのをあきらめ、単刀直入に切り出す。「イヴのことが気になっているんだ。今回のことを、どれくらい知っているのかな？」

「イヴが？」アンジェリーナの声に警戒心がにじんだ。「何も知らないわ。まさか、イヴが事件の黒幕を知っていて、それをわたしに黙っているなんて言わないでしょう？」

これはむずかしい対話になりそうだ。クリストファー自身、何も確証がないのに。「黙っているだろうね」クリストファーは言葉を選びながら言った。「もし、彼女が事件にかかわっているなら」

彼が何をほのめかしているのか見当がつかなかったが、その口調は真剣だった。枕にもたれこちらを見つめかえす顔にはまだ血の気がない。青い瞳は揺るぎなく、口もとには見おぼえのあるしわがきざまれていた。胸に巻きつけた亜麻布は乾いた血で黒く染まり、コーヒーひとつ飲むにも手がおぼつかないというのに、ふしぎに落ちついたいさぎよい態度で、とんでもない言葉を口にしている。

当然だ。ふだんから直線と煉瓦、モルタルを相手にしているのだから。どれもこれも、予測可能で、正体の確かな物質ばかりだ。

でもいま口にしたことは……示唆したことは……。

〝まさか〟

アンジェリーナはできるだけ簡明に訊ねた。「かかわっているというのは、どういう意味かしら?」

「イヴがすべてにかかわっているとしたら?」

「つまり、ウィリアムとトーマス両方の死に?」質問の内容からすればおどろくほど、自分の声は冷静だった。「なぜそんな質問をするのか教えて。ついでに、そんなことをしてイヴになんの得があるのかも教えてちょうだい」

　クリストファーがためらったのちにひとつうなずいた。「親友のきみを手もとに置いておくためかな。汚い手を使ってでも、他人に渡すまいと思ったんだろう」

「他人に渡す？」アンジェリーナはあっけにとられた。「ばかげてるわ」

「そうかな？」おだやかな、けれど心の強い声が返ってきた。「二度の結婚生活を通じて、イヴとは交流があったんだろう？　きみの家で夕食をとり、お茶を飲み、あるいは同じ催しに出て……つまりイヴは、きみを除けば誰よりも、夫たちの飲み食いするものに毒を入れやすかった。人殺しのぬれぎぬを着せられたとき、きみがイヴの友情にすがりついたことは秘密でもなんでもない。無罪を勝ちとったのに社会からしめ出されたときもだ。しかも、きみたちはふたりとも、恋人がいなかった。ヒーストンが名前をもち出すまでは考えもしなかったが、それで説明がつくんだ」

　何を言っているのかしら。的はずれにもほどがある。

　あのイヴが？

　アンジェリーナは反論した。「わたしたちの関係は話していないわ」

「なぜ隠していたのかい？」

　なぜだろう？　信頼できなかったわけではない、と心のうちですばやく弁明する。ただ、誰にも恋人の素性を明かすまいと決めたからだ。そう、念のために。ヒーストン伯爵にさえ黙っていたけれど、伯爵はやすやすとつきとめてしまった……。

まさか、イヴを信頼できなかったの？

あるいはそうかもしれない。アンジェリーナは呆然とクリストファーを見つめ、頭を整理しようとこころみた。

「社交界に出た最初の年は、好意をもたれていなかったわ」やがて、のろのろと話しはじめる。「はっきりわかったの。それどころか、きらわれていたのかも。何もした覚えがなかったから、理由はわからなかったけれど。挨拶もろくにしなかったくらい」

「おもしろい。それが、どうやって親しくなったのかい？」

「よく覚えていないわ」

「何かきっかけがあったはずだよ。考えてごらん」

さしせまった口調がアンジェリーナの耳をとらえた。さらに肩を覆う包帯に押されるようにして、口を開く。「ウィリアムが亡くなったあとなのはまちがいないわ。イヴが訪ねてきてお悔やみを述べたから、とてもおどろいたの。それ以来、ときどき手紙を出しあう仲になって。あの時期、イヴがいなかったらやりきれなかったでしょうね」

「確かなんだね？」

アンジェリーナはにわかに寒気に見舞われた。「断言はできないけれど。でも、あなたの名前はまちがいなく、誰にも話さなかったわ。それだけの理由があったから」

「でも、ロンドンを発つことは知らせた」

そのとおりだ。

「ええ」小声で答え、喉もとに手をやる。「でも、それだけじゃなんの証拠にもならないわ」

「ヒーストンが、きみの家を見はる男の目をくらまそうと工夫しているいっぽうで、イヴはゆっくり共犯者に連絡をとって、ぼくら三人のあとを追うよう手配をすませたというわけだ」

「クリストファー」もっと強く否定できたらどんなにいいだろうと思いつつ、いつしかアンジェリーナも、彼の思考の流れを追わざるをえなくなっていた。

彼が手をぎゅっと握りしめる。変わらぬ力強さが頼もしかった。「きみを動揺させたいわけではないんだ」

でも、動揺させられてしまった。完膚《かんぷ》無きまでに。「あなたを傷つけて、イヴになんの得があるのか、まだわからないわ」

「だが、ぼくがまちがっているとも言いきれないんだろう？」クリストファーにはこちらの胸中がお見通しらしい。

それほどはっきり顔に出ているのかしら？「考えもしなかったのよ」アンジェリーナは重い口調で言った。「あなたの言うことを鵜呑《うの》みにするつもりはないけれど、こうして晴れた午前中にベッドのふちに座って、誰かがあなたの命をねらったのだと考えると、人を信じられなくなりそうだわ。わたしを憎みながら献身的に支えるなんて、できるものかしら」

「実際にイヴは、どんなことをしてくれた？　きみを避けようとはしなかった？　ほんとうに、きみがべたぼめするような美徳の持ち主なのかな？」

全世界から、人殺し、とうしろ指をさされたように思えたあの時期を、彼は知らない。「実の家族でさえ」アンジェリーナは押しころした声で答えた。「わたしの無実を信じてくれなかったとき、イヴは積極的に近づいてきてくれたのよ。そういう人は、ほとんどいなかったわ」

クリストファーがぎゅっと指に力をこめたあとで手を放し、毛布の上にすとんと落とした。「イヴに恩義を感じるのは当然かもしれないね。でも、もしその気持ちを利用して人生をあやつられていたら？」

情け容赦ない言葉は、がつんと顔を殴られるような衝撃を与えた。「ヒーストン伯爵が、イヴの話をしたの？」

「言葉数は多くなかったよ。知ってのとおり、ヒーストンは胸のうちをかんたんにさらけ出す男じゃないからね。ただ、質問がどこへ向かっているかはなんとなくわかった。イヴのことを知りたがっていたんだ」

「信じられないわ」にわかに気分が悪くなったアンジェリーナは、立ち上がって窓辺に歩みよった。肌にあたる日光はぽかぽかとあたたかいのに、体の芯は冷えきっていた。

「最初はきらわれていたと、自分で言っただろう」

「イヴに人を殺せるはずがないわ」

「自分で手を下したとはかぎらないよ」

「クリストファー、それはどういう意味？」アンジェリーナはふり返り、恋人をきっと見た。

「殺しに直接かかわった人間が、みずから救い主として手をさしのべるのは無理がある。でも、もし別の人間がウィリアムとトーマスを殺したのだとしたら？」感情を抑えた平板な声でクリストファーが言った。「さすがに、殺人の罪で法廷にかけられるところまでは望まなかったかもしれないが、彼女の気性がきみの言うとおりなら、思いを達するためにどんな手でも使うんじゃないかな」

眼下の庭園は緑にあふれているが、そこかしこに、しおれた葉や色あせた花が見えるのが何かを象徴するかのようだった。「わたし、ほぼ知るかぎりの人に見捨てられたのよ。でも、イヴだけは味方をしてくれた。醜聞のあと、彼女の両親からいくら友だちづきあいをやめるよう言われても……」

最後まで言えなかった。胃のあたりに重いかたまりが居座っている。言われてみれば確かに、イヴには気になる点がいくつかあった。何かにつけて、両親に何を言われようと自分は無二の親友だ、自分だけはずっと信じている、世間の目など気にならないと強調して……。

クリストファーも胸中を察したらしい。「アンジェリーナ、こちらを見てくれ」

見たくなかった。このまま永遠に、窓の外に広がる美しい庭園を眺めていたかった。けれど〝永遠に〟などという選択肢が自分に許されないのは承知している。きびしい真実とも向きあわなくては。何よりも、真に愛するひと握りの人をたいせつにしなくては。だから、アンジェリーナはふり向いた。

「愛しているよ」

そう、彼とのあいだには愛がある。なにしろ、アンジェリーナのためにあやうく命を落としかけたくらいだ。弾が数インチずれていたら、いまのように寝室のあちらとこちらで目を見かわすこともできなかっただろう。

アンジェリーナはささやいた。「愛は、あなたを守ってくれないわ」

「だが、人生を豊かにしてくれる。あなどってはいけないよ」

「クリストファー、これから何をすればいいの？」

「どう答えていいかわからないが、すべきでないことを、ひとつだけ言っておくよ。何があろうと、逃げてはいけない」彼の声が低くなる。「きみは、愛しがいのあるすばらしい女性だ。常識のたがが吹っとぶほど、ぼくは夢中だよ」魅惑的な笑みが口もとに浮かぶ。「もちろん、きみを愛するのが非常識という意味じゃない。ただ、出会った瞬間から頭に血がのぼってしまって、公平な判断ができそうにないんだ。ヒーストンの言いぶんは正しかった。犯人がぼくら全員を巻きこむのを、ぼくらは止められなかった。まさかこんなことになるとは思わなかったからね。イヴの胸中も、同じなんじゃないかな。どうか直接話して、真実を訊きだしてほしい。いままで誰も気づかなかった鍵を、彼女が握っているかもしれないよ。試してみる価値はあると思う」

24

これほど気の毒なありさまでなかったら、シャープの憤懣やるかたない表情に笑いを誘われたかもしれない。使わなくなった井戸にひと晩閉じこめられるというのは愉快な体験ではないだろうが、信頼した相手に裏切られたわけではなかったと知って、ベンジャミンはこのうえなく安堵していた。

若いながらも有能な彼が怒り心頭に発しているのは、敵に不意打ちをくらったという一点に尽きるらしい。

ひたいにこびりついた緑色のへどろをぬぐい、ぐしょ濡れの服を借り物の服に着替えたあとで、アルフレッド・シャープが苦々しく言った。「あのくそ野郎、背後からねらってきたんですよ」

ふたりは裏手のテラスで日光を浴びていた。ここなら誰にもじゃまされずに話せるからだ。

「確実な方法にはちがいないな」グラスについで手わたした上質のブランデーが水のように飲みほされるのを見て、ベンジャミンは顔をしかめた。シャープは誰と飲みくらべをしても、相手を酔いつぶれさせてしまう酒豪なのだ。「ほかに何か覚えているか？」

「何者かは知らないが、とにかくおれが庭の見回りをしているとき、門の近くに立ってる大きな楢《なら》の木のうしろから飛び出してきましてね。音を聞いてふり向いたときにはもう遅かった。こっちが通りかかるのを待っていたんですよ」

「男か、それとも女か？」

「女？」相手は鼻であしらったが、すぐに嘲笑は消え、いまの言葉をじっと反芻《はんすう》するようすになった。「いや、女ではないですね。強烈な一打だったし、おれが運ばれた井戸まではかなりの距離がある。底のほうに一フィートちょっとしか水が残っていなかったのは幸運でしたよ。さもなければおぼれていたでしょう。頭のてっぺんからつま先までひっかき傷だらけになったし、頭には蕪《かぶ》くらい大きなこぶができましたが」

「ゆうべも、小屋とその周辺まで足をのばしはしたんだ。誰かが呼ぶ声を聞いたような気がしたが、小屋の周辺で見つからなかったから、これは梟《ふくろう》か獣の鳴き声とまちがえたのかと思ってね。もっと早く井戸を思いつかなくて、すまなかった」

「そもそもあんなところに押しこまれたおれが悪いんです」シャープがむっつりと言った。「不注意にもほどがある。ここに着いたときに徹底的に見回ったから、だいじょうぶだと思った矢先だったんです」

ウェールズに生まれ、瘦身《そうしん》からは想像できないほどの活躍を戦地で見せた青年だが、いまは個人として情報を集めたり、特別な配慮を要する任務を引きうけたりしている。そのシャープが、ブランデーの瓶をじっと見つめながら言った。「あなたはかならず助けにきてくれると信じていましたよ。だから、今回も仕事を引きうけたんです。もう一杯ついでくれませんか。そして、今後の作戦を話しあいましょう」

「馬車が尾《つ》けられている気配はまったくなかったか？　道中ずっと馬に乗ってきたロウは、誰も見なかったと言っていたが」

「そうですか。ただ、馬車のほうはご婦人がたのためにあちこちで停まったんでね。あれくらいの速度なら、誰かに尾けられたとしてもふしぎはないでしょう。もちろん目は光らせていたが、ご存じのとおり、すばしこい男なら監視をかいくぐれますから」

残念ながら事実だった。長い時間をかけて、その可能性を検討したところだ。この領地を相続したばかりの友人ジェリットは、ほかの領地同様、ここにもあまり足を運んでいないという。通りすがりに、もうすぐ売るつもりだという話を聞いたベンジャミンは、アリシアの避難先として、一カ月限定で借りようと決めたのだった。ジェリットの口から情報が漏れるということもなくはないが、可能性は薄そうだった。

やはり、馬車を尾けられたにちがいない。けれどそのためには、早朝の出発に遅れないよう待機しておく必要がある。

ここでふたたび浮上するのがレディ・イヴだ。

もしかすると、敵がわざと隙を作ってこちらを誘いこみ、いっきにロウをしとめようとしたのかもしれない。ベンジャミンは頼まれるより早く、シャープのグラスに三杯めをついでやった。「考えがあるんだ」

「出ましたね、危険なひと言が」シャープの細面がかがやく。「聞かせてください」

「ロンドンへ戻る準備ができしだい、おまえに訪ねてほしい住所と手紙を渡す。レディをここまで連れてくるには、付添いが必要だろう」

「レディ？」

「伯爵令嬢だ。おまえにも相応の格好をしてもらうぞ」

「なぜ、おれにそこまで要求されるんです？」

「話しあいの場をもうけたいんだ。もしかするとそこで、昨夜おまえを襲った男の名前がわかるかもしれない」

「それなら、喜んで引きうけますよ」シャープが目をきらりと光らせる。「あいつとは、たっぷり今後の話をするつもりなんだ」

「ネルがロンドンに出てきたのは知っているだろう？」

「まばゆい美貌のミセス・ダルセットか。忘れるもんですか」ふいにシャープの視線があらぬ方角を向いた。「そうそう、ロンドンにいるそうですね。金持ち紳士の親戚だというふれ込みで」

シャープが知らないはずがない。貴族社会の一員でないにもかかわらず、あらゆる情報に通じた男だ。そして、ジャネルの話にはことさらに強い関心を示すのだった。

ベンジャミンは無表情に告げた。「ここへ客人を連れてくるときは、ジャネルが付添いを務める。体裁を整えるためにだ」

「あるいは、うしろぐらいところのある人間から話を訊き出すのはネルの特技だから、でしょう？」

「そのとおり」

アリシアのあつかいについては、まだ迷いが残っていた。妻とレディ・ドブルーク、クリストファー・ダラムの三人を田舎に送って身の安全を確保しようというこころみは、無惨についえてしまったから。妻はいまのところぶじだが、男爵はひとつまちがえば命を落としかねない大けがを負った。いまのベンジャミンは、わずか一分でもアリシアと離れるのがこわかった。国家のためなら眉ひとつ動かさず危険のただ中へつっこむが、妻の身は心配でたまらない。

これ以上、彼女に危険がおよぶのはなんとしても避けたかった。

「何があろうと妻の身を守らなくては」ベンジャミンはうっすらほほえみながら説明した。「むかしは国王陛下とイングランド国家のために生きていた。だが、いまはちがう。妻のしあわせのためなら、財産も、爵位も、家名だってくれてやる。貴族の特権など関係ない。もともとは、不遇を強いられた美しいレディの頼みで始めた調査だが、いつのまにか自分の問題になってしまった」

「煎《せん》じつめれば、あの悪党をつかまえろ、ということですね」

シャープの人なつこい笑みに、ベンジャミンは短い笑い声をたてた。「いまちょうど、それを言おうとしたところさ。短期間のうちに、思いもよらない危険な展開になってしまったな」

「ロンドンからお連れするレディが鍵になる、そうですね？」青年が立ち上がった。のんびりとした動作だが、双眸はするどく光っている。「ただでさえ、身重の女性を巻きこむような輩は許せないのに、臭い井戸の底で夜を明かす羽目になって、こっちはいいかげん頭にきているんだ。そのご婦人の線をたどればあいつに行きつくっていうなら、かならず連れてきましょう」

「ネルがいっしょなら、楽しい旅になるだろうよ」ベンジャミンはからかいつつもなかば本気だった。「伯爵令嬢のほうも赤毛だと、もう話したかな？」

「どっちも強敵ってことですね？」シャープは平気な顔だった。吹けば飛ぶような痩身のおかげでときに内気にさえ見える、まるでカメレオンのような男だ。「じゃあ、旅支度をしてきます。なれというなら、お上品な紳士にだってなってみせますとも」

「必要なものを届けさせよう」

書斎に行き、ペンとインク、羊皮紙を手にとって二階へ上がる。アンジェリーナは思ったとおりロウの部屋でベッドのわきに腰かけていた。目の下にうっすら隈《くま》を浮かべ、鴉羽色《からすばいろ》の髪をざっとうしろにまとめただけでも美しい。ベンジャミンの頼みを聞いても、おどろくようすひとつ見せなかった。

ロウは包帯を交換してもらったらしく、血色こそ悪いものの、ゆうべ心臓の近くから銃弾を摘出されたばかりの男とは思えないほど元気そうだった。ベッドの上に身を起こして座り、かたわらに下げられた盆に空《から》の皿が何枚か置いてあるところを見ると、食事もできたらしい。そのロウが静かに言う。「ふたりでレディ・イヴの話をしたよ」

ベンジャミンにとっては願ったりかなったりだった。自分よりも恋人の口から聞いたほうが、受け入れやすいだろうと思っていたからだ。個人的にも、できれば避けたいたぐいの話題だった。

「あなたたちのおっしゃることを肯定はしきれないけれど、ただ……」アンジェリーナがため息をつき、こめかみをさする。「否定もしきれないの」

「手紙にはあまり具体的なことを書かないように。ただ、たいへんな事故が起きたから来てほしい、とだけ伝えてほしい」

少しためらったのちにアンジェリーナがうなずき、ベンジャミンが筆記用具を置いた小卓へ向かった。「まるで罠にかけているみたい」ふるえる手でペンを走らせながらつぶやく。

「もしあなたたちの読みがまちがっていたら、イヴとの友情はこわれてしまうのよ」

「もし正しければ、彼女を通じて殺人犯をとらえることができる」ベンジャミンは悪びれずに答え、書き上がった手紙を受けとった。

夫の過保護もそう悪いことばかりじゃないわ、とアリシアは思った。屋敷にこもりきりはいやだと抗議したところ、外出したいなら自分のそばを離れないように、と言われたのだ。おかげでベンと連れだって村へ出かけることができる。目的はともかくとして、楽しい散歩だった。天気は例によってすぐ変わりそうだったが、いまのところは秋にはめずらしいおだやかな快晴だった。

「わたし、この季節が大好き」田舎道を進みながらアリシアは言った。煙の匂いがまじったそよ風が外套を揺らす。「自然界が、もうすぐ冬になるお詫びに、澄みきった青空と色とりどりの紅葉を見せてくれるみたい」

「記憶ちがいでなければ」ベンは例によってそっけなかった。「きみは確か、春のきざしに気づく喜びや夏のぬくもりも、夢中でほめちぎっていたと思うが。それどころか、深く積もった雪が好きでたまらないとまで言ってのけた」

「おっしゃるとおり、わたしは四季それぞれが大好きよ。季節が人生に彩りを与えてくれるからこそ、毎日退屈せずにすむの。たとえば雨の日、熱いお茶とぶ厚い本をかかえて図書室の椅子にまるくなるのは最高の贅沢でしょう？」

こちらを向いた榛色の瞳が、いつになくなごんでいた。太陽のもとで見る夫の髪は、まるで蜂蜜のような深みのある色だ。「生まれてくる子どもも、その前向きな明るさを受けつぐといいな。きみの性質のなかでも、とりわけ好きな部分だ」

うれしい言葉だった。不滅の愛を誓うのとはちがうけれど……心あたたまることに変わりはない。「あなたの高潔さと直感力も、坊やに受けついでほしいわ」

「坊や？　男の子だという確信があるのかな？」

「だって、伯爵家の跡継ぎがほしいでしょう？」

「ぼくの望みは、健康な子どもときみの安産、それだけだ。たとえ女の子しか産まれなくても、がっかりなどしないよ、アリシア。それに、次から次へとたくさん子どもを産めとも言わない。この子が生まれたら、しばらく時間をあけよう」

決然とした口調に内心おどろいて、アリシアは夫の顔を見上げたが、何か言うより早く話題を変えられてしまった。「まもなくシャープがレディ・イヴをここに連れてくる。アンジェリーナにとってはつらい対面になるかもしれないが、念のために訊問の名人を同行させることにした。この判断が正しければいいんだが」

「ロウ男爵は何も見なかったの？　だって、ふたりは、その……」なんと表現していいかわからずに黙りこむ。

「庭にいたはずなのに、と？」当惑しきりのアリシアを、ベンがおもしろそうに見た。「あいにく、見ていないようだ。どのみちロウは腕の中の美しいレディしか見ていなかっただろうから、その隙をつかれたということだ。屋敷にしのび込むつもりでやってきた敵は、月夜の逢瀬に出くわしてさぞ幸運に小躍りしただろう」

「ロンドンでロウ男爵をねらったほうが確実だったんじゃないのかしら？」

「確かに、まだ解けていない謎がいくつかある」ベンジャミンがうなずく。ふたりで腕を組んで歩いていると、アリシアの指の下でたくましい筋肉が盛り上がるのがわかった。「ぼくらの相手は行動範囲が広いようだ。そのあたりの事情も、レディ・イヴに話を聞けばわかるかもしれない」

「ええ、そうでしょうね」アリシアはまじめくさって言った。「あなたの見立てはきっと正しいと思うけれど、はたしてイヴにあらいざらい白状させられるかしら。話せば何もかも失ってしまうのよ。ただでさえ、ここに来れば不利になるでしょうに。ましてアンジェリーナが一枚嚙んだと知ったら、片意地をはるかもしれないわ」

村は目の前だった。屋敷の使用人に調べさせたところでは、村人はせいぜい暗闇をつっ走る騎馬を見かけた程度らしい。酒場にはその晩ふたりしか客がいなかったという。旅の途中に立ちよった、教区牧師とその老母……どちらも殺人者には思えなかった。

一時間後、実りのない訪ねあるきを終えたベンジャミンとアリシアは、すごすごと屋敷へ戻った。小さな村落はいまごろ、伯爵とその奥方はいったいなぜあんな妙な質問をしてきたのかと大騒ぎになっているだろう。

通りの真ん中にさしかかったとき、ベンがはたと足を止め、するどい目で虚空《こくう》をにらんだ。

「どうしたの？」実を言えば、アリシアはひどく空腹だった。パン屋で夫に焼き菓子を買ってもらったものの、昼食の時間はとうに過ぎており、一刻も早く屋敷へ戻りたかった。

「ぼくは愚か者だ。もっと早く、気づけばよかった」

彼ほど〝愚か者〟という言葉が似合わない人物もめずらしい。アリシアは目を見ひらいた。

「何に気づくの？」

「敵の注意を引く方法がひとつあったんだ」

もうじゅうぶんすぎるほど注意を引いているじゃないの、と思いつつ、それは口にせずにおいた。「どうやるの？」

眉間に深いしわを寄せ、ベンが腕をとる。「あとで話すよ。まずはロウに相談しないと」

異論をとなえようと口を開いたそのとき……〝まあ〟

こんどはアリシアが、太陽がさんさんと降りそそぐ道の真ん中で立ち止まり、片手でお腹を押さえた。「赤ちゃんが、また動いたわ」

「ほんとうかい？」ベンがとたんにうろたえた。「こんなときに？」

「だって、前もって計画を立てるわけにはいかないでしょう？」

するとおどろいたことに、気位が高く近よりがたいはずのヒーストン伯爵が、ぴかぴかのブーツとあつらえたズボンが汚れるのもかまわず、地面に膝をついて、まるくふくらんだお腹にそっとキスをした。「早くこうしたかった」立ち上がり、もう一度アリシアの手をとりながら微笑する。「ぼくらの子どもに、挨拶をしたかったんだ」

25

ヒーストンのやつ、覚えていらっしゃい。よりによってアルフレッドをよこすなんて。あのぬけめない、青くさい、たたき上げの、こちらに夢中のくせに挑発してばかりの若僧を。

ほんとうに近ごろは運が悪い。数日前には公爵から、上品に——そして気前よく——別れを告げられた。しわ深い顔を見るからに未練がましくゆがめていたが、高貴な生まれの奥方が、どこの馬の骨ともわからない女を家に入れることを禁じたのだから、しかたない。

あの、くそばばあ。公爵が以前、ワインを少なくとも二本空け、ベッドで失態を演じたあとで明かしたところによれば、妻は息子を産んだその日に、今後はわたしに指一本ふれないでほしい、あなたと結婚したのはただ爵位のためだ、と言い放ったらしい。ジャネルは愛——詩人が薄っぺらな言葉でほめたたえるたぐいの愛——など信じないが、公爵のしょぼくれた目の奥にはさまざまな感情がうず巻いていた。後悔と、おそらくまじりけのない苦悩が。

いつか、本気で公爵閣下を恋しがる日がくるかもしれない。だがいまは、ヒーストン伯爵の命じるまま、口うるさいかつての恋人候補と、どれだけ高貴な血すじか知らないが、ジャネルと同じ不人気な赤毛でひどくご機嫌ななめの伯爵令嬢を旅の道連れに、どことも知れない片田舎へ向かっている。

なごやかなパーティで気分転換とはいきそうにないが、ヒーストン伯爵はなんの理由もなく行動を起こしたりしないから、もうすぐじかに説明してもらえるだろう……ちょうど馬車が、どこにでもありそうな田舎屋敷の私道へ入って停まるのを見ながらジャネルは考えた。ヒーストンの手紙には、例によって雲をつかむような謎めいた短文でここへ来るようにという指示だけがあり、詳細は何も書かれていなかったが、目的はかならずあるはずだ。

「着いたようね」レディ・イヴが言わずもがなのことを口にして、下車の用意を始める。

「どうぞ」扉が開くと、アルフレッド・シャープが手をさし出した。ウェールズのさびれた農場に生まれ、飲んだくれで怠け者の父親に育てられたとはとうてい思えない、みごとな青年貴族ぶりだ。逆境にめげず読み書きを身につけたところまでは知っているが、それ以上のことを本人はがんとして話そうとしない。世の中にはそっとしておいたほうがいい秘密があるのを知っているジャネルは、無理に訊き出そうとしなかった。とはいえ、いま目の前で、細い顔に愛想のいい笑みをたたえて、ひょろ長い痩身を引き立てる上質の服をまとったところを見ると、いまさらながら、どんな役柄にもしっくりとなじんでしまうその腕前に惹きつけられた。

自分たちはよく似ている。

けれど、彼と過ごすためにこんな片田舎へ来たわけではない。しかもよく見ると、シャープの顔にはふしぎな擦り傷がいくつか見うけられた。顎にひとつ、おでこにひとつ。何も説明はなかったが、手荒な目に遭ったにちがいない。

「どうも」レディ・イヴを降ろしたあとこちらを向いたシャープに、ジャネルはつぶやいた。

さし出された手は嫌味なほど礼儀正しく、双眸は冷たかった。「悦んで」「わかりもしないくせに」彼にしか聞こえない声で答え、ジャネルは上靴のつま先を砂利道に下ろした。とりすました笑みと思わせぶりな口調はじゅうぶんに伝わったはずだ。「少しはわかるさ」シャープが言いかえす。「想像力が豊かだから」腕に添えられた手が、そっけなく引っこめられた。

さらに何か言おうとしたとき、ヒーストンの依頼人が屋敷から姿をあらわした。あいかわらずはなやかなご登場ね、とジャネルは胸のうちでほろ苦くつぶやいた。沈んだ顔をしていても、レディ・ドブルークはやはり絶世の美女だ。黒髪に白い肌、まるで怪奇小説のヒロインじゃないの……。

「エンジェル」レディ・イヴが石の階段を駆け上がり、親友に抱きついた。「心配してたのよ。あなたに言われたとおり、何もかも放ったらかしにして飛んできたわ。ひどい事故があったと手紙にあったけれど……どういう事故なの？　あなたは元気そうね。よかったわ」

「ちゃんと説明するから、少し待って」レディ・ドブルークが小声で答える。「お部屋を用意してあるの。ミセス・ダルセット、いらしてくださってうれしいわ。中に入りましょうよ。みなさんがいらしたことだし、居間でお茶を飲めるように支度させるわ」

レディ・イヴが彼女の手をとり、指をからませた。「わたしの部屋へ来て、荷物をほどくのを手伝ってちょうだいよ。女中を連れてこなかったんだもの」

ロンドンからここまで、暇にあかせてあれこれ話してきたので、ジャネルはこのふたりが社交界に出て以来の知り合いで、アンジェリーナが夫殺しの醜聞をたてられたときも交流が続いたことを知っており、親密なしぐさを見せられてもおどろきはしなかったが、むしろ興味深いのはアンジェリーナの態度だった。握られた手をそっと引っこめ、こわばった笑みを浮かべたのだ。「もちろんよ。でも、まず料理人に指示を出さないと。ヒーストン伯爵も奥さまもお忙しいようだから」

道中さんざん聞かされた美しい友情の話がほんとうなら、なんとも妙な反応だ。美貌のドブルークは、なぜか親友との再会をあまり喜んでいないらしい、とジャネルは胸のうちに感想をしたためた。となれば、これから数日間は思ったより楽しめそうだ。

何はなくとも退屈はせずにすむ。もっとも、ヒーストン伯爵がかかわるかぎり退屈などありえないけれど……。彼の得意分野はもめごとの解決だから。

「あいかわらず、ぞっとしない笑みだ」隣に立ったアルフレッドが小声で言った。「無力な鼠に襲いかかろうとする猫によく似てる」

「これが？」ジャネルは相手を見つめ、ことさらに笑みを強調してみせた。

「おれは鼠でもないし、無力でもない」軽口をたたきつつも、アルフレッドのまなざしはみるみる用心深くなった。「腹をすかせてるなら、よそをあたってくれないか」

「わたしにあこがれていたくせに」ジャネルはわざとらしく口をとがらせた。

「そっちこそ、ダンス靴のかかとで踏みにじったくせに」

「あなたのためを思ってしたのよ」

なんてひどいことを口にしているのだろう。でも、事実だった。さまざまな可能性を秘めた少年に、自分は何も与えられなかったから。

公爵に快楽を与えるのなら得意だが、恋にやつれた若者に何を与えていいかは見当がつかなかった。

玄関に入りながら、アルフレッドがそっと言う。「あのころは納得できなかったが、いまは見かたが変わったよ」

お互いにとって悲しいことだが、それが事実なのだろう。

ジャネルはかろうじて笑みを保った。「じゃあ、あなたにひとつ貸しがあるということね。いつか、とり返させてもらうわ」

「おあいにくさまだね、いとしのネル。問題は、おれがきみを信用できないことだ。毛の先ほども」

もっと若くてうぶなころなら、こんな言葉に傷ついたりもしただろうが、ジャネルは軽く肩をすくめたのみだった。「賢いこと」

彼がつぶやく。「そうありたいよ。きみの部屋は二階だ。ご婦人がたについていくといい」

想像したより、はるかにつらい体験になりそうだ。

アンジェリーナはイヴの部屋の外でしばしためらったのちに、ひとつ深呼吸をして扉をたたいた。ヒーストン伯爵の指示は明確だった。イヴの口から正直な気持ちを訊き出しさえしてくれれば、残りは自分が引きうける。毒薬のことも、クリストファーへの銃撃のことも言及しなくていい。ただし、疑惑を裏づけるためには、アンジェリーナがイヴとふたりきりで話をする必要がある。ほかの人間がいると、長年にわたって秘密をかかえてきたイヴは、何も認める気にならないだろうから、と。

こんなに気の進まない語らいは初めてだった。友人を裏切り、自分も裏切られたような、罪人でありながら犠牲者でもあるような……。

扉が開く。イヴはいつもと変わりなかった。結い上げた真っ赤なくせっ毛がほつれているのは、旅行服を脱いで淡い緑のデイドレスに着替えたためだ。うれしそうに目をかがやかせている。アンジェリーナの顔を見るなり、その目に同情があふれた。

どう会話を進めようかという不安が、くっきり顔にきざまれているのを意識しつつ、アンジェリーナは笑みをこしらえた。「長いこと待たせてごめんなさい。このお屋敷はもともと売りに出ている領地の一部だから、あまり使用人がいないの。だから、わたしが料理人に指示を出してきたのよ」

「あやまらないでいいわ。長いつきあいじゃないの。さあ、入って。服はだいたい片づいたところよ。でも、あなたはなぜここへ来たの？」

アンジェリーナはのろのろと部屋に足を踏み入れた。「ヒーストン伯爵の案なの。しばらくのあいだ、夫人を連れてロンドンを離れたらどうかって」もっともらしい説明に思えた。

「あなたたち、ずいぶん急に仲よくなったのね」

イヴの目がぎらりと光ったように見えたのは、錯覚だろうか？

「親切にしてもらったし、そうね、とても気が合うのよ」

「いきなりパーティの切り盛りを引きうけるくらいなんだから、きっとそうなんでしょうね。招待客の顔ぶれはいっぷう変わっていたけれど。さあ、こっちへ来て髪を直すのを手伝ってちょうだい」

何もかもが変わってしまった。アンジェリーナは言葉を交わしながら、イヴに対して二度と同じ気持ちで話せないような気がしていた。もし正面きって否定されたら、信頼できるだろうか？

「髪はなんの問題もないと思うけれど」静かに答えながら、避けたくてしかたない話題をどうやってもち出そうかと頭を悩ませる。

イヴが顔をしかめ、鏡台の前に腰を下ろす。「イングランド一の美女がよく言うわね。あなたの髪なら、もちろん結い上げてもたらしても最高よ。しなやかでつやがあって……ピンや櫛の力を借りなくても、もじゃもじゃに逆立ったりしないもの」

いったい何度、イヴの口からこういう賛辞を聞いただろう？　聞くたびにばつの悪い思いをしてきたが、やっと理由がわかったような気がする。「ほめてくれるのはうれしいけれど、大げさよ。たとえばミセス・ダルセットみたいに、あなたと同じ髪の色で注目を集める美女もいるでしょう？」

「残念ながら、上流社会では赤毛は受けないのよ。黒髪のほうがずっと人気だわ。もちろん、主流はありきたりな金髪だけど」

　アンジェリーナはベッドの端に腰を下ろし、なおもうまい話の進めかたを考えるうちに、胃が痛くなってきた。意を決して慎重に切り出す。「女性は、男性と比べものにならないくらい、お互いの外見を話題にするものね。いくら注意深いヒーストン伯爵でも、奥さまがきのうの夕食で着ていたドレスの色を訊かれたら、答えられないかもしれないわ。でも、わたしたち女はお互いをよく見ている、そうでしょう？」

　イヴが鏡台からふり向き、こちらをまっすぐ見た。「ええ、そうね」ヘアブラシを握った手が膝に置かれる。「あんな手紙をよこしたわけを、話してくれる？　いったいどんな事故があったの？　なんだかようすが変よ、エンジェル」

　このあだ名は大きらいだった。忘れたくてたまらない、社交界デビューのころを思い出すからだ。「ずっと考えていたことがあるの。近ごろいろいろあったから、この機会に話しあいたいと思って」

「むかしから、なんでも包みかくさず話してきたじゃないの」イヴが眉根を寄せる。

　そうかしら？　いまのアンジェリーナには疑問だった。ぎゅっと両手を握りしめて続ける。

「社交界に出たときのこと、覚えている？」

「もちろんよ」

「あなたと会った当時のこと、覚えているわ。わたしをきらっていたでしょう？」

「そんなことを訊くために、遠くまで呼び出したの？」イヴがヘアブラシを置き、いらいらとドレスの袖を整える。「あなたはあのシーズンでいちばんの人気者だったじゃないの。誰だって、少しはうらやましがるわよ。男性が老いも若きもこぞってダンスを申し込んでくると、あなたは騎士に褒賞を与えるみたいに優雅に応えていた。うぬぼれとは無縁で、注目にとまどっていたことはあとで知ったけれど、最初はわからなかったのよ」

否定はされなかった。

親友――もはや、彼女を知っているのかどうかも定かでなくなっていたが――の顔つきを見ると、何か隠しているような気がした。「あのころ好きだった人のこと、一度も教えてくれなかったわね」

「別の相手と結婚したからよ」

アンジェリーナは、汗のにじんだてのひらをスカートでぬぐった。クリストファーの身を守るために、なんとしてもやり抜かなくては。自分だけのことなら、イヴが一生秘密をつらぬこうとかまわなかったけれど。「ウィリアムなの？」

「ちがうわ」強い口調は本心の証に思えた。アンジェリーナ自身にも恋慕の情はなかったが、亡夫は少なくとも外見はよかったし、爵位持ちだった。「なぜ、そんなことを訊くの？」

こんどはアンジェリーナが質問に質問で応える番だった。「だったら、誰なの？」

イヴは愚鈍ではない。一瞬で会話の趣旨を悟ったのだろう。隠してあった釣り糸があらわれたいま、アンジェリーナがじっと見つめている理由もはっきりわかったはずだ。

「求婚者に囲まれていたあなたには、わからなかった相手よ」

「わたしに求婚してきた人ね。わかったわ」ほんとうに、わかったような気がした。

イヴがだしぬけに立ち上がり、顎をつんと上げた。「わかった？　そうは思えないわね。前だってわからなかったくせに」

「あれからいやというほど、世間や人間関係について学んだのよ。たとえばいまも、あなたの声に苦々しさを聞きとれるようになったわ。なぜ答をごまかすの？」

「わかったわ、ヒーストン伯爵がしくんだのね」悪意のこもった口調だ。「奥方と話したりしなければよかったわ」

最初に正しい答を見つけてくれたアリシアには、賞賛の念しかなかった。自分ひとりでは、けっして気づかなかっただろう。「どう言っていいかわからないけれど……クリストファーを愛しているの」ほんとうは名前を口に出すつもりはなかったけれど、出てしまったものはしかたない。しばし目をとじ、あまりにも現実離れした会話で千々に乱れた心を落ちつかせる。「彼を愛しているのよ、イヴ」

「クリストファー？　クリストファー……ロウ男爵のことね？」イヴの顔がわずかにけわしくなった。「別におどろきはしないわ。田舎のパーティで、あの女たらしがあなたに目をつけたのはすぐわかったもの。いままでの求婚者と同じで、外見のいいお金持ちだったし」

友がこれほどまでに嫉妬をあらわにするとは衝撃だったが、よく考えれば、似たような感想は前にも聞いたことがあった。ここまで露骨ではないが、確かにあった。

ヒーストン伯爵の仮説がどんどん裏づけられてゆく。どう考えても、イヴは親友とは言いがたい。

「彼にやましいところは何もないもの。会った瞬間、お互いぴんときたのよ」

首をこころもちかしげたイヴが、するどい目でこちらを凝視する。「ええ、気づいていたわ。あの男は居間に——わたしの家の居間に——入ってきたとたん、あなたに気づいて男にありがちな反応を示したのよ。ねえ、エンジェル……いつまで男の目を気にするの？　この年月、わたしがいなかったらどうなっていたと思う？　わたしは別にかまわないのよ。あなたのほうが、わたしに必死ですがりついてきたんじゃないの」にくにくしげな口調には、寒気を誘われた。

アンジェリーナは立ち上がって数歩離れてから、ぎこちなくふり向いた。「何を言ってもむだに思えるけれど」小声で返す。「あなたという人がわからなくなってしまったわ。何年も前からわたしをだましてきたのね。あなたとの友情は、かけがえのない宝物だったけれど、すべては嘘の上に成り立っていたんだわ」大きく息を吸いこんで先を言いつごうとしたとき、イヴが機先を制した。

「男ひとりのことじゃないわ……ぜんぶよ。誰もかれも、あなたの気を引こうとして。舞踏室じゅうが、あなたが次に誰と踊るか知りたがっていた。醜聞でさえはなやかだった。ええ、あなたの言うとおりよ。あなたを、憎んでいたわ」

あまりにも衝撃的な告白だった。

「いまもそうなのね」

「ばか言わないで。無二の親友として愛しているわ」

信じられたらどんなにいいだろう。アンジェリーナは静かに言った。「そう思いこもうとしているのね。でも、ちがうわ。クリストファーはわたしを愛している。いまのわたしには、ちがいがはっきりわかるの」

イヴは否定しなかった。「そしてもちろん、あの男はあなたと結婚するつもりだった」

過去形に、アンジェリーナははっとした。「結婚の申し込みを受けたわ。自分の身くらい自分で守れると、クリストファーが言いはったから」これ以上、相手の答は聞きたくなかった。黙って部屋を去り、身を隠したかった。でも、それは過去に立ちもどることにほかならない。

「だけど、もう結婚式はできないわね」

すぐには声が出なかった。口の中がからからに乾いている。「なぜ、できないの？」

イヴがぴたりと動きを止め、無念そうな顔になる。「あの男、死ななかったのね？」

26

これまで、数えきれないほど訊問を行なってきた。なかでも裏切り者のあつかいには自信がある。相手の身になるのが得意だった。同類だからではなく、別世界の住人だからこそだ。行動の原理さえつかめばいい。

なりふりかまわず、何かを手に入れたいという欲望を。

にもかかわらず、今回ばかりはほかの誰かに役目を代わってほしかった。自分ほど丁重でなく、ただし相手の心理をあまさず理解できる人物に。いまのところ、室内は静まりかえっているが、うっかりくしゃみでもしたら部屋が吹きとんでしまいそうなほど緊迫していた。

無理もない。レディ・イヴが殺意をはっきり認めたのだ。実際に手を下したのではないにせよ、殺人犯にはちがいない。その詳細を聞くのが、ベンジャミンの使命だった。

どう話を進めるかは、自分の才覚にかかっている。

「そもそものきっかけは？」

レディ・イヴは朝食室の背の高い椅子に身をこわばらせて座っていた。朝食の時間はとうに過ぎていたが……。罪が人間の形をとったような、敵意にあふれた顔。「何をおっしゃっているのかわからないわね、伯爵。これはわたしとレディ・ドブルークの問題よ」そして、ジャネルを指さして追求する。「あの人、ここで何をしているの？」

「ここに来る道中、あんなに仲よくおしゃべりしたじゃないの」ジャネルが悠然とからかう。

「だって、知らなかっ……」

「何を知らなかったの？」

「なんでもないわ」

「わたしに五分ちょうだいよ、伯爵」ジャネルが自信たっぷりに言った。こちらに目を向けようとさえせず、氷のような笑みを浮かべる。「女ふたりきりにしてくれたら、あっというまに真実を引き出してみせるけれど」

レディ・イヴをジャネルの無慈悲な手にゆだねる前に、もう少しほかのやりかたがないか、ベンジャミンは考えあぐねていた。「ぼくとふたりきりで話したらどうかと、最初に提案しただろう。だが、きみは拒んだ」

平然と言い放ったイヴの胆力には感じ入らざるをえなかった。「提案？　他人の目がないところで、不都合な質問を好きなだけしたいんでしょう。あなたにはなんの義理もないわ」

「でも、アンジェリーナには？」そのあとに続く重苦しい沈黙を、ふたたびジャネルがやぶった。「彼女には、真実を話す義理があるでしょう。無二の親友、ですものね」

憤怒のまなざしをふたりにかわるがわる向けたあと、イヴがかぶりをふった。「いいえ、アンジェリーナにも義理はないわ。みんなに見捨てられたとき、わたしひとりで支えたんだもの。むしろ感謝してもらいたいくらいよ」

「感謝してたでしょう。あなたのもくろみどおり」

「これは、いったいなんなの？　アンジェリーナはどこ？」

「レディ・ヒーストンとお茶をしてるわ」ジャネルがゆっくり目くばせをした。胸もとに深い切れ込みの入った色っぽいドレス、象牙色の肩にこぼれる真っ赤な巻毛。「あなたとちがって上品な人たちだもの。で、その男をどうやって雇ったの？」

「どの男を雇ったですって？」

「夫ふたりを始末した男に決まってるでしょう」ジャネルはおだやかな表情をくずさなかった。「あなたがやったのはわかってるのよ。ただ、実行した人間をつきとめるために情報がほしいの」

イヴが真っ青になった。「なんの根拠もないことを、よくもまあ……ヒーストン伯爵、この女は何者なの？　公爵とつながりがあるなんて嘘だと、噂に聞いたわ。ていのいい高級娼婦だと」

「公爵とつながりがあるのはまちがいない。ぼくの長年の友人だ」

ジャネルが非難がましい目になる。「長年の、ですって？　まだ二十六歳よ。さすがに〝花も蕾〟なんて言うつもりはないけど、枯れきってもいないわ。さあ、お嬢さん、質問に答えて」

「何を言っているのか、わから……」

「いいえ、わかるはずよ」ジャネルの桃色の唇に獰猛《どうもう》な笑みが広がった。「嘘つきは大きらい。言いのがれは許さないわ。どうせなら、もうちょっとうまい嘘を考えて。もっともわたしなら、一マイル先からでも嘘と真実を見わけてみせるけれどね。だからこそ、伯爵にこの役目を頼まれたのよ。伯爵はやさしすぎるから。さあ、ほんとうのことをお話しくださいな、お嬢さま。さっさと吐き出したほうが楽になるわ。ふたりの男が死んで、三人めは心臓の近くに弾丸をくらった。いったいどうやったの？」

「わたしじゃな……」

「いや、きみだとも」ベンジャミンは冷たい声で割って入った。「だが、殺人罪で訴えるのはまだ早い。もしよかったら、ぼくの仮説を聞いてもらおうかな、レディ・イヴ。そのほうが手間が省けそうだ」訊問にそなえて居間から拝借した、お茶より強力な飲み物をひと口ふくみ、ジャネルに目で承諾を得てから話しはじめる。「数年前、アンジェリーナが最初の婚約で話題をさらった直後、きみは〈タイムズ〉に小さな広告を見つけて連絡をとった。少額で悩みを解決してくれるという広告だ。匿名で恋の仲介役を務めます、と」眉をつり上げて確認する。「ここまでは合っているかな？」

イヴは身をこわばらせて黙っていた。

ジャネルが無遠慮に笑いとばした。「合っているみたいね」と、ふたたび訊問役に回る。「結婚式がおこなわれてしまうのを見て、あなたはだまされたと歯嚙みした。ところが四カ月後に、みごと頼みが聞き入れられたのよ。方法は、思っていたのとはちょっとちがったけれど……。あなたはきっとウィリアムの死におどろいたあとで、ただの偶然だわ、とあわてて自分に言いきかせたでしょうね。でも、二度めの依頼でドブルーク卿が故人になったときは、もう見すごせなくなった。なのに、あなたは何も言わなかった。なぜ？　もとをたどれば自分のしわざだということは、わかっていたでしょう。代理殺人よ」

「わたしじゃないわ」否定する声はひどく弱々しく、顔には動揺があらわれていた。

「あなたですとも」ジャネルがなじる。「手口はともあれ、結果的にほしいものが手に入ったから、あなたは自分を納得させて〝親友〟には何も話さず、彼女が夫殺しの容疑で法廷に引き出されたときでさえ黙っていた。自分のしたことで相手が絞首刑になるのを望むなんて、たちが悪いわね。女の皮をかぶった悪魔だわ」

「わたしがそんなことをするわけがないのは、アンジェリーナにもわかるはずよ」夕日に照らされて、鼻すじのそばかすが銅色に浮き上がる。それほどイヴは青ざめていた。

「いいえ、するでしょうし、したのよ」ジャネルがのんびりとお茶を飲む。「悪意にかられてね。考えつくかぎり最低の動機だわ。わたしだって、それなりに悪いことはしてきたけれど、浅はかな嫉妬につき動かされたりはしなかった。わたしをどう呼ぼうと勝手だけど、あなたよりはるかに高潔なのよ、レディ・イヴ」

「この、ばい……」

ジャネルが声にすごみをきかせた。「やめておきなさい。さっきの侮辱は聞きながしてあげたけど、次はないわよ」

そろそろ、ベンジャミンが本格的に口をはさむ頃合だった。ジャネルが本気になると危険きわまりない。

「実行犯を見つけるすべを教えてほしい」ベンジャミンはグラス片手に身をのり出し、静かな、けれど決然とした声で話しかけた。「やつをこちらに引きわたしてくれ。ロウ男爵殺害は未遂に終わったことだし、きみが協力すればアンジェリーナも許してくれるかもしれない。もう少しで銃弾が彼女にあたるところだったのは、話したかな？　きみが契約を結んだ相手は、凄腕《すごうで》の策士だよ、レディ・イヴ。依頼人の顔を忘れはしないだろう。たとえ忘れても、ぼくがきみを治安判事のもとへ引きずっていく。親友のレディ・ドブルークが味わい、耐えしのんだのと同じ体験をさせてもらえるよ」

「そんなこと、できっこないわ」レディ・イヴの頬がぽつぽつと赤くなった。

「挑発しないほうがいいわよ」ジャネルがものうげに制する。この訊問をあまさず楽しんでいるのだろう。

イヴの顔から憤怒は消え、声も消え入りそうだった。「ウィリアムとトーマスがあんなことになるなんて、思いもしなくて……こわくなったの」

鵜呑みにする気にはなれなかった。ロウと恋仲になったときのアンジェリーナの恐怖をすべて知りながら、ここまで追いつめられないと真実を話さなかったのだから。「だが、夫が死んだおかげで嫉妬は鎮まったし、アンジェリーナはきみの友情に頼るようになった。彼女が真に愛せる男性と知りあうまでは、それでうまくいっていた。合っているだろうか？」

「そんなこと、どうやって証明するのかしら」

イヴがつんと上げた顎を見て、ベンジャミンは優位が揺らぐのを感じた。何もかも否定するつもりなのだろう。彼女の言うとおり、はっきりした証拠がないのに、憶測だけで罪を問うことはできない。

「証明なんてしなくていいのよ」ジャネルが冷酷な笑い声をたてる。「上流社会に、あなたの話をふれ回るだけでいいの。手はじめに、公爵の伯母さまはどうかしらね。あの人のまわりには暇をもてあました年寄りが山ほど集まって、シェリー片手に噂話に花を咲かせるのよ。彼らにしてみれば、こんなに噛みごたえのあるごちそうはないわ。わがままで執念深い伯爵令嬢が、自分以外の娘が注目を浴びるのが許せないといって、殺人にまで手を染めた、って。新聞のゴシップ欄にも出るでしょうね。何年もかけて〝暗黒の天使〟を滅ぼそうとしてきたけれど、当人はそれに気づいて友情に終止符を打った。社交界のすみずみまで広がるのに、どれくらい時間がかかると思う？　あっというまよ。公判があろうとなかろうと、だいじなお友だちと同じ思いをたっぷり味わえるわ。ご両親は醜聞を落ちつかせるために結婚を命じるかしら？　それとも田舎へ追いやるかしら？」

　これだから、ジャネルの力が必要だったのだ。彼女のあくなき加虐心が。ベンジャミンにはとうてい、悪い噂を広めるなどというおどしは思いつかない。いたずらに品位などという足かせがあるせいで、効率よく真実をみちびき出せずにいるのではないか、そんな気さえした。ジャネルには、良心の呵責《かしゃく》というものがない。

「この、売女」レディ・イヴが、食いしばった歯の隙間から声をしぼり出した。激怒に顔を引きゆがめ、追いつめられた獣のように目を血走らせている。「あなたみたいな人間のくずが何をふれ回ろうと、公爵の従妹だというふれ込み同様、誰も信じやしないわ。汚らしい情婦のくせに。ずうずうしくも奥方と同じ屋根の下で暮らして、夜な夜な色ぼけの老人に股を開いて」

「そして暇ができると、年寄りの伯母さんとおしゃべりするのよ」罵詈雑言《ばりぞうごん》にはもはやとりあわず、ジャネルが鳶色の眉をぴくりと動かしてみせる。「わたしがいなくなったらさびしい、そう泣きつかれたわ。わたしのことより、あなたの今後を話しあいましょうよ。まずは治安判事に事実関係を洗いなおしてもらおうかしら。原告はヒーストン伯爵とロウ男爵にお願いして。何もかも証明するのが無理だとしても、恥をかくことに変わりはないでしょう？レディ・ドブルークに訊いてごらんなさいよ」

容赦なくまくしたてられて、さすがのレディ・イヴも気おされたらしい。次の言葉は弱々しかった。「協力しろと言われても、何もできそうにないわ。相手の名前も住所も知らないんですもの」

「どうやって連絡をとったの？」

「郵便で。トーマスが死んだあと、興味がわいて手紙の住所を訪ねてみたの。事務弁護士の仕事場だったわ。中に入って質問するわけにいかない事情は、わかるでしょう」

ベンジャミンは小躍りしそうになった。〝ようやく先手をとれたぞ〟アリシアの従妹の失踪を捜査したとき、アンドリュース子爵の叔母に見せられた手紙は本人に返してあったが、自宅の書斎が荒らされたのはそれを奪うためではないかとうすうす考えていたのだ。

ベンジャミンは言った。「依頼したのが一回なのか、二回なのか、三回なのかはあえて訊かずにおく。その見返りに、相手の住所と、覚えているかぎりのことを話してほしい。いいね？」

しばらく時間がかかったが、やがてレディ・イヴが観念したように吐きすてた。「いいわ」

「だまそうなんて、考えないほうがいいわよ」ジャネルがわざと明るい口調で警告する。

「ろくなことにならないから」


お茶の途中で、クリストファー・ダラムがふらりと入ってきた。包帯を厚く巻いた胸もとだけはシャツのボタンを留めていないが、それ以外はきちんと身なりを整えている。彼の姿を見るなり、小声のおしゃべりはぱたりと止まった。

「話のじゃまをして申しわけない。レディ・ヒーストンにせっかくお招きいただいたのでね」屈託ない笑みが浮かぶ。「医者からも、あまり寝たきりではいけないと言われたし、美しい看護婦がそばにいなければ、ベッドにじっとしている意味はないだろう？」

アンジェリーナが立ち上がったものの、恋人に片手をふって押しとどめられ、ふたたび座った。「ミルクを入れて、お砂糖はふたつね？」

「ぼくのことを、よくわかっているんだね」クリストファーがにっこりしたが、その笑みはやや引きつっていた。

「わたしがおつぎするわ」アリシアは口をはさんだ。アンジェリーナがまだレディ・イヴとの会話から立ちなおっていないのを知っていたから。スプーンを手にとり、かき混ぜてから男爵に渡す。「起き上がれるようになって、安心しましたわ」

「ありがとう」椅子にかけるとき、ほんの少しだけ顎に力がこもったのは、傷が痛む証拠だ。クリストファーが未来の妻をまっすぐ見る。「何かあったのかい？」

アンジェリーナの瞳が翳った。「あなたの言ったとおりだったわ。ヒーストン伯爵がいま、あなたを殺そうとした男について、イヴから話を訊き出しているところ」

イヴのほうは打ち明けてすっきりしたかもしれないが、アンジェリーナがそうでないことはアリシアにも痛いほどわかった。見るからに意気消沈している。

「治安判事の前に引き出されて、自分が犯していないふたつの罪を糾弾されるよりも、もっとつらかったような気がするわ」

「ぼくのために無理をさせてしまったね。すまなかった」ロウ男爵の表情がやわらいだ。

ベンもこんな顔でわたしを見てくれたらいいのに……アリシアはついそんなことを考えたが、ほどなく、子どもができたと告げたときの夫の喜びようと、先日の愛情こもったしぐさを思い出した。何度思い出しても、しあわせな気分にひたれる場面だった。

アンジェリーナが首をふる。「あやまるのはわたしのほうよ」

「ばかを言っちゃいけない」男爵がカップを口に運び、ゆっくりとお茶を飲む。「肩の傷はじきに治るし、これはきみのせいじゃない。イヴに悪意をいだきたくはないが、きみへの妄執があまりにも多くのものを奪ったのは事実だからね」

「ほんとうよ」アリシアは屋敷の火事を思いおこした。「悪魔とまでは言わないけれど、あなたの人生を勝手にあやつろうとしたのは、とんでもないまちがいだわ」

「その、せめてもの埋めあわせに」戸口にあらたな声がひびいた。「彼女は、邪悪で血も涙もない実行犯への道すじをつけてくれた」ベンジャミンが意味ありげな微笑を浮かべて入ってきた。「ミセス・ダルセットがこれからレディ・イヴをロンドンへ連れ帰る予定だ。もう馬車は出発したよ。あの車内に身を置かないですむことを、神に感謝しなくては。ふたりは蛇蠍《だかつ》のごとく憎みあっているからね」

蠱惑的《こわくてき》なミセス・ダルセットは、もはやアリシアの好奇心、そしてかすかな嫉妬心をかき立てる存在ではなくなった。夫には過去があるけれど、未来もある。自分を愛してくれているかどうかはまだ確信がないけれど、ほかの誰かを愛していないことにはじゅうぶん確信があった。

完璧ではない。けれど夫に愛人がいたと知るのに比べれば、はるかに幸福だ。赤毛の美女は、おそらくベンの言うとおり戦争中の仲間であり、レディ・イヴを両親のもとへ、日常生活へ――アンジェリーナぬきの生活へ――、そしてぬくもりにとぼしいロンドン社交界へ連れもどす係なのだろう。

イヴも相応の罰を受けることになりそうだった。まして、犯人の損になるような情報をこちらに渡してしまったいまとなっては。とはいえ、ふたりの男性が命を奪われたことを考えれば軽すぎるが、彼女は最初のきっかけを作っただけで、直接殺人を指揮したわけではない。

「さぞかし愉快な旅になりそうね」ベンにお茶をつごうかとも思ったが、彼がいま落ちついて座る気分でないのはわかっていた。「で、何を聞かせてもらったの？」

「イヴから？　犯人の名前は知らなかったが、あれでじゅうぶん事足りそうだ」長身の夫が大股で窓辺に向かい、外を眺める。「名前はじきにわかるだろうから」

ロウ男爵が口を開く。「これからどう出る、ヒーストン？　どんなことでもいいから、ぼくに手伝わせてくれ」

向きなおったベンの顔に、うっすらと冷笑が浮かんでいた。「ぜひ頼みたいが、まずは敵の正体をつきとめないと。誰か、事務弁護士を雇いたがっている知り合いはいないかな？」

男爵がめんくらった。「いや、とりあえず思いあたらないな」

「よく考えて、もし見つかったら教えてくれ。ぼくやきみがいきなり会いにいったら警戒しそうな男がいてね。だが、ほかの相手なら口を開くかもしれない。以前ならシャープをつかわしたんだが、顔を覚えられているといけないから」

「従弟がいる」男爵がゆっくり言った。「信頼がおけるし、頭もいい。あいつならうまくやれそうだ」

「危険かもしれない」

「なおさら喜ぶだろうよ」

〝男の人って、ほんとに〟アリシアは考えた。〝救いようがないわ〟「あなたも、ロンドンへ戻られるの？」

こちらを向いた榛色の瞳がするどく光る。「敵と渡りあうため？　そのとおり。相手はすでに三度しくじっている。一度めはぼくの書斎をあさり、二度めは屋敷に火をつけ、三度めはロウ男爵を殺そうとした。憤怒にかられていると思われるいまこそ、打って出るときだ。レディ・イヴがここに来た以上、なんらかの情報が漏れたと思っているだろう。決戦のときは近づいている」

アンジェリーナが静かに言った。「わたしたちが相手にしているのは、自分を神だと信じる男よ。人の命をなんとも思わない、妄想にとりつかれた危険人物だわ。そもそも助けを求めたのはわたしだけれど、どうか行動を起こすときはお気をつけて、伯爵」

「だいじょうぶ」アリシアはベンより先に言った。「犯人は手ごわいけれど、どうやらベンはいい計画を思いついたみたいよ」

27

馬車が揺れるたびに、体に衝撃が走る。だが、馬車での長旅ができるところまで回復したと言いはったのはほかならぬ自分なので、クリストファーは顔をしかめたいのを必死でこらえ、でこぼこ道の行程に耐えた。

ただし、向かい側に座ったアンジェリーナにはお見通しのようだった。「だから、もう二、三日ようすを見ようと言ったのに」

「ああ、こうやって奥さんのお小言に耐える夫になるのか、ぼくも」

銀色の瞳が叱るような、いたわるような表情を浮かべた。「もし物静かで従順な奥さんがほしかったのなら、おあいにくさま」濃紺の旅行服の裾をそっと整えてアンジェリーナが続ける。「お医者さまだって、もう少し待つようにおっしゃったでしょう?」

「医者からは、めざましい早さで快復しているし、傷口は清潔で感染の心配なしと言われたよ」嘘ではない。これほどの短期間で旅に出ることはすすめられなかったものの、回復のさまたげになるとまでは言われなかった。ただ、かなり痛むだろうと言われただけだ。

実際そのとおりになったが、無理をおしてでもロンドンへ戻る価値はありそうだ。「忘れるべきでないのは、庭園で銃撃してきた犯人がぼくらの居場所を知っているということだ。ロンドンに戻れば、信頼できる人間に力を貸してもらえる。それに、なるべく早く結婚特別許可証をとりたいからね。いますぐ結婚しても、出産予定日までは七カ月しかない」

アンジェリーナがかぶりをふった。「いまさら人の噂は気にならないわ。たとえヒーストン伯爵のおかげで真犯人がつかまって、わたしやほかの若い娘たちが犠牲になったことがあきらかになっても、法廷の記憶はぬぐえないもの。たとえぬれぎぬだろうと、わたしの名前が殺人事件と結びつけて語られることに変わりはないのよ」

こんなに華奢な肩に、なんという重荷を乗せていることか……。この機会に、結婚の記念品としてさし出すつもりだった贈り物を彼女に渡そう、とクリストファーは決意した。

咳払いして話を始める。「少し前に、きみのお父上と話をしたよ」

ややあって、アンジェリーナが冷たく言った。「きっと楽しい経験だったでしょうね。わたしとの結婚を許してもらうために行った、なんて言わないでちょうだい。わたしは自立したおとなの女よ。父が絞首刑を望んでいると知った瞬間から、今後は何をするにも勝手にやらせてもらおうと思ったの」

「アンジェリーナ」クリストファーは静かに言った。「慎重で公正な治安判事に裁いてもらえたのは、いったい誰のおかげだと思う？　お父上は自分の影響力を最大限に活かして、心ない噂やきみに恨みをもつ人間の妄言がさし引かれ、事実だけがていねいに検証されるよう手を尽くしたんだよ。公判のあいだはあえて距離をおいていたから、議会の重鎮であるお父上が判決内容にかかわったとは誰も考えなかった。聞いたところだと、あれ以来きみは断固としてお父上との対面を拒んでいるそうだね」

「断固として、だなんて大げさだわ。父からは二回、手紙が来ただけよ」

語気こそ強いが、動揺しているのはわかった。いつのまにか目がうるんでいる。

「なんと書いてあった？」クリストファーは訊ねた。イヴの裏切りで手ひどく傷ついた彼女に、少しでも埋めあわせをしたかった。

アンジェリーナが息を吸いこみ、かぶりをふる。「知らないわ。燃やしてしまったから」

「親子の問題に立ち入ってはいけないのかもしれないが、教えてくれ。なぜ？」クリストファーはブーツの足を床につっぱり、上を下にの揺れが傷口にひびいても、うめき声を漏らさないようこらえた。肩はずきずきとうずいているが、医者の話がほんとうなら悪い兆候ではないはずだ。

しばらく目をとじ、また開いたとき、睫毛の先からきらりと光るものが落ちた。「あなたにはわからないわ。爵位も財産もあるし、自立した男性として、誰にもじゃまされずに決断を下せるんですもの。世界じゅうの誰もが、そんなに幸運なわけじゃないのよ」

「いまのきみは、そうじゃないか」クリストファーはやさしく言った。「きみの人生に口出しするつもりはないよ、愛するアンジェリーナ」

笑顔が頼りなくふるえ、しなやかな四肢が馬車の動きにあわせて揺れた。「あなたは、そうね。それだけの理由であなたに惹かれたわけじゃないけれど、大きな理由ではあるわ」

男のほうが女より優れている、などと考えたことは一度もなかった。伝統にたてつくわけではなく、客観的な事実として。人類は、男女両方の性がそろっていないと存続できない。

どちらにもたいせつな役目があるし、それどころか女性のほうが強靭な点もたくさんある。たとえば生殖だ。ひとときの快楽で子種を植えつけたら最後、子どもが生まれるまで男がすることは何もない、そう考えるだけでふしぎと謙虚な気持ちになる。かわりに男は、生まれくる子どもを守り、健康に育てるためにあらんかぎりの力をそそがなくてはならない。

つまるところ、いかにも威圧的なやりかたではあったが、アンジェリーナの父親は父親なりに、最善と思う手を打ったのだ。あいにく娘には伝わらなかったようだが……。じかに話をしたクリストファーには、父親の気持がはっきりわかった。

「お父上が何を伝えようとしたか、知りたいかい？」

アンジェリーナは、正面の座席に腰かけた恋人をまじまじと見つめ、揺れうごく感情をもてあましていた。相手の意図はくみとれるものの、親子関係に介入されたことを、どうとらえていいかわからなかった。

「わからないわ。知りたいのかしら？」いつのまにか膝に乗せた両手をぎゅっと握りしめていたので、意識してゆるめる。

「お父上は、自分で申しひらきをしたいそうだ」

「クリストファー……もつれすぎて手に負えない関係を、なんとかしようと考えてくれたんでしょうけれど、ただ……」

「ウィリアムと結婚させたのはまちがいだったと認めていたよ。だからこそ、二度めのときはきみの意思でトーマスを選ばせてくれたんだ。娘に謝罪したいそうだが、どうやらきみたち父娘《おやこ》は同じくらい頑固らしい。血は争えないというやつだね。二通の手紙は、どちらも何日もかけて書いたものだ。いくら待っても返事が来ないので、これが娘からの返答だと思い知ったそうだ」

こぼすつもりのなかった涙が、頰をころがり落ちた。「でも、会いにこなかったわ。一度もよ。あんなにつらい時期……わたし……ひとりで……」

クリストファーがたちまち無念そうな顔になった。「きみを泣かせるつもりはなかった」いいほうの手をさし出す。「こっちにおいで。並んで座ろう。出発のときからそうしたかった。どんなときも、きみを喜ばせたいんだ。悲しませるのはいやだ」

悲しくはなかった。それどころか、世界を明るくしてくれた。

アンジェリーナは、傷口から遠い右側に並んで腰かけ、てのひらで彼の頰を包んだ。「ねえ、キスして」

「今後いっしょに暮らしていくなかで、その言葉だけは二度くり返させないよ」彼の口はあたたかく、力強く、どこまでもやさしかった。胸に顔を寄せ、片腕を腰に回したアンジェリーナは、抱擁のぬくもりをあまさず味わった。

「よけいなまねをしたかな？」訊ねるクリストファーの息がこめかみをくすぐる。「だとしたらあやまるよ。ぼくはただ……」

「あなたの気持ちは、ちゃんと伝わっているわ」アンジェリーナはさえぎり、この人と知りあえてよかった、と心から思った。「この一件で、いちばん皮肉で、それでいてすばらしいのはなんだか知っている？」

「いや」クリストファーが少しだけ身を離してアンジェリーナの顔を覗きこんだ。「ぜひ聞かせてもらいたいな」

「イヴが何を願い、わたしから何を奪ったにせよ、そのおかげであなたとこうしていられるということよ」


アンジェリーナの父親は、結婚式に出席した。

短期間であわただしく準備したため、式はとても簡素なものになったが、クリストファーとしてはこれ以上待ちたくなかった。待つつもりはない、と周囲に宣言した。

肩の傷は少々痛んだが、手に入れた宝物に比べれば……なんでもなかった。

アンジェリーナは光りかがやかんばかりに美しかったが、クリストファーの目には髪をくしゃくしゃに乱して目をなかばとじた寝起きの姿でさえ美しく映るのだから、当然かもしれない。この日は瞳と同じ銀色のドレスで、漆黒の髪と乳白色の肌をきわ立たせ、首に大粒の真珠を巻きつけただけの、すっきりとしたいでたちだった。

ヒーストン伯爵夫妻が立会人となり、クリストファー側の家族は従弟のネヴィルと年配の伯父だけだった。杖をついて大聖堂に足を踏み入れた伯父が、アンジェリーナをひと目見るなりクリストファーに耳打ちした。「でかしたぞ、坊主」

司祭の短い説教のあとで、結婚の誓いとなった。クリストファーは、ひと言ひと言に情熱をこめて誓いをとなえた。

これで、彼女は自分のものだ。

キスにもいままでとはちがう敬虔《けいけん》さがともない、肉体だけでなく霊魂の結びつきを感じた。日ごろさほど信心深いわけではないのに、彼女の手をとったときは、神の力によってこの女性が自分にもたらされたのだと自然に思うことができた。

「今夜は、特別な場所へ連れていってあげるよ」身を寄せて耳もとでささやく。「ふたりきり、水入らずで、ゆっくり過ごせる場所だ」

アンジェリーナはまだ父と話をしていなかった。親のためというより彼女のために、ぜひ言葉を交わしてもらいたいと思っていたクリストファーは、祝福の言葉がひとしきりかけられ、小さなパーティがおひらきに近づくのを見はからって、花嫁にささやいた。「ネヴィルと話してくるよ。しばらくひとりにしてもいいかな？」

従弟を追いかけて、急いで外へ出ていく。少なくとも父親はその意味を察したようだった。自分はアンジェリーナの夫となり、一生かけて守っていく覚悟だが、これはアンジェリーナと父親の問題だ。クリストファーの出る幕ではなかった。

教会の車寄せで、帰りかけたネヴィルをなんとかつかまえることができた。「すまないが、少し時間を作ってくれ。頼みたいことがあるんだ」

28

宿屋はこぢんまりしていたが、素朴な料理は滋味豊かだし、部屋は居心地がよく……そして安全だった。天蓋付きのベッドは、すでに覆いをめくってあった。どうやら、あるじの妻は新婚ほやほやのふたりをとてもロマンティックだと思ったらしい。

アンジェリーナにとって人生で三度めの新婚初夜は、いままでのそれとはまるでちがっていた。一度めは幻滅、二度めはおぼろげな失望。けれど今夜は、これ以上ないほどの幸福に包まれていた。

夫が外套を脱ぐ動作は、まだ少しだけぎこちない。馬車の旅でわずかに乱れた金髪と屈託のない笑みが、たまらなく魅力的だった。「ここまでも最高の一日だったが、このあとはもっと上をめざそうじゃないか。最高の上なんてものが可能かどうかはともかくとして」

「傷が治りきっていないのに」アンジェリーナは抗議したが、夕食のあいだじゅうこちらに向けられていたまなざしを思い出すと、何を言ってもむだという気がした。「まだ早すぎるわ」

「あそこは無傷だからね」

「クリストファーったら」アンジェリーナはたしなめた。

「工夫はいくらでもできるさ、かわいい人。きみが主導権を握ってくれてもいい。ぼくはいつでもきみのなすがままだと、前に言わなかったかな？　きみがぼくを愛してくれるなんて、こんなにうれしいことはない」

アンジェリーナの全身がかっと熱くなった。いままで彼からいろいろな方法を教えてもらったが、熱のこもったまなざしは、いつにもまして淫靡な手ほどきを予感させたから。

「何か考えがあるみたいね、旦那さま」

「そのとおりだよ、奥さん」

「服を脱ぐ手伝いをしてあげるわ」いつしか声がひとりでに低くなり、かすれていた。「まだ、腕が痛いんでしょう？」

「美しい女性が、すすんで服を脱がせてくれるって？」彼の眉がぴくりと動く。「はねつけるほど、ぼくはばかじゃない」

「どんな女性でもかまわない、なんて言わないでしょうね」アンジェリーナの指がシャツのボタンをはずしにかかった。

「きみは、この地上にたったひとりの女性だろう？」クリストファーの声も、とろりと低くて甘く、官能的だった。「ほかに女性がいるのだとしたら、きみに出会ったあの日以来、ぼくの目には入っていないよ」

「おじょうずね、ロウ男爵」最後のボタンをはずし終えると、手を下にずらしてズボンにとりかかる。前がふくらんでいるので、留金をはずすのはひと苦労だった。てのひらでじらすようになでると、彼がうめいた。

「いいかげん、お世辞でないのはわかっているだろうに」

男性自身の硬直を別にしても、青い瞳の熱っぽい光を見ればはっきりわかる。それ以上は何も言えなかった。いまは言葉など必要なかった。

クリストファーがいいほうの手を使って、包帯を巻きつけた肩口からシャツを引きぬく。

「きみも服を脱いでくれ。こっちの残りは自分でできるから。ベッドで見物させてもらうよ」

婚礼衣装にした銀色のドレスは式のあとで脱ぎ、淡い薔薇色の、リボンもレースもないドレスに着替えていた。できるだけ形式ばらずにいこうというのがクリストファーの願いだったから。彼のまなざしを意識しながら、まず上靴を脱ぎ、続いてスカートをたくし上げて靴下留めとストッキングをはずす。

「すてきな脚だ。長くて引きしまっていて、締めつけてもらうにはうってつけの……手を止めないで」

「ええ。でも……」胴着のボタンをはずして、肩からゆっくりとドレスをずり落とし、胸のふくらみを見せつけるようにしてから床へ落とした。ここでくるりと背中を向け、シュミーズのリボンをほどいているのがわかるよう、わざと大げさに手を動かす。夫が目を奪われているのは、ベッドのきしむ音ではっきりわかった。

「とんだ悪女だな」彼がやりきれない声を出す。「さっき言っただろう？　きみを眺めたいのに」

「あなたが見たことのないものなんて、何もないわよ」肩ごしに視線を投げ、シュミーズを腰までずらしたが、まだ完全には脱がない。

「自分の妻が一枚ずつ服を脱いで、準備を整えるのを見るのは、初めてだからね」クリストファーが反論し、枕に背をあずけた。たくましい長軀は、包帯を巻きつけた肩を除けばすべてあらわになっている。乱れた金髪が眉にかぶさっていた。「きみも、準備の整った夫を見るといい」

言われなくても、男性自身のたかぶりは見てとれた。固く、勢いよくお腹からそそり立っている。

アンジェリーナはようやく向きなおってむき出しの乳房を見せつけ、ことさらに挑発的な笑みを浮かべた。豊かなふくらみを両手でもち上げながら、シュミーズが床に落ちるにまかせる。「無理をしないと約束してちょうだい。でないと、ここはさわらせてあげないわ」

「約束しよう。紳士として、貴族院の一員として、誠実な夫として、もと少年聖歌隊員として。さあ、おいで」

アンジェリーナは思わず吹き出した。「少年聖歌隊員ですって？」

「父に入れられたんだ。教会で奉仕活動をしたら、少しは行儀がよくなるだろうとね。アンジェリーナ、早くここへ来てくれ。ぼくがベッドを飛び出してむしゃぶりつく前に」

「いま約束したばかりじゃないの」

クリストファーの双眸は火を噴きそうだった。「じゃあ、約束をやぶらせないでくれ。ちなみに、議員の地位にはさほど執着がないし、紳士でいるのは退屈だと思うし、聖歌隊に入ってもよくならなかったよ」

アンジェリーナはベッドに歩みよった。「動いてはだめよ、ロウ男爵」

娶った相手は、とんだ淫婦《いんぷ》だったらしい。

男にとって、これ以上のしあわせがあるだろうか？

ゆっくりした歩みにあわせて乳房が揺れる。ただでさえなやましい動きが、ものうげな身のこなしとあいまってなおさら官能的に見えた。クリストファーの下半身は痛いほどたかぶり、肩の痛みなど忘れてしまうほどだった。

「これ、好きよ」ベッドに乗ったアンジェリーナが、指先で硬直にふれる。いつになく大胆な動作だった。

ひとりでに目がとじる。「もう一回やってくれ。なんでも言うことを聞くから」

「おもしろそうね」ふたたび指先がふれ、敏感な尖端《せんたん》をさする。

「アンジェリーナ……」

肩にさわらないよう用心深く覆いかぶさった彼女が、そっとキスをしてくれたが、クリストファーが腕を回して引きよせかけると首をふった。「だめよ。動かないで。わたしにまかせてちょうだい。変だと思われるかもしれないけれど、そうしたいの。最初のときはすくみ上がった生娘《きむすめ》だったし、二度めは失望することに慣れた、あきらめじょうずの花嫁だった。三度めはちがうわ。今夜は、ほんとうの愛を知った女として旦那さまを愉しませてあげたいの」

〝きみも、愉しませてあげるよ〟胸のうちで約束しつつ、彼女の言うこともわかるような気がした。愛のある結婚をし、そしておそらく父と対面を果たしたことで、彼女を過去につなぎとめる鉄の足かせがようやくゆるんだにちがいない。あのあと父娘で会話をして、わだかまりが解けたのだろう。

いいすべり出しだ。あとでもう少しくわしい話を聞きたいものだが、いまは……。

せっかくの新婚初夜だ。

アンジェリーナがもう一度キスをして、秘所を男性自身にこすりつける。こんどは彼女が目をとじる番だった。漆黒の長い睫毛が伏せられる。「ああ……すてき」

クリストファーはじっと横たわり、指先だけで彼女の腕や肩、そして胸の輪郭をなぞった。「もっと近くに来てくれ」切望のあまり声がしゃがれる。「きみを味わいたい」

アンジェリーナがほんの一インチほどずり上がって、クリストファーの口に胸をふれさせる。薔薇色の乳首をふくんだとたん、甘い声が漏れた。最初はやさしく、しだいにはげしく吸いたてると、クリストファーの腰をはさみ込む内ももに力がこもり、秘所が熱く湿って、準備が整ったことを告げた。

準備が整ったのはこちらも同じだ。身を起こしたアンジェリーナが、片手で分身を握って入口にあてがったときは、深く息を吸いこんで暴走をこらえた。彼女がゆっくり腰を沈めて、いきり立った長いものをじわじわとのみ込んでゆく。やがて完全に受け入れてひとつになったときの快楽は、息もつけないほど強烈だった。

「愛してくれ」クリストファーは相手の視線をとらえ、臀部をさすった。「きみは恋人で、妻で、ぼくの人生そのものだから」

「クリストファー……」ささやきの続きは、彼女の目の表情と、体を動かしはじめる前のキスで伝わった。ふたつの体はぴったりと息をあわせて動き、ともに頂点をめざし、あえぎ声やうめきのひとつひとつまでもが呼応するかのようだった。

これ以上こらえきれないとわかったとき、クリストファーは重なった体の合わせ目に手をさし入れて愛撫した。とたんにアンジェリーナが体をふるわせて声をあげる。硬直をぎゅっと締めつけられて、最後のせきが切れた。

絶頂の余韻にぼうっとしているときでさえ、彼女は傷のことを忘れないでいてくれた。体重をかけないよう注意しながら、いいほうの右側にそっと横たわって肩に頭をもたせ、ふたりの荒い息づかいがおさまるまでじっとしていた。

いつにない疲労が――心地よい疲労だが――クリストファーを押しつつんでいた。傷のせいもあるのだろうか。

クリストファーはほほえみ、これまでの人生でもっとも安らかな眠りへと落ちていった。

29

罠をしかけるのは面倒だが、獲物がかかったときの達成感を思えば苦ではない。

「いちばんそれらしいのはフェッツァーという男だ。あやしげな界隈《かいわい》をいくつか廻《まわ》って——二度と足を踏み入れたくないたぐいの場所ばかりだったが——内密に面倒を片づけてくれる人材はいないかと声をかけたら、この男をすすめられた」クリストファーの従弟にあたるネヴィル・ダラムが、さも不快そうに顔をしかめた。「堅気《かたぎ》の事務弁護士が聞いてあきれる。こちらの望みを伝えたときも、あれこれ事情を訊かれたりはしなかった。ただ愛想よくうなずいて、名前が出ることは絶対にありませんよ、と保証されたよ。相応の報酬さえもらえれば、たとえ毒蛇《どくへび》とだって取引をするんじゃないか」

ロウの見立てにくるいはなかった。年若い従弟は、みごと役目を果たしてくれたようだ。

「連絡の方法はどんなふうに？」うさんくさい酒場の傷だらけのテーブルに陣取った青年を、ベンジャミンはしげしげと見つめた。頼みにこころよく応じてくれたのはまたとない幸運だった。従兄の命がおびやかされたと知ったせいもあるだろう。

「この番地に連絡すればいいそうだ」ネヴィルが羊皮紙をとり出して広げる。「ここに書いてある時間帯なら誰かしら詰めているから手紙を託してくれと言われた。こちらの名前が出ることはいっさいないから、信頼してほしいと」

クリストファー・ダラムがつぶやく。「うまいものだな。依頼するときに一回だけ事務所を訪ねれば、あとは出入りを見とがめられずにすむ。例の犯人らしい周到なやりかただ」

なおも思考をめぐらせながら、ベンジャミンはぬるいエールを飲んだ。「まったくだ。場所もうまく選んである。一等地ではないが、危険な地域でもない。レディ・イヴとミセス・ダルセットが同じ髪の色だったのはちょうどよかったな。フェッツァーの部下に手紙を届けにいっても、また執念深い伯爵令嬢がやってきたかと思われてすみそうだ」

「ぼくにできることは？」ネヴィルが熱心に訊ねた。興味しんしんのようだがよけいな詮索はせず、快活な顔に笑みをたたえている。

「もう、じゅうぶん役に立ってくれたさ」クリストファーが言う。「ありがとう」

「いつか事情を話してくれるね？」

「もちろんだ」

従弟が去ったあとも、クリストファーとベンジャミンは店に残った。酒場はひどく騒がしいが、誰もこちらに目を向けないので、内密に話したいというふたりの目的にはぴったりだった。

「さて、どうする？」ロウが椅子にもたれた。動作はだいぶなめらかになり、肩口の包帯もいまは小さくなってあまりめだたない。店の雰囲気にあわせて普段着を身につけ、なめし革の上着は前を開けてある。

「重傷を負ったばかりの男とは思えないくらい、満たされた顔をしている」ベンジャミンは指摘した。「結婚生活が肌に合っているのかな」

「そのとおり。しかも新しく受けた仕事が、アンジェリーナの不安をやわらげてくれそうな内容でね。スペインの田舎で、戦争で破損した宮殿を再建してほしいというんだ。ふたりで何カ月か、ひょっとすると一年以上あちらに暮らすことになると思う」

「なるほど」

「戦時下は両方の軍が陣営に使ったらしいが、イングランド軍が用ずみと判断した時点で、火を放たれて倒壊したらしい。所有者だったスペインの貴公子はうまく財産を隠しおおせたようで、建物を復元したうえで増築も頼みたい、と言ってきてね。建築家としては大きな挑戦だし、結婚したてで身重の妻がいるという観点からも、ことわる意味がない」ロウがまじめな顔になる。「この件が片づくまで、イングランドを離れていたいというのがアンジェリーナの望みなんだ。最初はぼくも反対したが、今回の仕事は魅力的だし、あまり堅苦しく考えなくてもいいかと思ってね。そんなわけで、ぼくらはもうじき出発する。いま、家令が手はずを整えているところだ」

悪くない考えだ。ベン自身でさえ、次に何が起きるかわからないのだから。アリシアには危険がおよばずに終わるかもしれないし、あるいはあとあとまで脅威が残るかもしれない。これが戦争でなくてなんだろう。いまこそ攻撃に転じるときだった。

「直接会ってみようと思ってね。やつには手に入れたいものがある。それを与えてやろうじゃないか」

ロウからは、期待したとおりの反応が返ってきた。

「だめだ。絶対に」勢いよくテーブルをたたいたので、おんぼろの土台がはげしく揺れ、ジョッキの酒が飛びちった。「身重の妻を、さんざん苦しめてきた悪党にさし出す……きみならそんなことができるか？」

「いや」ベンジャミンは相手の目を見すえた。「いつ〝きみの妻〟と言った？」

しばしの無言のあと、ロウがこわばった笑みを浮かべた。「そうだな。すまなかった。いろいろあって気が立っているんだ。だからこそ妻を連れて国を出たいんだ。策略は？」

「敵が見すごせないような誘惑さ」

「アンジェリーナだろう？」

「いや」ベンジャミンは静かに告げた。「きみだ」

周囲の喧噪までもが、にわかに静まったように思えた。片隅でうさんくさげな客が笑いくずれ、食器の音がひびいているのに……。ロウがうなずく。「だいぶ受け入れやすい提案だな。何をしたいのか、教えてくれ」

「敵はアンジェリーナを殺したいわけではない。もしそれが望みなら、とっくに手を下していただろう。彼女が田舎に引きこもっているあいだ、どれだけ無防備だったと思う？　実の親でさえ近くにいなかったのに。敵は、獲物を手のうちにとどめておきたいんだ。死とは、彼にとって喪失を意味する」

「頭のおかしな人間の考えそうなことだ」

「だが、きみもまた敵の監視をまぬかれない。奴にとっての宝物を奪ったからね」ベンジャミンはジョッキの握り手を指でなぞり、話し相手をじっと見た。「敵と同じ考えかたをしなければ、相手を出しぬけない。戦場で身につけた方法だが、なにしろ今回の敵はいっぷう変わっている。人間でありながら、人間でないというか。きみを殺せば、アンジェリーナはふたたび奴の手中に戻る。要約するなら、きみはまさに敵のほしいものをもっているんだ」

「ふん、アンジェリーナをあいつのものにはさせないし、手出しもさせるものか」クリストファーが冷酷な笑みをたたえた。「標的になるのはかまわないが、妻が賛成してくれるかどうかそうか。自分を執念深いたちだと思ったことはないが、復讐は望むところだ。自分の気持ちもさることながら、アンジェリーナのためなら火の上を渡ってもかまわない。あいつに罪ほろぼしをさせてやる」

「そこまでの荒療治は必要ないよ」ロウの胸中は痛いほどわかった。この件に深入りすればするほど、アリシアが傷つく確率は高くなる。

そんなことをさせてたまるか。

「きみはただ、決められた日時、決められた場所に姿を見せればいい」

「きみを信用して、命をあずけるよ」クリストファーが無表情に言う。「杭《くい》につながれた子《こ》羊《ひつじ》よろしく、おとりに使われるわけだな。具体的に聞かせてくれ」

「いいだろう」ベンジャミンは椅子の背にもたれてジョッキを一瞥し、鮮度に難こそあれ最低最悪というわけではない、と観念して大きくひと口あおった。「まずは、結婚したことを世間に広めてくれ。〈タイムズ〉に告知を出すんだ」

「アンジェリーナがいやがるだろうな」

「ぼくが話をしよう」そしてベンジャミンはぶっきらぼうにたたみかけた。「〈ブルックス〉に賭けを登録するというのは？」

「その表情、気になるな。いいだろう。どんな賭けだ？」

「きみが殺されない、という内容だ」

ロウが口もとを引きつらせ、信じがたいという表情になる。「もう一度やらせようというのか？」

「どちらにしろ、手は出してくるさ」ベンジャミンはそう確信していた。アンジェリーナが田舎で孤独に暮らしているかぎり、敵はおのれが彼女におよぼした影響に満足し、黙って見まもりつづけただろう。

だが、彼女は再婚した。

「一石二鳥だ。ぼくは敵を挑発できるし、きみは敵にねらわれることで、アンジェリーナの無実を証明できる」

「一度でじゅうぶんだと思わないか？」

「だが、一度めは誰も知らないだろう？　こんどは派手にやろうじゃないか」

「論旨はわかったが、できれば生まれてくる子どもには父親の顔を見せてやりたいし、アンジェリーナがこの案を聞いたら、たいへんな口論になりそうだ。ぼくの身さえぶじなら、世間に何を言われようとかまわない、というのが妻の口ぐせだからね」

そう言ってもらえるクリストファー・ダラムはよくよく果報者だ、とベンジャミンは思った。「わかるさ。だから、可能なかぎりの予防措置は講じるつもりだが、われわれにとっては主導権を奪うまたとない機会なんだ。敵が挑発に応じてきしだい、ぼくが矢面に立つから安心してくれ。きみとは髪の色も、背格好もよく似ている。すぐ近くによれば別だが、遠目ならごまかせるかもしれない」

おそらく反論がくるだろうと思ったが、案の定だった。ロウが首をふり、熱弁する。「きみの子どもだって父親が必要なのは同じだろう。しかもきみは、アンジェリーナに依頼されなければ無関係でいられたはずの人だ。だいじょうぶ、もう油断してねらわれたりはしないから」

ベンジャミンはおだやかに応えた。「だが、獣を穴からつつき出すというのはこちらの案だ。一度は引っぱり出せた相手だよ」

麗々しく飾りつけられた玄関に足を踏み入れたとたんにいつもの緊張が襲ってきたので、アンジェリーナは肩をそびやかした。唇を引きむすび、低い声で言う。「もう一度聞かせて。なぜわたしが、それどころかあなたまで、さらし者になる必要があるの?」

隣に立ったクリストファーは、つい先ごろ重傷を負ったとは思えない、颯爽とした夜会服姿だった。「ぼくをいつでも愛し、言いつけに従い、仕えると誓ってしまったからさ」

憤然と息を吸いこんだそのとき、クリストファーがかがみ込んで、アンジェリーナが室内にたったひとりの女性であるかのようなまなざしをそそぎ、にこっと笑った。「言いつけに従うというのは嘘だ。ここに来たのは、ロンドンじゅうに手っとり早くぼくらの結婚を知らせるためさ。ぼくたちらしいやりかたでね」

まったくの正論だった。いっぽうで、自分とかかわったことでクリストファーの命があやうくなったのも事実だ。彼の腕に添えた手に、知らず知らず力がこもった。「だったら、先にあやまっておくわ。これからさんざん、無遠慮な視線を浴びせられるわよ」

「なぜあやまる？　きみは何も悪いことをしていないじゃないか」

こういう人だから好きになったのだ。もちろん、ほかにもたくさん理由はあるけれど……。彼は、つんとすました物腰、超然として近よりがたい〝暗黒の天使〟の仮面の下に、人前に出るだけで――いまのように――心ないささやきにおののく女性がいるのをわかってくれる。

「これからも、あれこれ噂されるわ」

「世間の目なんて気にしないさ」ほかの誰にも聞こえないように、耳もとでクリストファーがささやいた。「みんな妬いているんだよ。ぼくが世界一の美女といっしょにいるから」

「仰天しているだけよ」いなしつつも、あたたかいまなざしのおかげでアンジェリーナの緊張はほぐれつつあった。「あなたはきっと注目の的だわ。娶った相手がよりによって、二度も夫を亡くして、社会を追放された、死の使い同然の……」

「最愛の人、だ」クリストファーが笑いとばした勢いで、アンジェリーナの髪が揺れた。

「何もかも真実だとして、ぼくはどういう位置づけになるんだろう？」

「あえてけわしい道を行く物好き、かしら」いつしか、目の前の群衆はアンジェリーナの意識からきれいさっぱり消えた。銃撃のおそろしさも、イヴのおぞましい裏切りでさえも。かつての親友の動向については、新聞の社交欄に出ていた〝レディ・イヴは慢性的な体調不良のため、地方で静養する予定〟という記事を見たのみだった。

安堵したのはいなめない。失われた友情を惜しみつつも、もしいま公共の場で彼女に出くわしたら、落ちついて切りぬけられる自信がなかった。いまでも、イヴが夫ふたりの死とクリストファーの銃撃にどんな役割を果たしたかははっきりわかっていないが、真実を知った衝撃はまだなまなましく、遠い将来はともかくとして、いまはまだ許せそうになかった。個人的な心痛を別にしても、依頼を黙っていたこと、とりわけトーマスの死のあとで真実を申し出てくれなかったことは、永遠に心の傷として残りそうだった。

「聞いたぞ、ロウ」薄紫の胴着に孔雀《くじゃく》の羽根を挿した若者が寄ってきた。どんよりと目をにごらせ、手にしたシャンパングラスがあぶなっかしく揺れている。「やけに大胆じゃないか。だが、その価値はありそうだ」

クリストファーの茶目っ気がたちまち消えうせた。アンジェリーナをかたわらに引きよせ、腰にしっかりと腕を巻きつける。「結婚を急いだことなら、異論はないよ、ジェイクス。では、また」

「おめでとうを言わせてもらうよ。だが、そのことじゃない。賭けのことさ」酔いどれのジェイクスが、でかしたと言いたげな笑みを向ける。「たいした心意気だな、おい」

賭けですって？　アンジェリーナは夫の横顔をきっと見た。

彼の顎がぴりぴりと引きつるのがわかった。「レディの前で話すことではないな」

「あ……そうか。すまない」ジェイクスがひたいをこすり、ぐらりとよろめいた。

賭けというのは、なんのこと？

「すまないが、失礼するよ。美人の妻とワルツを約束しているのでね」それ以上何か言われる前に、クリストファーがアンジェリーナを連れ去る。

「いまの話」ダンスフロアに進み出ながら、アンジェリーナは押しころした声を出し、扇をぴしゃりととじた。「説明してくれるでしょうね」

クリストファーの声は低く、オーケストラの演奏にかき消されそうだった。「説明すべきかどうか、わからないな」

「慎重にすると言ったじゃないの」

「その口調を聞いただけでじゅうぶんだ」青い瞳が、こちらではなく群衆に向けられた。

「ヒーストンの思いつきだが、伯爵を責めるつもりはない。ぼくも同意したから」

「何に同意したの？」いま動きを止めたら注目を引くだろうが、上流階級の好奇心の強さはアンジェリーナの危惧をはるかに超えていた。いつもなら満員のフロアからみるみる人の波が引き、広間のあちこちに固まった人々が、興味しんしんでこちらを眺めている。男女がダンスをするのが天変地異だとでもいうかのように。

「ワルツを踊ってくれ」クリストファーは妻を抱きよせた。「いままで機会がなかったからね。ちがう種類のダンスなら、数えきれないほどしてきたが……あれをいまここでやったら、それころロンドンじゅうが大騒ぎになってしまう。さあ」

「ほかに誰も踊っていないわよ」

「すばらしい。混みあったフロアは大きらいだからね。演奏は始まっている。踊ろう」

不承不承、アンジェリーナは応じた。この明るさがあるからこそ、遠慮ない詮索の目にさらされるのがわかっていても、彼を信頼して人前に出ようと思ったのだ。

そう、彼を信頼して。

そこが鍵だったんだわ……彼の先導でステップを踏みながら、アンジェリーナは気づいた。自分の中で何か気持ちの変化があったにちがいない。ダンスフロアにふたりきりの自分たちにそそがれる視線を、まるきり感じなくなったからだ。

彼の腕に抱かれているかぎり、こわいものはなかった。

甘く楽しげな旋律が流れる。抱きあって踊る彼の長身が、ベッドでのめくるめく体験や、月明かりの庭園でのそぞろ歩きを記憶に呼びさます。まるで魔法のように、好奇のまなざしも、手の甲で隠したひそひそ話もどこかへ消えてしまった。

ふと思いたって訊ねる。「二日後にはスペインに向けて出発するんでしょう？　ほんとうにいいの？」

「ああ」背中に添えた片手に力が加わり、ぐっと引きよせる。

「息子の誕生を、ここで見とどけたいんでしょう？」

「代々のロウ男爵同様、子どもを祖国で生み育てたいとは思うが、慣習は必要に応じて変わっていくものだ。いずれはイングランドに戻ってくるさ。きみの髪の香りが好きだと、前に言ったかな？」

話題を変えるのがへたにもほどがある。「何度も聞いたわ。あなたにはときどき腹が立つって、前に言ったかしら？　ヒーストン伯爵に何を頼まれたの？」

「派手に挑発してやろうと言われたのさ」

不吉な予感がした。「どんな挑発？」

ふたりの会話が断ち切られたのは、音楽や群衆の話し声に負けないくらい大きな叫び声が戸外から聞こえたためだ。オーケストラがぴたりと演奏を止め、ひそひそ話もやんだ。一瞬ののち、若い洒落者《しゃれもの》がひとり舞踏室へ駆けこんできた。クラヴァットが曲がっているのもかまわず、あっけにとられた人々に告げる。「誰かの馬車が燃えてる！　馬が暴れはじめて、外は大騒ぎだ」

「挑発はうまくいったようだ。覚えていろ、ヒーストン」夫が無念そうにつぶやくのが聞こえた。「あの馬車はお気に入りだったのに」

混乱の中でこそ、不意打ちは功を奏する。公共の場でロウ男爵に接近したい場合、敵がどんな手をとるか、ベンジャミンはあらかじめ想定していた。攪乱《かくらん》作戦だ。

なかなかあざやかな手ぎわだった。

敷地の外、庭園を囲む高い壁を背負った地点からは、ごうごうと燃えさかりながら疾走する馬車がよく見えた、馬たちがいななき、御者席には誰もいない。放火とはうまく考えたものだ。おびえてとりのぼせた動物は、騒ぎを引きおこすのにうってつけだから。

なんとも知恵の回る敵と言うべきだった。

だが、いちばんではない。

ベンジャミンは暗がりを音もなく進み、いつもは鍵のかかっている門——あらかじめ解錠しておいた——から庭園に入ると、横手から回りこむようにして邸宅へ近づいていった。用心深く、かつ敏捷《びんしょう》に。一石が投じられたいま、勝敗を決するのは時間だ。

ロウが危険を察知し、慎重に行動してくれるのはまちがいない。もし男爵の身に何かあったら、アリシアに首をはねられても文句は言えないだろう。それほど思いきった作戦だった。だが、誰しも生きていれば多少の危険はともなうものだ。

テラスは暗く、室内の照明だけが頼りだった。空に厚く雲がたれこめているので、月も見えない。舞踏室はいまや蜂の巣をつついたような騒ぎで、おおむね女性で占められていた。男性はめいめいの馬車を確かめに飛び出していったのだろう。

レディ・ロウの姿は、つややかな黒髪のおかげですぐ見わけられた。クリストファーがすぐ横に控え、油断なくあたりに目を配っている。

これは、新しい馬車を贈るほかないだろうな……。壁に背中を押しつけて、なおも待つ。

場内の混乱ぶりから見て、敵が正面扉から入ってくることも考えうる。最新流行の夜会服に身を包んでしまえば、ほかの客と見わけがつかないだろう。だが、もしぶっそうなまねをしたいなら、裏手からしのび寄るはずだ。

ひとつの動きがベンジャミンの目をとらえた。外套に包まれた、黒っぽい人影が。

〝来たな……〟

ふところからピストルを出したものの、発砲する機会はなかった。

閃光《せんこう》と、するどく短い炸裂《さくれつ》音のあと、テラスの扉に衝撃音がひびいて、ガラスがこなごなに砕けちった。悲鳴があがったので、狙撃者がどこへ逃げたのかを確かめるのはいっそう困難になった。

いいだろう。敵の目にはこちらの姿が映ったはずだ。

身を低くかがめ、欄干《らんかん》を盾にして走りながら、暗闇に目をこらして敵の逃げた方向を探す。

〝むだな威嚇《いかく》をしたな〟ベンジャミンは内心にやりとした。〝弾をこめ直す暇がいるだろうに〟

階段を駆け下りたところで右手に気配を察したので、そちらに行くと見せかけて、小さな茂みに身を隠す。

なんの動きもない。屋内の騒ぎを別にすれば、音も聞こえない。

やがてベンジャミンはそろそろと立ち上がり、周囲にぬかりなく目を走らせながら小道を追った。

少年のころ銃を教えてくれた父は射撃の名人で、あらゆる武器に精通していた。おかげでベンジャミンは、獲物の居所を割り出すのが大の得意になった。

きょうも例外ではない。引き金を引くと、直後に小さな呪詛《じゅそ》が聞こえた。押しころしてはいるが、確かにこちらの耳に届いた。


「というわけで、ともかく相手に弾はあたった。あいにく逃げられてしまったが」ヒーストン伯爵は見るからにくやしそうだった。正装の夜会服でないどころか、ひどくくだけた普段着姿が、はなやかな邸内で異彩を放っている。

「逃げられたのは残念だが」アンジェリーナの耳に、夫の低い声が聞こえた。「目には目を、弾には弾を、だ。おかげで少しは胸が晴れたよ。馬車のことは許してやってもいい」

男の人ときたら、まったく……。

三人は舞踏室の外に立っていた。押し合いへし合いしている招待客は、逃げることに夢中で、こちらに目をくれようともしない。あすになれば、炎上する馬車と舞踏室に打ちこまれた銃弾の話題がロンドンじゅうを駆けめぐるだろうが、いまのところお上品な貴族の大半は、沈みかけた船から逃げ出す鼠の群れと大差なかった。

ヒーストン伯爵が考えこむ。「雑な攻撃ではあったにせよ、つくづく予測のつかないやつだ。屋敷まで送ろう。シャープに馬車を回させてある。シャープもがっかりしているよ。すばしこい敵に銃弾を撃ちこみたいのは、あいつも同じだから。いまは、建物の裏手を見はらせている」

「ああ、井戸の一件か。恨んで当然だな」

「まったくだ」

ふたりとも、にくたらしいほど平然としている。ついさっき、片方が、あるいは両方が殺されたかもしれないというのに。

考えれば考えるほど、スペイン行き以外に解決策はなさそうだった。

おだやかな夜にもかかわらず、アンジェリーナは外套に包まれた肩をふるわせた。「ヒーストン伯爵……わたし、依頼をとり下げます」

男性ふたりがこちらを見た。伯爵は例によって無表情だった。榛色の瞳をかすかに光らせたのが、かすかなおどろきのしるしだろうか。「ほんとうに?」

屋敷の前には長い行列ができ、どこもかしこも右往左往する人であふれていた。

「アリシアにはあなたが必要ですもの。最初にお願いにいったときは、自分の悩みで頭がいっぱいだったけれど、あれはまちがいだったわ。奥さまには、あなたと一生をともにする権利があるのよ」

ヒーストン伯爵は動じず、静かに笑って答えた。「人生には、片づけなくてはならない問題というのがあってね。それに、こちらは何があろうと負ける気がしない」

エピローグ

アリシアは、コーヒーとソーセージの芳香で目ざめた。ぼんやりした頭で、きょうが何曜日かを思い出し、寝返りを打って、閉ざされたままのカーテンとベッドの脇の小卓に目をやる。夫が、筋肉質の四肢をゆったりと投げ出して座っていた。上靴をつっかけ、濃紺の部屋着の帯を腰のあたりでゆるく結んでいる。「おはよう」

「何をしているの？」起き上がろうとしながらアリシアは目をしばたたき、顔にたれかかる長い髪をかき上げた。

「きみの寝顔を見ていた」ベンがほほえむ。「知りたいなら言うが、いびきをかいていたよ」

「かくわけがないわ」こわい顔をこしらえたものの、こらえきれずに吹き出す。ぐっすり眠っていたのは事実だから。「ほんとうに？」

「実にかわいらしい、淑女然としたいびきをね」

「からかっているのね」

「どうかな」榛色の瞳が、カーテン越しの朝日であざやかに見えた。「きみが起きるのを待っていたんだ。けさ、ふたりがぶじに出航したのを知らせたくてね」

うれしい知らせだった。アンジェリーナはたいへんな目に遭ったのだから。「よかったわ」

夫が手をのばして、盆に乗っていた手紙をとり、ベッドに置いた。「これは昨夜届いたものだ。書斎の机に置いてあったが、誰も届けた覚えがないという」

手でふれるのがこわかった。おととい帰宅したベンの服からは煙の臭いがしたし、きのうの朝は、〈ブルックス〉の賭けとロウ男爵の馬車炎上の話題がロンドンを駆けめぐった。なのに夫は、犯人の姿をちらりと見た、としか言ってくれない。

おそるおそる、アリシアは羊皮紙を開いてみた。

ヒーストン伯爵閣下、

当方のささやかな趣味に関心を示していただき恐縮きわまりない。賭けを発表したのは名案と考察する。つい看過できず挑発に乗ってしまったが、当方とて、閣下がしかけた罠をすべて逃れられると思うほど傲慢ではない。今回の勝負は勝者なしの引き分けということで、ご了承いただけるだろうか？

当方はロウ男爵の殺害を果たせず、閣下も当方を殺害できなかった。時間の節約と、当方からの好意としてお伝えするが、先日までの連絡手段は事務弁護士の手で遮断した。来シーズンの到来が楽しみでならない。

規律至上主義者より

アリシアは顔を上げた。「なぜ、こんなものをよこしたのかしら？」

「おとといの晩、相手が傷を負ったのはまちがいない。これで、しばらくは停戦にもち込むつもりだろう」

聞くなりアリシアの動きがぴたりと止まった。「なんですって？」

「敵はロウ男爵の馬車に火を放ったあとで舞踏室の窓に弾丸を撃ちこんだ。騒ぎの中で、こんどこそロウをしとめようとしたのさ。こちらは撃ちかえすしかなかった」夫が小さく肩をすくめる。「ほかに何を感じたか、聞かせてほしい」

「来年の春、社交界の注目を集める娘にだけはなりたくないわ。停戦とはいっても、これで終わるはずがないもの」

ベンが見つめかえした。「実に正確な分析だと思う」

「わたしたち、どうすればいいの？」

「わたしたち？　ぼくはいくつか調査をおこなうつもりだが、きみはお腹の赤ん坊をたいせつにはぐくんでくれなくては困るな。早急にヒーストン領へ移ろう。生活の変化が、こんなに楽しみだとは」夫の目が、日に日にまるみを増す腹部にとまる。「赤ん坊の成長をまのあたりにできるんだからね。まるで……奇跡だ」

アリシアはふたつの面で同意していた。いま体内で起きていることは奇跡だし、ベンがこれほど赤ん坊に興味をもってくれるとも思わなかった。やさしく答を返す。「あなたはすばらしい父親になるわ。すばらしい夫なのと同じくらい」

ベンの視線が、アリシアの顔に戻ってきた。いつになくためらいがちな目をしている。

「すばらしい夫ではないよ、アリシア。ずっと伝えられずにいたじゃないか……どれくらい深く、きみを愛しているかを」

やっと聞けたわ……。息をするのを忘れてしまいそうだった。ただでさえ、魂を焼きこがすほど熱いまなざしを浴びせられているのだから。「で、どれくらいなの？」ようやく問いをしぼり出したが、その声はふるえていた。

立ち上がった夫が、ベッドの横にしばしたたずんだのちに身をかがめて、アリシアの両わきに手をついた。唇を一度、二度とふれあわせてから、耳もとに口を寄せ、聞こえないほど小さな声でささやく。「こんなに人を愛せるとは想像できなかったくらい、深くさ」

アリシアの全身をぬくもりが満たしていった。どこまでもベンらしい、遠回しであいまいな言いかた。彼が何を想像するかなんて、わかるわけがないのに……。とはいえ、想いを口に出してくれたことに変わりはないし、こんな彼だからこそ愛したのだ。とざされた部分もまるごとふくめて、ベンジャミン・ウォレスという男性を。

指先で彼の頬にふれる。「わたしに予想できなかったこと、なんだか知っている？」

「うん？」耳たぶを甘噛みされると、肌にさざなみがたった。

「身ごもった女性が、どれほど情熱的になるか、よ」両腕を首にからめて、アリシアは続けた。「妻を甘やかしていただけるかしら、旦那さま？」

ベンの手が、胴着のリボンにのびる、「誓うよ。世界一、妻に甘い夫になると」

訳者あとがき

わたしを愛してはだめ。かならず不幸になるから。
もう二度と、あんなつらい思いはしたくない……。

ヒーストン伯爵ベンジャミン・ウォレスが〝貴族探偵〟として活躍するWhispers of Scandalシリーズの第二作、『麗しのレディが恋に落ちて』をお届けします。

黒髪とぬけるように白い肌、銀灰色《ぎんかいしょく》の瞳の美女アンジェリーナは、社交界に出たとたんに注目の的となり、すぐに結婚相手が決まったものの、夫のウィリアムはほどなく病死してしまいます。喪が明けたあと社交界に復帰したアンジェリーナは、トーマスという男性と再婚しますが、彼もウィリアムとまったく同じ症状で死去。偶然とは考えにくい一致に、アンジェリーナは夫殺しの嫌疑《けんぎ》をかけられ法廷へ。証拠不十分で無罪になったとはいえ、〝暗黒の天使〟などと陰口をたたかれ、人目を避けるため田舎に引きこもって暮らすようになりました。

ようやく傷も癒《い》えた四年後、アンジェリーナは友人宅のパーティで知りあったクリストファーと恋に落ちます。ロウ男爵にして新進気鋭の建築家でもある彼は、過去の醜聞などものともせずに求婚。けれどアンジェリーナは踏みきれずにいました。もし夫ふたりが自然死でないとしたら、彼らを殺した人間が次にねらうのはクリストファーかもしれない。本気で愛した相手にもし不幸がふりかかったら……。悩んだすえにアンジェリーナはベンジャミンのもとを訪ね、ふたりの死を調査しなおしてほしいと頼むのでした。

ここで少し、前作『見知らぬあなたと恋に落ちて』のおさらいをしておきましょう。
妻アリシアの従妹にあたる伯爵令嬢エレナ・モローが劇場からふいに姿を消したため、行方捜しを頼まれたベンジャミン。陸軍省の情報活動にたずさわっていた時代の経験を活かし、とある塔の一室に監禁されていたエレナをぶじ救出します。誘拐犯の目的はどうやら金品ではなく、イングランドきっての放蕩者として知られるアンドリュース子爵ランドルフ・レインとエレナを同じ部屋に閉じこめ、ふたりに道を踏みはずさせて醜聞の餌食《えじき》にすることだった模様。ランドルフとエレナが結婚したことで、調査は打ち切りとなり、犯人の正体はつきとめられじまいでした。

アンジェリーナから話を聞いたベンジャミンは、エレナの誘拐事件とのあいだにふしぎな相似点を見いだします。緻密な手口、若いレディの品位をおとしめてどん底につき落とそうというどす黒い意志。もしかすると同じ犯人によるものではないか？　にわかに興味を惹《ひ》かれたベンジャミンは力を貸すことを承諾し、慎重に調査を進めますが、犯人はめざとく動きを察知したらしく、アンジェリーナやベンジャミンに不穏な挑発をしかけてきます。やがて妻アリシアの身にまで危険がおよび、ベンジャミンはいつもの冷静さをかなぐり捨てて犯人との全面対決を決意するのでした。

前作で、お互いをもっと理解するまではベッドをともにしたくない、と夫ベンジャミンに最後通牒《つうちょう》をつきつけたアリシア。今作ではベンジャミンの子どもをさずかりますが、もちまえの活発さと明るさは相変わらず。感情表現がへたで〝愛している〟のひと言が言えないベンジャミンとの絶妙な押し引きを楽しませてくれます。

ちなみに、アリシアたちの護衛にあたったウェールズ出身の青年アルフレッド・シャープは、Ladies in Waitingシリーズの第二作、『すみれの香りに甘く誘われて』でも、ダミアン・ノースフィールドの下で暗躍した人物です。スペイン戦線でめざましい貢献をしたあと、ロンドンでほうぼうの事務弁護士から内密に雇われ、不義密通から人殺しにいたるまであらゆる事件を請けおっていますが、過去にはちょっと謎めいた部分もあるようで……。色っぽくて味のある悪女、ジャネルとの関係もふくめ、今後が楽しみなキャラクターです。

ケイト・ワターソン名義のサスペンス・ロマンスも好調で、近ごろはファンタジーの分野にも食指を動かしているエマ・ワイルズですが、本シリーズの第三作は、訳者がこのあとがきを書いている二〇一三年夏、まさに執筆中のようです。冷静沈着なベンジャミン・ウォレスと、〝神の力〟を標榜《ひょうぼう》する謎の犯人との知恵くらべは、はたしてどんな決着を迎えるのか、母となるアリシアはどんな活躍を見せるのか……。満を持して発表されるはずの第三作を、みなさんといっしょに、訳者も楽しみに待ちたいと思います。

二〇一三年八月　大須賀典子

麗しのレディが恋に落ちて

2013年９月17日　初版第一刷発行

著 ……………………………………エマ・ワイルズ
訳 ……………………………………大須賀典子
カバーデザイン…………………………小関加奈子
編集協力 …………………………アトリエ・ロマンス

発行人………………………………………後藤明信
発行所 ……………………………株式会社竹書房
〒102-0072 東京都千代田区飯田橋2-7-3
電話：03-3264-1576(代表)
03-3234-6383(編集)
http://www.takeshobo.co.jp
振替：00170-2-179210
印刷所 …………………………凸版印刷株式会社

ISBN978-4-8124-9654-1 C0197
Printed in Japan

ラズベリーブックス

甘く、激しく――こんな恋がしてみたい

大好評発売中

「花嫁選びの舞踏会」

オリヴィア・パーカー 著　加藤洋子 訳／定価 930円（税込）

公爵家の花嫁選びに集められた令嬢たち
親友を救うため参加したマデリンだったが……

ウルヴェレスト公爵家が、ヨークシャーの城に7人の令嬢たちを招き、2週間後の舞踏会で花嫁を決定すると発表した。だが公爵であるガブリエルに結婚の意志はなく、爵位存続のため弟トリスタンの花嫁を選ぶことに。結婚願望がない令嬢マデリンも候補の1人となり、当然のように断るが、放蕩者のトリスタンに恋する親友も招待されてしまったために、彼女を守ろうとしぶしぶ参加することにする。ところが公爵その人と知らずにガブリエルと出会ってしまったことから思わぬ恋心が生まれて……。太陽のような令嬢と傲慢な公爵の突然のロマンス。

「壁の花の舞踏会」

オリヴィア・パーカー 著　加藤洋子 訳／定価 940円（税込）

大好評『花嫁選びの舞踏会』の続編!
せつなくもキュートなリージェンシー・ヒストリカル。

花嫁選びの舞踏会は終わった。結末に落ち込むシャーロットだったが、放蕩者のロスベリー伯爵があらわれ、彼女に軽口を叩きながらもダンスを申し込んでくれた。　それから半年、ひょんなことからロスベリーを救ったシャーロットは、ある名案を思いつく。壁の花の自分と、自分には絶対恋心をいだかない伯爵なら、きっと友情をはぐくめる。そしてお互いの恋に協力できるだろうと。――だがシャーロットは知らなかった。壁の花の自分に、伯爵がひそかに恋していることを。そして、叶わぬ恋を続けるシャーロットのため、心を偽っていることを……。

ラズベリーブックス 新作情報はこちらから

ラズベリーブックスのホームページ
http://www.takeshobo.co.jp/sp/raspberry/

メールマガジンの登録はこちらから
rb@takeshobo.co.jp
（※こちらのアドレスに空《から》メールをお送りください。）
携帯は、こちらから→

発売日は地域によって変わることがございます。ご了承ください。